El verano que aprendí a disparar

Maite Esparza Nieva

El verano que aprendí a disparar

Ediciones Eunate

Composición y diseño de cubierta: Beatriz Menéndez-Voilà Ilustración
Fotografía de Maite Esparza: David R. Medina [@dedavidmedina]

©2025 Ediciones Eunate
e-mail: eunate@eunateediciones.com
www.eunateediciones.com
©Maite Esparza Nieva
ISBN: 978-84-7768-506-7
Depósito Legal: DL NA 220-2025
Impreso en Gráficas Iratxe. Navarra, España

A José Luis y a Teresa, mi padre y mi madre,
por facilitarnos lo que no tuvieron y
por ofrecernos elegir con libertad y respetarlo.
Os quiero, aquí, ahora y después.

A Luca, porque eres lo mejor y lo que sigue.

Como si sólo en otros lugares se agitaran los mares
y desgarraran las orillas de los horizontes.
Wislawa Szymborska

La vulnerabilidad no es debilidad,
de hecho, es la forma más precisa del coraje.
Brené Brown

Si quieres volar,
tienes que dejar atrás todas las cosas que te pesan.
Toni Morrison

... And
Always look on the bright side of life
Always look on the light side of life.
Monty Python

1

Llegó mi padre con la escopeta al hombro. Ya se habían ido todos. Yo estaba sentada ante el televisor como si no hubiera ocurrido nada y mi madre se lo llevó a la cocina. Mi padre nunca gritaba, ni decía hostia ni joder. Pero cuando salió al pasillo con la escopeta en la mano parecía que se había vuelto loco.

—¡Hijo de puta! ¡Si te pillo te mato!

Me asustó tanto que me acerqué y le abracé la cintura.

—Tú no, papá.

Los hombres buenos no cometen delitos, no retan a sus iguales ni se enredan en peleas, no se toman la venganza por su mano.

Y mi padre era un hombre bueno.

Pero yo no. Yo soy una mujer, sufriré ataques aleatorios que mi subconsciente ocultará un tiempo para protegerme y un día, cuando las pérdidas me hayan hecho adulta y nuestra Hiroshima privada me salga al encuentro, una confusión actuará como detonante y todo saltará por los aires. El seísmo hará temblar los cimientos de lo que para entonces habré construido y sacará a la luz una violencia enterrada a conciencia. Ese día sabré quién soy y haré lo que tenga que hacer. Mientras no te empujen hasta el borde del acantilado, nadie conoce de qué es capaz.

2

Atravesamos la almohada de nubes. El sol recortaba las partículas de polvo junto a la ventanilla y hacía brillar las aristas pulidas de las olas mediterráneas. Las notas de un cuarteto de cuerda barroco cuidadosamente elegido para el descenso nos envolvían, amortiguando la ansiedad de los cuatro o cinco pasajeros que padecen aerofobia en todo vuelo y que en la terminal no han dispuesto del tiempo o el alcohol suficientes para anestesiarse antes de embarcar. Al presentir que estábamos a punto de tomar tierra, mi vecino de asiento aceleró el ritmo de la oscilación de cabeza en la que se hallaba sumido desde el despegue mientras murmuraba algo con los ojos cerrados. Su mantra para situaciones de emergencia, supuse. Pobre hombre. Me da pena la gente que sufre cuando está separada del suelo, pienso que se pierden muchas cosas. Cuando la diagonal que dibuja el avión al bajar sufrió una alteración mínima, los cinco dedos de su mano izquierda hicieron presa en mi antebrazo. Dudo que las garras de un águila ejerzan mayor presión sobre el cuerpo caliente de un conejo. No sé, quizá para agarrar una cabra montesa sea necesario clavarlas más, al fin y al cabo, se trata de animales de mayor envergadura y carne magra. Coloqué mi mano sobre la suya un par de segundos y musité algo ininteligible que, al ir acompañado de una sonrisa firme, surtió efecto. Aflojó y recuperé la circulación. Mientras el avión deceleraba ya sobre el asfalto, el piloto se sintió llamado a coger el micro de a bordo y compartir su gloria.

—¡Buenas tardes! Les habla el comandante Antonio Requejo. Es jueves 13 de mayo, son las 10.05 de la mañana, la temperatura en Barcelona alcanza los 21 grados, sopla una brisa suave procedente de la costa y el ambiente es soleado.

Murmullos de satisfacción.

—La descarga que han escuchado en los primeros minutos de vuelo y que ha provocado el apagado de la iluminación de pasillo se debía a un rayo. Ha impactado en el lateral derecho del avión. Como ven, no ha ocurrido nada. Bueno..., nada importante. Quiero compartir con ustedes que este ha sido mi primer vuelo. ¡Feliz estancia!

Ligero vahído de mi compañero de asiento. *Get down! Get down! Get down! Get down!* Desde los altavoces, *Jungle Boogie* de Kool and the Gang se abría paso a machete entre la salva de aplausos y las hiperventilaciones de mi desconocido. La Barcelona que me había seducido un año antes durante unas vacaciones con una amiga parecía lista para desplegar toda su artillería.

La chica de provincias, también.

Arrancaba otra vida. Mi pareja y mi trabajo se habían quedado a 700 kilómetros. Comencé etapa sin ataduras y con moto, no iba a dejarlo todo allí. Los primeros días me acogieron en un colchón destinado a visitas cortas encajado en la sala de estar de Andoni, un amigo que observaba divertido mis 27 años desde el balcón de sus 38, y su novia Pilar, una mujer alta y yogui que olía a manzana. Con él había compartido piso en mi etapa universitaria en Pamplona: primera parada de su cambio vital, cuando ya había abandonado puesto directivo en la industria siderúrgica bilbaína, Mercedes de empresa y trajes de ejecutivo de los noventa. Exceso de hombreras, él quería conectar con sus auténticas necesidades. Entre veinteañeros que acudían a clases de Pedagogía, descubrió que lo que le motivaba era formar a las nuevas generaciones en unos valores diametralmente opuestos a los que le habían inculcado en su jerarquía familiar y empresarial. Así que en eso estaba cuando desembarqué en su casa. Profesoreando en su colegio integrador de barrio conflictivo, lo que incluía lidiar con padres demasiado empoderados, muy confundidos respecto a la distribución de roles escuela-familia y abrumadoramente poco receptivos a las tendencias delictivas de sus hijos. Más de una vez Andoni se había encontrado con algún ejemplar de esta especie esperándolo a la salida del colegio.

En fin. La cuestión es que aquella casa sencilla y maternal, verde y olorosa a incienso fue mi cama elástica. Desde ahí salté a la Barcelona de 1999. Abandoné el útero y volví a nacer. Encontré un piso de alquiler compartido en plena avinguda Meridiana, ocho carriles de tráfico, una autopista fagocitada por la ciudad. Séptima planta y ventanas con aislamiento acústico. La primera noche ya descubrí que el doble cristal resultaba inútil, el ruido de aquel tráfico ajeno a franjas horarias no había nacido para ser silenciado.

El piso en realidad tampoco era un piso. Era una exposición permanente distribuida con dificultad en varias salas. Vertebraba la muestra textil una diversidad inabarcable de alfombras, manteles, colchas, paños y pañitos de ganchillo que lo cubrían todo. También, claro, la tapa del váter y el dispensador de rollos de papel higiénico. Había una tensión latente en cómo se comprimían los rollos dentro de la funda: saltaba a la vista que estaban ansiosos por escapar de aquella telaraña primorosa. En el ámbito escultórico, sala de estar, cocina y dormitorios mostraban una sucesión de gatos de porcelana, pastoras de porcelana, payasos, arlequines, abuelos con bastón y abuelas tejedoras con ovillos de porcelana. Carretas cargadas de calabazas y niños jugando en columpios de porcelana. La demencia. Todas las piezas, todas las superficies. Aquello requería una brigada profesional solo para quitar el polvo.

Compartí este espacio complejo de habitar con una mujer andaluza en el sentido más concreto del cliché instaurado por Julio Romero de Torres. Melena azabache, piel oscura y ojos verdes, alta y portentosa como una yegua, de curvas generosas y aes abiertas al hablar. Tenía un gato. Un gato que podría haber actuado en un club felino de *strippers*. Aquel animal sabía amoldar su cuerpo a cada centímetro cúbico de espacio libre mientras paseaba su altivez entre figuritas sobre sus almohadillas silenciosas. Mientras viví allí no derribó ninguna. Nunca. Llegué a pensar que le faltaban costillas y que sus huesos eran flexibles. Puto Hociquitos.

Mi compañera de piso, que había emigrado con su familia de su Huelva natal a la Ciudad Condal, me lanzaba preguntas y apreciaciones al día siguiente de conocernos con la sinceridad desnuda y brutal de las parejas *detodalavida*.

—¿Y en tu tierra a ti no te da miedo salir a la calle y que te estalle una bomba?

O también:

—Que no te siente mal, pero viendo la tele, la sensación que me da a mí es que los vascos sois un poco terroristas.

Normal. En aquellos últimos años de los 90, cuando algún lugar de Navarra, de Gipuzkoa, de Bizkaia, aparecía en los informativos de TVE, Antena 3 o Telecinco, la probabilidad de que esos minutos de pantalla se debieran a un atentado de ETA superaba el 80 %. Coches, casas y vidas enteras destrozadas. Mi compañera de piso no estaba sola en sus percepciones sociológicas. No era la única que creía que los vascos, así en general, salíamos armados a la calle.

—Así que tú vas tranquila a comprar al súper…

—Sí, claro. Y a tomar algo también.

—Será bonito tan verde, no te digo que no, pero yo al País Vasco no iría ni de vacaciones.

Le contaba que la violencia en la calle estaba tan normalizada en Pamplona en mis años universitarios que en nuestras salidas de jueves, viernes y sábados resultaba tan rutinario correr delante de los antidisturbios de un bar a otro del Casco Viejo como pedir una ronda. O quedarnos encerradas en el interior de un local en el que bajaban la persiana a toda prisa. O apartarnos por el susto cuando a la vuelta de una esquina nos tropezábamos con un tipo de dos metros, uniforme negro, botas militares, pasamontañas y casco y un arma que disparaba pelotas de goma. Entonces María abría otra bolsa de patatas fritas. Y cuando escuchaba que después de cerrar el último bar nos encontrábamos de camino a casa un contenedor ardiendo, un cajero con el cristal resquebrajado y el teclado reventado o un coche en llamas, sacaba las aceitunas y otra cerveza. Fascinada. Como quien está sentada ante la pantalla en un cine de verano viendo una película de la que no se puede despegar pero dentro de la que no querría vivir.

Buena gente, María; aunque no teníamos demasiado en común. Lo cierto es que éramos compañeras improbables, la porcelana, demasiada, y el gato, un arisco de narices. Dejé el piso después de un mes.

Además de casa, el otro objetivo a corto plazo era encontrar trabajo. Un mediodía me enteré de que querían formar equipo para un programa de TVE. Las entrevistas de selección se llevaban a cabo aquella misma tarde, faltaba una hora. La delegación territorial se encontraba «a la salida de Barcelona». Esa apreciación espacial de las distancias, siempre tan subjetiva. Colgué el teléfono y salí directamente con mi *scooter*, la flecha roja. Tuve que detenerme a preguntar en la cafetería de un hotel que aspira a ser funcional pero es solo horrendo situado muy a las afueras de

Barcelona. El tipo de lugar en el que te detendrías únicamente en caso de accidente.

—¿Sant Cugat del Vallés queda muy lejos?

—¡Qué va! ¡Ahí al lado!

—Es que con esta moto no se puede ir por autopista…

—Nada, mujer, son cinco minutos.

Debería haberme serigrafiado esa frase en una camiseta. Jamás fueron cinco. Soporté hasta veinte envarada sobre el asiento como si me hubiera tragado un trípode. La rigidez me la generaban dos certezas: que estaba cometiendo una infracción bastante penalizable y que estaba jugándome la vida. Se añadió una tercera que multiplicaba las anteriores: no ver en el horizonte la salida a Sant Cugat.

Miedo a quedarme sin gasolina.

Miedo a la multa.

Miedo a que me matara cualquier coche o camión de los que me adelantaban a 120 km/h cuando yo avanzaba por el arcén y a 60.

Me detuve para barajar si llamar al seguro, a la ambulancia o lanzarme terraplén abajo. Los coches no dejaban de pitarme y los conductores de insultarme. Comprensible. Aquello no era un área de descanso. Aquello era el arcén de una autopista de seis carriles a la salida de una ciudad de cinco millones de habitantes un viernes a las cuatro de la tarde.

Así que elegí. La peor opción. Giré la moto, me coloqué en dirección contraria y enfilé el arcén hacia Barcelona. Sí. Lo de antes no había sido el infierno, solo la antesala. Ahora que avanzaba por el arcén, pero en sentido contrario, los bocinazos guturales de los tráileres me sacudían 30 metros antes de tenerlos encima y los pitidos agudos de los coches me atravesaban tanto como los insultos.

—¡¡Hija de puta!!

—¡Te vas a matar!

—¡¡¡Estás loca!!!

En aquellos minutos me habría resultado de ayuda poder evadirme rememorando escenas de linchamientos, quizá la de *La vida de Bryan*. Pero no estaba para eso. En situaciones de tensión extrema la adrenalina me inunda de sangre fría y me hace refractaria a cualquier estímulo externo. Mi mente se enfoca, fija un objetivo y elimina lo superfluo. Así funcionan los francotiradores.

Al final todo termina pasando y esta aventura suicida, también. Con el tiempo le encontraría una lectura antropológica, el ritual de entrada en la adultez urbana. Cuando accedí ya de nuevo al perímetro de mi nueva zona de confort, la ciudad, me planteé detenerme en la cafetería del camarero de los cinco minutos para estrangularlo. En lugar de eso, opté por el sentido común y el refugio. Enfilé el carrer Aragó y llamé a un amigo, el único que conocía aparte de Andoni en mi recién estrenada ciudad. Albert.

—Vamos a ver, tú sabías que el cilindraje de las *scooters* no permite su uso en autopista, ¿no? Y que entre Barcelona y Sant Cugat del Vallés hay 26 kilómetros. ¡De autopista!

—Eso, en la ida. Súmale la vuelta.

—*La mare de Deu.*

Albert. Barcelonés, cuarentañero, editor, sensato. La clase de persona a la que recurres cuando quieres un consejo sabio y prudente. Se sumó a la mesa un amigo de Albert que ejercía de corrector *freelance* para otra editorial. En aquella época todo el mundo con el que me relacionaba trabajaba como *freelance*, que fue lo más *cool* del mundo tres minutos antes de que decir *cool* se quedara obsoleto y diez antes de comprender que no significaba otra cosa que ser autónomo, o lo que es lo mismo, alguien sin derechos.

Después de reírse un rato con Albert a mi costa, el corrector me tendió la mano.

—En mi empresa están buscando editor.

—Qué interesante... Soy periodista, pero he trabajado de editora. ¿Dónde es?

—A cinco minutos de autopista.

Cómo nos gusta hacer leña del árbol caído.

—No, mujer, en Enric Granados, una de las mejores calles del Eixample. Centro, carril bici, poco tráfico, tilos, magnolios, yucas... Ya verás.

Sugerente. Hedonai Ediciones. Acudí a la ronda de entrevistas y me dieron el puesto. La chica de provincias ya podía quedarse en Barcelona.

3

Una mañana, al salir de la oficina camino a una reunión, se produjo uno de esos encuentros que son como accidentes de tráfico en los que el pasado impacta contra el presente. Sin buscarlo y sin poder evitarlo.

—¿Pero qué hace la hija de Inés y Pablo entre Diagonal y Muntaner?

—¡Primo! Te devuelvo la pregunta, yo ya vivo aquí. Puedes considerarme barcelonesa.

—No sabía nada…

—No envío notificaciones de cada movimiento que hago. Bueno, en tu caso tampoco sabría qué dirección poner.

—Tienes razón, no es fácil seguirme. Te veo muy bien…

No es el fluido de las conversaciones, es la vasija en la que lo contenemos lo que da forma e intención a las palabras.

No es el qué, es el cómo. La modulación del brillo en la mirada, una alteración en la sonrisa, el énfasis que hace elevarse a un adverbio sobre el resto de la frase.

Desde que habíamos dejado de ser niños, los escasos encuentros con mi primo se asemejaban para mí a una pelea de gallos ralentizada y a la que se le hubiera bajado el volumen. Sabía que mi contrincante no lo veía así y que el impulso de medirme con él era solo cosa mía. Mi primo era heredero y aprendiz de mi tío Alejandro, el hombre listo, avispado, el negociante nato. A pesar de no estar hecha de su pasta, mi tío me caía bien, era el zorro de la familia. Y ante su sucesor yo no tenía ninguna intención de ser la gallina.

—¿Hay tiempo para una cerveza, mujer cosmopolita?

—Ahora no, voy a una reunión de trabajo.

—¡Qué pena! ¿Y esta noche? Tengo una cena pronto con unos amigos, pero creo que podré escapar para las 11.

—Puede ser, hoy ceno con gente del trabajo, una compañera cumple años. Estaré cerca del Passeig del Born, tomamos una copa.

—Luego me das tus coordenadas. Lo dicho, te sienta muy bien Barcelona.

Hacía años que no veía a mi primo. Ahora ya era un hombre de camisa abierta y reloj netamente masculino en la muñeca. El tío Alejandro lo habría introducido en alguno de sus tejemanejes empresariales, como los llamaba mi madre; conduciría un deportivo quizá rojo o descapotable que cambiaría por otro cada tres o cuatro años y saldría con alguna mujer espectacular. *Leasing*. *Renting*. Me pareció probable que no lo aplicara solo a los coches.

Cuando volvimos a encontrarnos por la noche, el vino ya había hecho su trabajo. Hablábamos con ligereza; la tirantez que me había provocado el encuentro matinal se había aflojado y a mi primo le brillaban los ojos con una intensidad que no genera solo el alcohol. Mi cena también me había colocado en una buena disposición. Así que cuando me enumeró las temporadas que había pasado en Madrid, en Londres y en Múnich, cuidándose mucho de entreverar las anécdotas con nombres conocidos de la pasarela, el cine y la música, no me resultó pretencioso, sino entretenido. Y cuando el dj apostó por uno de los temas indefectibles de aquel verano, el *Mambo n.º 5*, nos reímos pensando en la versión verbenera que nos regalaría la orquesta en las siguientes fiestas del pueblo. Aunque mi primo me pasaba unos años, los dos habíamos crecido bailando *Sarri Sarri, Bienvenidos y La Bamba* en el mismo frontón. Rancheras no, eran de viejos.

—No olvides que me debes una. Te salvé la vida sacándote el aguijón de una abeja del cuello…

—¡Venga! ¡Si ni siquiera era alérgica! Me retiro. Mañana tengo que estar medianamente fresca.

Al despedirnos mi primo me cogió de la cintura y en un movimiento torpe me besó demasiado cerca de la boca. Posible pérdida de equilibrio. Habíamos bebido mucho. Y entonces ocurrió algo. Conforme salía por la puerta del local sentí una sacudida, una onda expansiva retardada provocada por el impacto entre pasado y presente que había sido nuestro encuentro de la mañana. Sentí una tensión cálida y latente entre la vulva y la vagina, algo muy físico, como si tuviera una cría de mamífero alojada dentro. Encerrada, respirando un aire viciado. La imagen me revolvió el estómago y tuve que vomitar a la vuelta de una esquina. No me resultó tan liberador como esperaba, vaciarme no hizo que me encontrara mejor y más limpia. Cuando me metí a la cama, aquella cosa húmeda y palpitante seguía ahí.

4

Un hombre corpulento con chaquetón de ante pelado y corto de mangas, pantalón de pana marrón al tobillo y arañazos en el dorso de las manos se acerca levantando polvo gris por un camino de gravilla y tierra. Lleva dos conejos muertos agarrados de las orejas. Los deja en el suelo junto al murete del abrevadero de piedra que llena la fuente y se agacha para beber del caño. Le oímos tragar. Nosotros estamos en cuclillas, compactamos un montón de musgo con las manos para construir con él una presa en el canalillo por el que el abrevadero desagua en la acequia. Junto a él hemos levantado una pared de piedrecitas blancas con la gravilla. De refuerzo. Entonces descubro los dos conejos que ha dejado junto a mí en el suelo. Tienen los ojos cerrados. Me limpio las manos en las piernas y cojo uno con cuidado, como si fuera un bebé dormido, me siento en el suelo con las piernas cruzadas y me lo coloco en el regazo. Qué suave. Y qué tibio. Lo acaricio en silencio. Dos lágrimas aplastan al caer su pelusa blanca y gris junto a una mancha aún viscosa de sangre.

—¡Anda, anda! ¿No ves que están muertos? Trae, que te vas a manchar.

El hombre me arrebata el conejo agarrándolo del cuello y me da unas palmadas cariñosas en la cabeza. Con su manaza.

—Cuidado con esos hierros oxidados, chavales. ¡A ver si os van a tener que poner la antitetánica!

En el pueblo los perros no eran mascotas, sino animales que trabajaban cuidando ovejas y casas. Quienes más perros acumulaban eran la Tomasa y Serapio, unos veinte. Con contrato indefinido. No porque contaran con un gran patrimonio que vigilar, sino porque los perros abandonados y perdidos los olisqueaban y ya se quedaban con ellos. La Tomasa y Serapio eran hermanos y parecía que habían nacido ya viejos y encorvados. Puede que la postura se debiera al peso de la ropa: siempre llevaban el armario entero encima, en invierno y en verano. Un jersey de cuello alto, una camisa, otra, una chaqueta de lana, a veces otra más y para terminar de envolverlo todo, el abrigo. Siempre el mismo. Cuando los veía pensaba que eran como los cacahuetes, si los pelas se quedan en nada. Antes de ver a la Tomasa se sabía que venía porque primero aparecía doblando una esquina la comitiva de los veinte perros flacos como galgos, después su perfume dulzón y, entonces ya, ella y sus gritos cansados.

—¡Peca! ¡Negro! ¡Cojo! ¡Aquí!

Recordaba el nombre que había puesto a cada uno de sus perros, y eso que iban cambiando, porque alguno se moría, y llegaba otro… Pero a la Tomasa no se le escapaba ni uno. Los cuidaba como a los hijos que no tenía. Cada jueves, cuando volvían de hacer sus compras en el mercado de Estella, aparecían tras las puertas relucientes de un taxi blanco que aún olía a tapicería nueva con sus ropajes raídos y pardos, como actores escapados de *Los Miserables*, y descargaban dos sacos de pienso del maletero. Era una imagen imposible. Como verlos salir de Tiffany's cubiertos de diamantes.

Serapio y ella podían subsistir toda la semana a base de patatas cocidas y alubias, pero a los perros les daban pienso del bueno y los llevaban al veterinario a que los vacunara. A todos.

No sabíamos muy bien de dónde sacaban el dinero para vivir. Yo sospechaba que quien habitaba el cuerpo de la Tomasa, bajo su pañuelo de refugiada ucraniana anudado a la barbilla y tras su nariz ganchuda, era, lógicamente, una bruja. La imaginaba trepando por la Peña Rajada para recoger las plantas de té que crecen en sus resquicios y otras hierbas de monte cuyo nombre y propiedades se me escapaban. La veía preparando sus brebajes en una olla desportillada. Mi imaginario de brujas posibles se alimentaba de los cuentos infantiles de los hermanos Grimm y Andersen. Las arrugas infinitas y el físico enjuto de la Tomasa no propiciaban otro tipo de asociación. Cuando caía la luz mientras seguíamos apurando el vaso de los días de verano, la visualizaba con su escoba sobrevolando las peñas de Lokiz y esquivando ya fatigada el planeo de los buitres al atardecer. Poco más. Pero me impresionaba, sobre todo cuando aparecía apoyada en su bastón por la calleja que desembocaba en la calle Mayor junto a nuestra casa.

—Ven, bonita. Acércate.

Y yo dudaba, pero me acercaba; penetraba en su calleja tratando de que las ortigas no me rozaran las pantorrillas y con todos los sentidos alerta, esperando que en cualquier momento se sacara una escoba de brezo de entre las faldas y levantara el vuelo conmigo agarrada del pelo.

—¿Te gustan los chicles?

—Claro.

—Acompáñame.

¿De qué serán? ¿De sangre de murciélago? ¿De intestino de rata? ¿Cuántas veces me habrá alertado mi madre acerca de las sustancias ocultas en caramelos ajenos?

¿Diez? ¿Cien? No los cojas, tienen droga. Como si fuera gratis. La sigo con cautela vigilando en todo momento el frufrú de sus tres o cuatro faldas oscuras sobre sus botas de cuero anudadas con cuerdas de atar sacos. Y entonces la Tomasa se agacha trabajosamente, levanta del suelo una piedra junto a las ruinas de la que fue su primera casa familiar y allí aparece no una tarántula, sino un puñado de chicles.

—Toma. Hoy tengo de fresa ácida y de menta. Uno para ahora y otro para después de cenar. De postre.

Y me deja en la mano dos Cheiw Junior mientras mis ojos se fijan en un frasco de perfume que sobrevive entre pañuelos usados al fondo de su bolso.

—¿Te gustan los perfumes? Te voy a echar un poco del mío.

La Tomasa presiona con la yema fibrosa de un dedo que es puro hueso el vaporizador de un frasco de vidrio tallado como un diamante. Una de sus caras está cubierta por una etiqueta de una flamenca con vestido rojo y negro y abanico. Se llama Maja, la flamenca y el perfume. Eso es lo que pone en la etiqueta. De pronto una nube dulzona me envuelve y me marea. Lo está haciendo… ¡Me está hechizando! ¡Ahora podrá convertirme en lo que quiera! Mientras mis otros sentidos luchan por mantenerse despiertos, el aroma es tan intenso que me adormece y susurra a mi cerebro que ese es parte del olor de la Tomasa, combinado con el de todos los perros y el de todas las capas de ropa que lleva siempre encima.

—¿Te gustan los perros?

¿Me va a transformar en uno? ¿Serán todos los perros que la acompañan niños secuestrados en otros pueblos a los que alimenta con pienso a cambio de que trabajen para ellos en el campo y en su casa?

—Me tengo que ir. ¡Gracias por los chicles!

Escapo de la nube dulzona como puedo y salgo corriendo hacia el frontón. Y conforme el aire limpio me va liberando del hechizo, pienso que en realidad esta bruja es solo una mujer vieja tan pobre como generosa, y que si me quedo ahí seguro que me regala tres o cuatro perros para que me los lleve a casa, porque sabe que me encantan. Y entonces mi padre me aclararía que ya tenemos dos que cazan bien y que no necesitamos más. Y yo tendría que argumentarle que estos no son para cazar, solo para jugar y correr con ellos. Pero al final ganaría él. Porque es mayor y es mi padre.

Años después, cuando la Tomasa y Serapio llevaban ya mucho tiempo enterrados en una tumba sencilla con sus nombres grabados en piedra y yo me había aficionado a la fotografía en la universidad, cuando creía que el blanco y negro era el único lenguaje posible y me atraían los paisajes del abandono y el latido que deja lo que ya no está, me adentré por aquella calleja sin miedo, con la cámara y acompañada de mi madre. A ella, que había conocido a pleno rendimiento la casona familiar donde nació la Tomasa, le embargaba una pena tremenda al ver aquellos restos sumidos en un abandono tan salvaje, tomados por las zarzas, las ortigas y las culebras de verano que buscan la sombra en la maleza. Rodeamos las ruinas, de las que aún emergía el dintel de piedra, y nos acercamos con respeto a su otra casa. Tan humilde. Cemento y una puerta recuperada de alguna obra a la que los empujones del viento habían dejado colgando de los goznes. Aunque la puerta estuviera abierta y la casa, sin dueña, para mi madre entrar suponía violar un espacio privado, así que se quedó fuera. Yo me asomé a la guarida de Diógenes, quería fotografiar la huella que había dejado aquella señora que nos encantaba sin ser bruja, que nos sonreía y nos regalaba chicles.

Apenas se podía avanzar. El pasillo aparecía atestado de objetos que formaban montículos sin vida, cajas de cartón húmedo, listones de madera, hierros sin madre. Un taburete de formica verde, el esqueleto oxidado de una silla, bultos informes en bolsas de basura desgarradas por los gatos. En el dormitorio dos perchas con un par de abrigos, los suyos, colgaban de clavos largos como patas de araña incrustados en una pared desconchada y rosa. La bañera revelaba su uso único como almacén de trastos. Y la cocina daba la impresión de estar esperando la llegada inminente de alguien que hubiera salido minutos antes. Unos trapos y un par de camisas aún colgaban del tendedero provisional que constituían unas cuerdas curvadas cerca del techo; los cacharros enmoheci-dos aguardaban algo en el fregadero y una cazuela pequeña y otra enorme, con comida para los perros ya podrida y seca, reposaban con sus tapas rojizas sobre la cocina de leña apagada.

Esa ausencia tan presente me dolió.

Por el cristal agrietado de la ventana se filtraba una luz púrpura y fuera había nieve.

Mi madre y yo lloramos por la Tomasa y la quisimos más. Serapio siempre me pareció un viejo áspero que gritaba a su her-mana sin motivo. Quizá no sabía hacer otra cosa.

—¡Corre! ¡Que empezamos ya!

Me había entretenido cogiendo los Cheiw Junior que la To-masa había sacado debajo de la piedra y en el frontón todos se habían sentado ya en círculo con sus bocadillos de tortilla en la mano. Así eran las cenas, no pisábamos casa salvo para dormir. Y para ponernos el pantalón de chándal y la sudadera porque las noches de verano en Ganuza son hermanas de las de noviembre. Asier hizo girar la botella vacía de Kas en el centro. Cuando se detuvo apuntaba a Sonia.

—¿Verdad o Atrevimiento?

—Atrevimiento.

—Vale. Tienes que acercarte al Kiko y quitarle la pelota.

—¿Qué?

—Haber elegido Verdad.

El Kiko era un vampiro. Dormía de día y de noche bajaba a la calle convertido en sombra. Huidizo, iba saltando de una esquina a otra, daba vueltas al pueblo en su bici ligera de ciclista, como un esqueleto forrado de piel sobre otro esqueleto metálico, y se retaba a sí mismo en partidos de pelota que podían durar horas. El impacto seco y rítmico del cuero contra la piedra era el único sonido que quedaba en el pueblo cuando nos acostábamos. Si la presencia del Kiko se hacía diurna era solo para asomarse a la ventana de la cocina y volcar los restos de la cazuela a los gatos abandonados que se citaban justo debajo maullando al cielo. A veces el Kiko les vomitaba encima. Formaba parte de sus costumbres y a los gatos no parecía importarles. El resto sabíamos que teníamos que dibujar una curva al pasar junto a su casa para evitar sorpresas y eso era todo.

Sonia se acercó a él con temor. El Kiko siempre ha sido un poco sordo, pero sabe leer los labios. Y las sombras. En cuanto vio en el suelo la de Sonia junto al último rebote de la pelota dio un salto sobrenatural y se apartó. Se movía como los gatos y las plantas de sus pies también estaban recubiertas de almohadillas. Se le habían formado por andar siempre descalzo.

—¡Venga! ¡Que has cumplido retos más difíciles!

—También podríais mandarme hacer otra cosa…

—¿Como qué? ¿Como darle un beso en la boca?

—¡Vete a la mierda!

Pero la que se iba era Sonia. No a la mierda, que se encontraba en la huerta justo al lado del frontón en forma de montón de fiemo, sino a la otra esquina. Y ahí se quedaba hasta que alguien fuera a buscarla y convencerla de que volviera.

Entretanto el Kiko había recuperado el ritmo y la intensidad del partido y ya anotaba 13-10 contra su sombra. Para cuando llegó a los 22 tantos a los demás ya nos había tocado besarnos de golpe en la mejilla, confesar quién nos gustaba, comer los capullos de unas flores silvestres que parecen calabazas en miniatura y saben a rayos, atrapar un saltamontes incauto que había aterrizado sobre el cemento pulido del frontón y metérselo por el cuello del jersey al más bestia de todos los chicos… En fin, Verdad o Atrevimiento.

—¡Vamos a ver! ¿Quién quiere una caja de petardos?

Diez brazos se dispararon hacia el cielo. Ahí arriba se asomaba a la barandilla de hierro del frontón el tío Alejandro. Era el único adulto que podía aparecer allí a la una de la madrugada sin el objetivo de arrastrarnos hasta casa. Siempre sabía cómo ganársenos. Se pasaba la vida yendo de aquí para allá con su cochazo y trayendo cosas de Donostia, de Barcelona… Eran «viajes de trabajo», como los llamaba sin tener ni idea de lo que decía la tía Jose, Marijose hasta que se casó con él y le acortó el nombre porque sonaba «más moderno, más urbano», y a la tía, como todo lo que procediera de su marido, le pareció incuestionablemente bien. La tía era agradable, muy buena gente y cocinaba rico, pero había sido abducida. Si alguna vez tuvo algo de criterio propio, ese bagaje incierto fue absorbido por el matrimonio como la tinta por el papel del registro donde firmaron el día de su boda.

Lo que no había perdido en el contrato era la belleza. La tía era la segunda mujer más guapa no ya del pueblo, sino del valle. El podio lo ocupaba mi madre. También por otros motivos. Mi madre era el sobresaliente en la cartilla de notas. Mi tío se quedó con la tía Jose. Un notable tampoco está mal. Así veía yo su matrimonio. Pero lo cierto es que al tío siempre le ha gustado lo mejor. Entonces era el único de todo el valle que conducía un BMW y vivía en un chalé de tres plantas con jardín, aspersores y piscina. Con un árbol mágico que aquí nadie conoce y se ve desde cada rincón del pueblo, un kiri lila traído de China que se ha hecho enorme. Con palmeras canarias y pavos reales, una cosa loca. También era el único que llegaba con Möet Chandon y foie en Navidades. Es más, el único que sabía qué eran el Moët Chandon y el foie. Y, sin ninguna duda, quien más amigos coleccionaba en todos los sectores, política, finanzas, empresa, gremios…, era él. ¿Necesitabas un albañil? El tío conocía al más fino. ¿El banco imbatible para una hipoteca? El suyo. ¿Un restaurante especial y no demasiado caro? El mejor lo llevaba un cocinero que precisamente le debía un favor. Mi padre siempre me decía que por muchos amigos que acumulara a lo largo de la vida nunca superaría al tío Alejandro. Mi madre sostenía que era un chulo, y tenía un poco de razón; aun así, para mí se hacía querer. En las comidas familiares nos reíamos con sus chistes y con las anécdotas inagotables de sus viajes, traía regalos y casi siempre estaba contento. Incluso mucho.

—Oye, me he enterado esta mañana de que la policía acaba de detener al mecánico del polígono por tráfico de drogas. ¡Me he quedado muerto! Toda la vida siendo cliente suyo… ¡Y no tenía ni idea de que fuera mecánico!

—¡Jajaja! ¡Muy bueno! —celebraba mi padre con los ojos chinos.

—Ay, chico, ¿no ves que hay críos?

Esa era la tía Jose. Algunos chistes se me escapaban, pero me reía igual, porque a los adultos les hacían gracia y a todos nos gusta participar de lo bueno. De mayor yo quería ser como el tío Alejandro. Pero en chica.

Aquella noche explotamos todos los petardos, despertamos a la mitad del pueblo y nos fuimos a casa borrachos de felicidad. Cuando el tío apareció en el frontón, el Kiko en un primer momento se mantuvo aparte y después ya se alejó. Se trasladó con su pelota de goma negra a la pared del almacén para continuar allí con su entrenamiento. Listo y despierto, el Kiko era como los perros, le asustaban los ruidos y tenía muy buen olfato para las personas.

5

Sin dejar de señalarme, la pequeña urraca se alejó corriendo para que el eco de sus gritos rebotara en todas las paredes del patio.

—¡No lleva bragas! ¡No lleva bragas!

Decenas de ojos se me clavaron en la falda, para entonces bien pegada a los muslos bajo mis manos. Incluso la niña que en aquel instante descendía por el tobogán frenó y se giró. La monja que vigilaba el patio se me acercó con la toca gris aleteando a ambos lados de la cara por la velocidad con la que venía hacia mí.

—¿Qué te pasa? ¿Te has hecho pis?

Intentaba arrancarme alguna explicación y también de la verja sin conseguir ninguna de las dos cosas. Se me incendió la cara. De vergüenza, pero más de rabia. No había sabido vestirme bien sola. Tenía seis años y ya me estaba enfadando conmigo misma, ya me estaba exigiendo todo. La rabia también se debía a algo más relacionado con lo que escondía la falda, pero como mi cabeza infantil lo había bloqueado no podía concretarlo. El grito de la niña me había hecho sentir que ese día había desaprovechado mi primera oportunidad para convertirme en una mujer independiente. La primavera avanzaba y como los leotardos imposibles de desenroscar rodilla arriba para mis manos de niña habían quedado al fondo del cajón hasta octubre, aquella mañana mi madre me había permitido avanzar por ese pequeño carril de autonomía. Había confiado en mi capacidad para vestirme sola. O quizá todo se reducía a que ella se encontraba en uno de sus días de bata roja, cuando salir de la guarida en que se había convertido su cama ya le suponía un esfuerzo enorme y, si lo conseguía, era para anudarse la bata sobre el camisón y pasar el día sentada en un sofá. No lo sé. Sí sé que lo demás lo había hecho bien, me había puesto el polo blanco, por encima el pichi de cuadros grises y la chaqueta azul marino, había elegido los calcetines blancos y los zapatos.

A la hora del recreo todas las comadrejas habíamos salido aceleradas al patio en busca del tobogán verde con nuestro almuerzo en la mano. Galletas María untadas con quesito El Caserío. Combinación ganadora, por unir dulce y salado y por el triángulo de papel con la casa dibujada, el monte y el cielo que despegaba con cuidado del envoltorio plateado del quesito para adherirlo después en la página de un cuaderno junto con las etiquetas redondas de las naranjas y las peras. Y las del melón, gigantescas, en verano. Las que venían con el Tigretón y el Bony las pegaba aparte, en las últimas páginas. Ya había llenado unas cuantas, porque cuando mi madre no podía prepararme el almuerzo porque se encontraba mal, me enviaba a la tienda de la Puri, camino del cole, a que eligiera lo que quisiera, dile que luego paso y lo pago. Y ella pasaba y lo pagaba. Y yo siempre elegía Tigretón o Bony y alguna vez, por cambiar, Pantera Rosa. Con todas aquellas pegatinas iba construyendo los cimientos de mi mundo.

Mientras disfrutaba de mis galletas con quesito en el patio, arreció un viento inesperado que me levantó la falda y dejó al descubierto mi error. Me había vestido correctamente, salvo por un detalle hasta entonces inapreciable, había olvidado sacar del cajón de la ropa interior la braga. Como a los seis años aún no se conoce nada parecido a la empatía, toda la clase se rio de mí. De mi primer intento de vestirme sola me quedó grabada una lección. No se puede fallar. No hay margen para equivocarse.

Esta es la primera escena que tengo asociada a la valla verde del patio, la que marcaba la línea entre la primera infancia y la EGB. Lanzas de hierro pintadas de verde que apuntaban amenazadoras al cielo. Por seguridad las puntas se hallaban a una altura inalcanzable para nosotras, incluso cuando ya habíamos cumplido los 14 y nos creíamos preparadas para enterrar la infancia, ansiosas, expectantes y temerosas ante la perspectiva de penetrar los misterios salvajes que escondía la selva del instituto. Aún quedaba tiempo para eso.

La otra imagen que en mi cabeza se proyectaba sobre aquella valla es más truculenta. En los primeros días de julio de 1981 inundaron la prensa del corazón europea las fotografías de una verja tras la que se adivinaba un jardín extenso y amable y una vida cómoda. Algunas puntas aparecían manchadas de sangre. El hijo de Romy Schneider acababa de morir ensartado por aquellas lanzas. Como si hubiera sido víctima de una tribu bárbara o del príncipe Vlad el Empalador. Una de ellas le había atravesado la femoral cuando intentaba trepar y saltar la valla como en otras ocasiones para entrar en la casa que su padrastro tenía en Saint-Germain-en-Laye. Se llamaba David. Murió a los 14 años. Diez meses después lo haría su madre, destrozada. La encontraron sentada a su escritorio con una botella de vino vacía y unos sedantes. Nunca quedó claro si se había suicidado o había muerto sin quererlo del todo. A mi madre le partió el alma aquella pérdida de un hijo, la manera tan terrible en que ocurrió, y después, la muerte de la madre, su adorada Romy Schneider, aquella actriz bellísima que ella había descubierto a los 18 años en el cine en el papel de Sissi, la melancólica y depresiva emperatriz de Viena. Fue la primera película de la actriz austriaca y la única que mi madre tuvo la oportunidad de ver en pantalla grande hasta después de casarse, así que para ella Romy era Sissi. Mi madre lloró aquella tragedia doble durante días, como meses después lloraría durante semanas a Grace Kelly. Tan aristocrática, tan elegante y tan rubia, primero actriz y después princesa, perdió la vida en una curva de Mónaco a bordo del coche en el que viajaba con su hija Estefanía. Ese accidente provocó en mi madre el mismo efecto que le habría causado si Grace y ella llevaran años contándose sus vidas las tardes de los jueves junto a un café con pastas. Como lectora habitual de la revista *¡Hola!*, a mi madre le resultaban muy familiares las salidas al campo de la familia real británica a lomos de sus caballos, rodeados de mantas de cuadros y plumas de faisanes prendidas en sombreros de fieltro. También la guardería donde Lady Di trabajaba y la catedral londinense donde se casó y comenzó a enterrarse, el palacio oriental del sah de Persia y Farah Diba, las tumultuosas fiestas en velero de Natalie Wood y, años después, las herencias y divorcios de las Koplowitz. Esas vidas. Esas vidas de las que se empapaba como la tierra de las tormentas de verano una mujer con inteligencia de inversora y porte de actriz de cine clásico crecida entre vacas, gallinas y conejos. Dejándose seducir.

Porque todos necesitamos algo que nos haga soñar.

La muerte de dos de sus estrellas amigas le impactó tanto que durante años guardó en un cajón del mueble de roble bajo el televisor los recortes de las noticias aparecidas sobre ellas en revistas y periódicos. A veces la pillaba doblando las páginas y archivándolas de nuevo con los ojos enrojecidos y las mejillas empapadas. Ahora pienso que los recortes la ayudaban a llorar por otras cosas que le habían sucedido a ella. Gracias, Grace, Romy, Diana, Natalie. Gracias, chicas. Sí, mamá, los ricos también lloran. Para cuando Romy Schneider y Grace Kelly pusieron el pie en el olimpo de las diosas, yo había atravesado la línea de la verja verde y ocupaba en los recreos el segundo patio, el de «las mayores».

El centro había eliminado años antes la obligatoriedad del uniforme escolar, con la oposición no vinculante de todas aquellas madres, nunca padres, que añadían a su carga mental diaria elegir, dejar que sus hijas eligieran o entrar en debate con ellas al ver qué elegían como atuendo escolar. Mi combinación preferida era muy sencilla. Camiseta blanca, jersey rojo y vaquero Grin's. El orgullo del primer vaquero. Lo de desear a muerte unos Levi's de importación que no se sabía quién traía de Canarias y sumergirse en una bañera llena de agua con ellos puestos para que se ajustaran al cuerpo era simplemente algo que veía hacer a la vecina y a sus amigas quinceañeras. Y que me resultaba demasiado adulto, demasiado femenino y demasiado marciano. A partes iguales.

El tercer patio estaba diseñado para los deportes en mayúscula, canchas de baloncesto convertibles en extensas mesas de cromos. Junto a ellas se extendía un jardín de rosas por el que de vez en cuando se paseaba, azada al hombro, una monja con toca blanca, los baños donde esconderse a fumar y un terreno rectangular en el que hundían sus raíces metálicas todos los columpios de los 80. Puro hierro sobre tierra dura. Ninguna concesión a maderas, cauchos ni cualquier otro material que pudiera absorber un impacto. Así nos cincelamos la Generación X, trepando por el globo con sus paralelos y meridianos, sus toboganes de doble pendiente y su barra vertical para entrenamiento de futuras bomberas y *strippers*. Nos caíamos de espaldas o de cabeza desde dos metros y medio de altura. Salíamos despedidas por la fuerza centrífuga del chino. Nos abríamos la sien con el borde afilado de sus cuatro asientos. Oxidados. Vivíamos en un impacto constante perfectamente integrado en el ecosistema de nuestro desarrollo físico, emocional y mental. Nunca supe de nadie que hubiera sufrido una lesión cerebral o una pérdida seria de movilidad a causa de un golpe. Y eso que nos prodigábamos bastante por el suelo. Aquel patio era territorio de Marcos, el Hombre. El profesor de gimnasia sobrevivió durante años a ser El Único en una plantilla académica mayoritariamente religiosa y exclusivamente femenina. En esto último coincidíamos docentes y alumnado. Pura hormona. Sé que sufrió bastante mientras practicábamos en filas ante él aquella disciplina que se denominaba «gimnasia sueca», saltar separando y juntando las piernas, saltar uniendo los brazos sobre la cabeza, saltar levantando alternativamente una y otra rodilla. Saltar. A los 11 años, a los 12, a los 13. Treinta chicas, algunas muy mujeres, saltando ante él. Todos sus jerséis llevaban el elástico deformado en el mismo punto, bajo la cintura, por estirárselo hacia abajo tantas veces cada día. Se convirtió en un tic. Nunca consiguió que el jersey cubriera del todo el volumen que apuntaba bajo la cinturilla elástica del chándal. Se nos notaba mucho que nos fijábamos. Marcos era joven, tímido, capaz de soportarlo todo y muy buen tipo. La paciencia no se le agotaba casi nunca. Gracias a él se ampliaron nuestros horizontes deportivos al atletismo. Hasta entonces en el colegio solo se practicaban actividades que comenzaban por b: baloncesto, balonmano, bádminton. Con Marcos llegaron los 100 metros lisos y el refuerzo de la competitividad individual. En la pista enseguida ocuparon la *pole position* las chicas que previamente la habían conquistado en la cancha.

Mientras que en los deportes de grupo yo no destacaba especialmente por nada, en los 100 metros lisos descubrí que no lo hacía mal. Disfrutaba con la inyección de adrenalina que sentía segundos antes de la salida. Enfocarme como un águila en la presa. Arrancar. Ponerme de 0 a 100, los músculos en tensión, los latidos contra el pecho, la sangre bombeando y… ¡la meta! ¡Cruzar la línea! Sin excesivo esfuerzo ganaba o quedaba segunda. Servía para correr. Y correr rápido te puede venir muy bien. Aunque a veces no sea suficiente.

Una tarde de sábado estaba en casa grabando el *Watermark* de Enya para mi padre. De vinilo a casete que escucharía en el coche. Aquel verano uno de sus temas había sido elegido como banda sonora para el vídeo ralentizado del encierro de Sanfermines que TVE emitía cada día del 7 al 14 de julio. La épica de la cámara lenta en la carrera, el lucimiento ante las astas, la angustia de las caídas, el egoísmo de los empujones y el drama de las cogidas. El impacto seco de las pezuñas sobre los adoquines, los gritos, la intensidad envolvente de la respiración animal agitada, la de toros, corredores y espectadores. Para cuando se emitía la versión del vídeo con música y a cámara lenta, ya habías visto el encierro con realización a tiempo real dos o tres veces. Ya habías soltado la tensión y tocaba disfrutar. A mi padre le encantaba ese momento, a mí también. Era una de nuestras cosas. La banda sonora que eligieron aquel año nos pareció una maravilla. *Storms in Africa*, la tormenta, la percusión y la voz aérea de Enya susurrando en gaélico algo que sonaba ancestral y primitivo, también, porque no lo entendíamos. Cuando había encajado la cinta en la pletina para grabar la cara B sonó el teléfono.

—Prima, ¿puedes bajar a buscarme? Te llamo del bar de enfrente. Es que no me atrevo a salir, está justo delante de la puerta Txatarras.

—¡Bajo ahora mismo!

Cogí las llaves y me lancé escaleras abajo sin esperar al ascensor. Txatarras era un tipo de dos metros de altura y manos de pelotari. Cuidado con ese, persigue a las chicas. No está bien de la cabeza. Las madres nos prevenían así. En los 80 se entendía que detrás de cada agresión tenía que haber un problema mental. Una persona normal no hace esas cosas, nos decían. Y si las hace, pobre, es que está enfermo, nos contaban justificando de algún modo lo injustificable. En los 80 en mi entorno nadie había oído hablar del patriarcado, ni de su poder feroz y omnipotente ni del veneno social que inocula su silencio. Ahí estaba Txatarras, apoyado en un coche delante del bar. No podía ni mirarlo. Ardía de furia. De un puñetazo lo habría aplastado contra el coche. Entré y

en la esquina de la barra, pidiendo un vaso de agua, vi a mi prima.
12 años. Yo me creía Wonder Woman. Tenía 13.

—¿Estás bien?

—Sí. Iba a casa y al pasar delante del bar, justo ha salido él y
me ha empezado a seguir. Me he dado la vuelta corriendo como
si se me hubiera olvidado algo y he entrado al bar a llamarte.

—Bien hecho.

La cogí de la mano y salimos a la calle. Txatarras seguía ahí,
fumando con la cabeza ladeada, siguiéndonos con su mirada turbia y con media sonrisa torcida. Fui a por él, mirándolo a los ojos.

—¿Y a ti qué te pasa?

Se echó a reír. Lo retaba una niña que venía a salvar a otra.
Solté la mano de mi prima y cerré el puño a la altura de su estómago. Ella me miró asustada. No entendía por qué me enfrentaba
a él en vez de escapar con ella. Yo tampoco.

Entonces reaccioné. Me aparté del Txatarras, volví a agarrarla
de la mano, cruzamos el paso de cebra y, cuando llegamos al portal, ocurrió. Me vi desde arriba.

El escenario es el mismo pero mi prima no está, tengo 9 años
y lo que siento no es furia. Es miedo. Miedo en estado puro. Domingo de invierno, noche. Al volver a casa cruzo el solar de los
chopos donde hoy se levanta un bloque de pisos con un bar en los
bajos y el Txatarras a la puerta. Entre dos coches aparcados aparece un tipo. Pelirrojo y con rizos, cuando lo veo pienso que lleva
peluca. Nunca he visto a nadie así. En Estella no hay pelirrojos.
Mientras continúo avanzando giro la cabeza en su dirección. Me
mira y veo que empiezan a brillarle los ojos. Lo entiendo. Entiendo qué está a punto de pasar. Veo la pista de atletismo hasta
el portal. 100 metros. Enfocarme como un águila en la presa.
Arrancar. Ponerme de 0 a 100, los músculos en tensión, los latidos
contra el pecho, la sangre bombeando y… ¡la meta! Con el

corazón golpeándome al ritmo de una ametralladora clavo el dedo en el portero automático.

—¡¡Abre, mamá!!

¡Vamos! ¡Cruza la línea!¡No puedo cruzar la línea! ¡Mi madre no contesta! El hombre llega corriendo, me cruza los brazos por delante y me atenaza las dos muñecas con una mano enorme. Con la otra empieza a frotarme con fuerza la entrepierna. Tiene la cara roja y la frente sudada, me da asco. Me baja la cremallera del pantalón y me mete la mano dentro de la braga mientras yo grito y le doy patadas. Me hace daño y la cabeza me estalla.

Otra vez.

—¿Quién es?

—¡¡¡ABRE, MAMÁ!!! ¡¡¡ABRE!!!

La puerta hace clac. Me lanzo de espaldas contra ella para empujarla y entrar y consigo darle una patada en los huevos. Grita de dolor, me suelta y corro escaleras arriba. Ni siquiera miro al ascensor. Subo los cinco pisos como una atleta olímpica y bato mi récord. Nunca he corrido tan rápido. Mi madre me espera con la puerta abierta, la aparto y entro sujetándome la cintura del pantalón. Al verlo desabrochado y con la cremallera bajada se asusta.

—¿Qué ha pasado, cariño?

—¡¡¡CIERRA LA PUERTA!!!

Lo hago yo y el portazo hace temblar la pared.

Hay demasiada luz, demasiado ruido y demasiada gente. Todas las lámparas encendidas, los gritos de mis primos jugando al escondite, la mirada nerviosa de mi tía Gloria. Mi madre me lleva a la cocina. El fluorescente blanco me hace daño en los ojos y rompo a llorar mientras me subo la cremallera del pantalón. Queda medio bizcocho en un plato blanco con dibujos de flores azules diminutas, los platos de la tía. Migas por la mesa. Junto al fregadero el paño de felpa naranja con dos cerezas rojas bordadas en una esquina. Veo una taza resbalar de la mano de mi tía y estallar contra el suelo. Mi madre se agacha y me acaricia la mano con una mirada que nunca le había visto. Mi tía barre los trocitos de porcelana. Mis primos empujan la puerta para tratar de entrar y averiguar qué está ocurriendo aquí, veo sus manos y sus caras deformadas a través del cristal ámbar esmerilado. Mi tía la cierra empujando con el antebrazo y la cadera.

—¡¡Id a jugar al cuarto de estar!!

Mi madre llena un vaso de agua bajo el grifo y me lo acerca a la boca mientras con la otra mano me acaricia la mejilla, como si tuviera menos de 9 años, como si fuera aún más niña. Se le caen las lágrimas y se las seca, todo a la vez. Lleva su esmalte de uñas rosa clarito. En el pulgar está cuarteado.

Más tarde llegó mi padre con la escopeta al hombro. Ya se habían ido todos. Yo estaba sentada ante el televisor como si no hubiera ocurrido nada y mi madre se lo llevó a la cocina. Mi padre nunca gritaba, ni decía hostia ni joder. Pero cuando salió de la cocina con la escopeta en la mano parecía que se había vuelto loco.

—¡¡Hijo de puta!! ¡Si te pillo te mato!

Me asustó tanto que me acerqué y le abracé la cintura.

—Tú no, papá.

No sé qué habría hecho mi padre si aquel día hubiera sabido todo lo demás. Entonces yo tampoco lo sabía. Entonces lo demás era aún como si no hubiera existido.

6

Soy hija única. Y cuando lo eres, tus primos, tus amigos y tus vecinos pasan a ocupar el lugar invisible de tus hermanos. Con los nuevos hermanos ganas también casas de acogida. Se tratara de pisos o de caserones de pueblo, siempre decíamos «voy a casa de», salvo cuando nos referíamos a la del tío Alejandro y la tía Marijose, bueno, Jose, en ese caso íbamos «al chalé». El tío jugaba en otra liga. Lo construyó siguiendo su particular gusto y criterio a las afueras de Ganuza y lo pagó casi al contado, les oí comentar una vez a mis padres. Eso lo puedes hacer si naciste millonario o si te ha tocado la lotería. O si te van muy muy bien los negocios. Por lo visto al tío no podían irle mejor. Como la vida lo trataba con generosidad y le gustaba que se notara, en su chalé había de todo. También un piano de cola brillante como un enorme zapato de charol que le compró a la tía, no porque ella fuera una amante de la música, sino porque el tío consideraba que una mujer de su estatus social, estatus al que él la había aupado levantándola por las caderas, debía cultivar un *hobby* como ese. La gente del pueblo tenía aficiones, ellos tenían *hobbies*. Así que dos veces por semana venía a Ganuza una profesora de piano en su Peugeot 205.

Cuando aquella nuez metálica y azul se abría junto al chalé del tío, de ella salía una mujer delicada que no respondía a ninguna edad concreta; con sus manos blancas envueltas en el aroma del jabón Palmolive, su cabello rubio enhebrado en una trenza de Rapunzel que caía sobre un pecho plano de niña y sus partituras asomando de una carpeta de cuero bajo el brazo. Era El Hada del 205. En el pueblo el piano en sí mismo y la profesora de piano en su coche constituían unas presencias tan extravagantes como lo habrían sido unos esquimales con su iglú cegador pescando a través de un agujero practicado en el cemento del frontón.

Solía ir a jugar al chalé con mi prima y con mi primo. Para mí la experiencia equivalía a entrar en un parque de atracciones. A un lado de la sala se alineaban dos columnas de literas para los amigos que vinieran de visita y quisieran quedarse. Al otro se levantaba un tipi indio repleto de arcos y flechas y de bolsas de nubes para asar en una hoguera creada a la entrada con troncos de plástico y tiras arrugadas de celofán amarillo y naranja que ardían como llamas. En el centro, sobre una mesa alargada, se distribuían un Cinexin, un Exin Castillos con caimanes y serpientes de goma para lanzar al foso inundado de agua que lo rodeaba y un Quimicefa con polvos de colores para hacer experimentos. La alfombra estaba ocupada por un Scalextric con veinte coches en competición o esperando entrar en pista y familias completas de clicks de Famobil que se dedicaban a todos los oficios y habían llegado de todos los mares y tierras imaginables; había clicks piratas, campesinos irlandeses, policías de Nueva York, bomberos, pilotos, enfermeras, soldados de Napoleón, mecánicos, vaqueros... Cada cual en su ecosistema, barcos, huertas, comisarías, casas incendiadas, centros de salud, territorios en guerra plagados de cañones, talleres, boxes, ranchos. En una esquina se apilaban varios cubos repletos de piezas de construcción de diversos tamaños. En fin. El cuarto de juegos ocupaba 150 m², la mitad de la primera planta. Era inmenso. El jodido paraíso. Con su manzana envenenada, claro.

La hermana que nos daba clase de Religión en el cole siempre insistía en que todo paraíso alberga una manzana envenenada. En el instituto, público y laico, sustituiríamos esa sentencia cristiana por otra taoísta: «Todo lo bueno tiene algo de malo, y todo lo malo tiene algo de bueno». Dibujaríamos el círculo blanco y negro de los opuestos y complementarios en las páginas de nuestras clasificadoras sin comprender del todo su significado. A mí me tocó descifrarlo demasiado pronto. De todas las tentaciones que ofrecía el cuarto de los juegos, una de mis preferidas era la Telesketch. Me fascinaba girar las ruedas y ver avanzar la línea negra mientras creaba un dibujo en la pantalla de la pizarra mágica. Parecía una serpiente con vida propia. Para borrar el dibujo, bastaba con colocar la pizarra hacia abajo, agitarla bien y comprobar que los misteriosos gránulos de polvillo gris que había bajo la pantalla lo habían hecho desaparecer. Por algo era mágica. Entonces podías volver a empezar. Me encantaba todo el proceso.

Una tarde que mis tíos habían salido para llevar a mi prima al dentista, sentí la mirada fija de mi primo mientras dibujaba en la Telesketch. Cuando el perfil de una palmera comenzaba a aparecer en la pantalla me quitó la pizarra de las manos.

—Se me ha ocurrido una idea. Hoy vamos a jugar a los médicos.

—¿Qué hay que hacer?

—Nada. Dejarse. Yo soy el médico.

—No sé si me parece muy divertido.

—Si juegas te vuelvo a dejar la pizarra mágica.

—...

—Toma.

Así empezó todo.

7

Eran las seis y, aunque ya habían pasado las horas en que salir a la calle era como ponerse ante un lanzallamas, todavía reinaba el calor intenso y seco de finales de julio. Aquella tarde ningún padre había podido llevarnos en coche a la piscina, así que se imponía buscar materia para rellenar el hueco que quedaba hasta la reunión bocadillo en mano de la noche. Asier había propuesto dar la vuelta al valle con las bicis. Solo a los chicos.

—Vosotras no sé si vais a aguantar... A la vuelta es todo cuesta arriba.

—¿Cómo que no vamos a aguantar? ¡Si el martes subimos con el viento en contra, que es mucho peor que el sol!

—¡Y sin levantar el culo del sillín!

Lo último no era tan cierto, pero una vez que hemos ocupado posición, al enemigo, ni agua. Nos había costado lo nuestro mantener el culo pegado al asiento en la recta de Metauten. Es una de esas cuestas tramposas, de las que se hacen pasar por llanura cuando las recorres en coche. Después de dos o tres kilómetros pedaleando en pendiente y contra el viento, aún queda lo peor, la penúltima cuesta, que va de los nogales a la revuelta, y desde esa curva cerrada hasta la entrada del pueblo, la subida definitiva. Un puerto de montaña para nuestro nivel. Si en ese tramo eres capaz de mantener el culo pegado al sillín, te llevas el maillot amarillo. Culminar en alto los diez kilómetros de ruta resultaba duro y atravesar la línea de meta, una satisfacción comparable solo a completar el largo de la piscina buceando. En eso también competíamos con los chicos. Al coronar nuestro Tourmalet, nos sentíamos casi profesionales, como los héroes de acero que atravesaban el fuego de las sobremesas veraniegas arqueados sobre sus máquinas mientras la voz del locutor del Tour ametrallaba el sofá. En ninguna casa se veía, ni se quería ver, otra cosa. Cuando los chicos se repartían por grupos los ciclistas para hacer la porra, todos querían que les tocaran Perico Delgado, Bernard Hinault y Laurent Fignon. Con ellos aprendimos francés y geografía desde el aire. Sean Kelly también puntuaba alto; y luego ya venían Marino Lejarreta y Álvaro Pino. Mi padre y yo compartíamos favorito cuando el Reynolds además de envolvernos el bocadillo de tortilla, era «el Equipo», y José Luis Laguía, el Rey de la Montaña.

—¡Pues venga, vamos todos! ¡Cogemos merienda y agua y en veinte minutos nos vemos aquí!

Hormigas en camiseta y pantalón corto que corren enloquecidas en todas las direcciones en la vista aérea del helicóptero del Tour. Excitación. Madres que dejan de tender coladas y hornear bizcochos para untar pan con Nocilla o distribuir rodajas de chorizo a contrarreloj. Cantimploras que se rellenan del agua fría, pura y sin cloro que, tras emerger de manantiales ocultos en las entrañas de la sierra, recorre tuberías y sale por el grifo. Rodillas tatuadas con postillas en busca de nuevas pendientes letales y curvas rodeadas de gravilla.

Paraíso.

Nocilla-Rodilla-Gravilla-Postilla.

Fácil y feliz.

Verano.

El descenso había sido fantástico. Nadie se había caído y solo nos habíamos cruzado con un par de coches. Merodeamos junto a un chalé que estaban construyendo en Zufía, mordimos y escupimos un poco de la espuma naranja solidificada que habían inyectado como aislante sobre los ladrillos y nos bañamos en la balsa grande aferrándonos a los juncos para salir. Cuando conseguíamos quedarnos quietos y en silencio durante unos segundos, las ranas volvían a croar. Confiadas. Al calor del último sol nos secamos panza arriba con los dedos entrecruzados bajo el cuello, como lagartijas indolentes, y una vez que la esfera naranja ya se dejó resbalar y se escondió tras las peñas, emprendimos el camino de vuelta a casa. Como ocurría en cada etapa del Tour, la excursión había diluido las fronteras entre nosotros y nos había reforzado como equipo, compacto, sin género ni edad. Si alguien se quedaba atrás, se le esperaba. Si otro alguien se burlaba de él, se le reía un poco el chiste cuando nos parecía divertido y después se le recriminaba en defensa de la víctima. Y si en la ruta de retorno se nos cruzaba algo que oliera a aventura, se compartía. Una víbora destripada sobre el asfalto caliente, una cinta fucsia anudada a la rama de un espino albar, un hombre con el pantalón bajado hasta los tobillos empujando rítmicamente contra una mujer con el vestido arremangado hasta la cintura. De pie, apoyados en un coche. Ford Fiesta azul, parachoques trasero abollado. Los conocía, al coche y al dueño. Habían aparcado tras los chopos, un punto ciego desde la carretera, pero no desde el camino por el que rodábamos. Tumbamos las bicis con cuidado sobre la hierba y nos agachamos tras unos matorrales. El descubrimiento nos hacía susurrar a gritos.

—¡Pero si están follando!

—¿Qué creías? ¿Qué estaban bailando salsa?

—Tú eres idiota, ¿no?

—¡Chssst! ¡No hagáis ruido!

—¡¡Hostia!! ¡Si es Javier, el novio de Isa!

—Se dice ostras, bestia.

—¡Vete a la mierda!

—¿Y esa chica tan maquillada quién es?

—Carmen dice que es prostituta. Que Javier la recoge en su coche sin que lo vea nadie, ella se mete en el maletero y cuando Javier ya ha dejado a Isa en su casa, conduce un poco más lejos, abre el maletero, ella sale y ya hacen sus cosas.

—¿Eso te ha contado Carmen?

—Más tonto y no naces. La escuché mientras se lo decía a mi tía en la calle junto a la puerta de mi casa. Coincidió que justo iba a salir y las oí.

—Pero dentro de un maletero te ahogas, ¿no?

—¡Calla! ¡Que me lo pierdo todo! Mira, ahora le da la vuelta.

—Me parece que a ella por detrás no le gusta, fíjate en cómo le tapa él la boca para que no grite.

—Qué boba. Es al revés. Grita porque le gusta.

Entonces ella le muerde la mano y él suelta un alarido.

—¡Perra!

Javier levanta la mano para darle una bofetada, pero la chica se gira, se la agarra y le detiene la mano en el aire, forcejean y otra vez vuelven a comerse la boca uno al otro, como animales que llevaran días hambrientos. Aquella visión nos excitó, no sabíamos qué hacer con el fuego que de pronto se nos había encendido dentro. A las chicas nos dio vergüenza descubrir las primeras erecciones bajo el pantalón corto de nuestros compañeros y rivales en la carretera, el frontón y en la piscina. A ellos no. Les hizo gracia y se señalaban unos a otros empujándose con el hombro. Además de aquel calor repentino, me quemaban un montón de preguntas. Se veía que a él le gustaba todo lo que hacían, pero no me quedaba claro si ella quería o no, si disfrutaba o sufría. Me pareció que su cara, sus manos y el resto de su cuerpo no se ponían de acuerdo, que decían cosas diferentes. Incluso opuestas. Éramos demasiado niños para comprender que en esa relación entre deseo, sexo y violencia caben infinidad de grados, intensidades y pactos. Pero sí sabíamos que obligar a alguien a hacer algo que no quiere siempre está mal. Como pegar a otra persona, sobre todo cuando sabes que tienes más fuerza y cuando crees que mandas sobre ella como si fuera una cosa tuya. También sabíamos que no hay que meterse donde no te llaman y que de lo que habíamos visto no se podía hablar. Más adelante entendería que el silencio nos hace cómplices y es otro ataque.

El espectáculo había terminado. Intentamos salir de allí en silencio y sin que nos vieran, en cuclillas levantamos con cuidado las bicis. Sonia se puso nerviosa y la suya se le cayó sobre el tobillo. No pudo contener un chillido de dolor. Aunque estaban a cierta distancia, Javier y la chica maquillada nos descubrieron. Montamos sobre las bicis y salimos como flechas pedaleando entre el polvo hasta enfilar la recta de Metauten.

Nunca se nos había hecho tan corta ni tan llana. Nos gritábamos nerviosos unos a otros intentando disimular el miedo, tratábamos de convencernos de que llevábamos ventaja, porque ella todavía tendría que meterse en el maletero y él arrancar y sortear todos los baches del camino de tierra antes de poder acelerar en el asfalto y alcanzarnos. Como las argumentaciones pretendidamente tranquilizadoras no terminaban de ejercer efecto, mantuvimos un ritmo endiablado hasta llegar a Ganuza. Sin respiración, dejamos las bicis apoyadas sobre el murete del lavadero y nos encaramamos al tejado. Era nuestra sala de reuniones con vistas. Había que parlamentar.

—¿Qué va a pasar ahora?

—¿Creéis que nos hará algo? Este cuando se enfada se pone como una bestia…

—Para él somos unos críos. No creo que le dé importancia.

—Pero, por si acaso, si nos encontramos con él, juntos o por separado, hay que hacer como si no supiéramos nada, ¿de acuerdo?

—¡Podemos decirle que estábamos cogiendo moras en los matorrales!

—¿Tú eres tonto? Las moras salen en septiembre. ¡Estamos a final de julio!

—¡Y yo qué sé!

—¡Se me ha ocurrido una idea! Si alguien se lo encuentra a solas y no puede escapar, que silbe fuerte, ¿vale? ¡Como nos enseñó el pastor de Urbasa!

Javier nunca nos había hecho nada, pero no nos gustaba. Tenía pinta de ser capaz de cualquier cosa si se le cruzaba el cable. Había anochecido ya y por primera vez a todos nos pareció buena idea quedarnos a cenar en casa. Asier y yo enfilamos nuestra calle llevando las bicicletas del manillar y en silencio. Nadie quería dar voz al miedo. Solo se escuchaba el traqueteo metálico de las dos cadenas al girar, el crepitar del aceite en una sartén que salía por una ventana abierta y la voz de Maldonado asegurando que las altas temperaturas del interior darían paso a fuertes tormentas. Así fue. Giramos la esquina y ahí estaba Javier, apoyado en su coche. Esperándonos. Se colocó el índice sobre los labios. Asier y yo entrecruzamos una mirada rápida. Ni se nos ocurrió utilizar el silbido de emergencia. Nos agarró de un brazo a cada uno y se inclinó pegando su cara a las nuestras. Olía a ajo y a vino. Aunque habló en voz baja lo que dijo me retumbó por todos los huecos del cuerpo. Primero se dirigió a Asier.

—Nadie ha visto nada, ¿está claro? Como se te ocurra abrir el pico te reviento a puñetazos. Y después te meto con el Bronco en la pocilga, que sé que te gusta.

Para Asier no existía amenaza más terrible. El Bronco era un perro enorme que estaba loco, como su dueño. Y las pocilgas le aterrorizaban desde los cinco años, cuando un primo suyo lo encerró con una cerda enorme que acababa de parir y sus cochinillos.

Mi madre aseguraba que la cerda podía haberlo devorado porque en esas situaciones se ponen muy agresivas, y me contó que después de aquello el pobre Asier había pasado tres meses mudo, sin poder hablar. Debía de haberle traumatizado mucho porque las palabras de Javier surtieron efecto. Asier se puso blanquísimo; el moreno se borró de golpe. Creí que le iba a dar un infarto, porque escuchaba su corazón galopando sin control junto a mi brazo izquierdo, hasta que me di cuenta de que era el mío.

Javier me sacudió de la muñeca.

—Y tú lo mismo, Diana. Calladita estás más guapa. Si te haces la lista me voy a acabar enterando, que esto es muy pequeño. Y entonces la siguiente a la que pondré contra el coche serás tú. ¿Entiendes?

La bestia nos soltó. Asier y yo nos separamos sin atrevernos ni a cruzar la mirada. Entré en casa con la nuca helada por el miedo y la rabia incendiándome el pecho otra vez. Había vuelto a comprobar que siendo chica siempre hay una diferencia, siempre pierdes más. Y que prefería que me diera un puñetazo, porque eso sí que se lo podría devolver.

8

Transcurrieron dos semanas durante las que no volvimos a hablar de lo sucedido. Al principio por miedo y más adelante porque cada día era tan intenso que se superponía al anterior y lo dejaba congelado en una diapositiva. La imagen de Javier y la mujer del maletero quedaba tan abajo en la torre de los días que había que tener muchas ganas de recordarla para sacarla de su lugar sin derribar la pila entera. Pesaba más todo lo que habíamos seguido viviendo. O eso creíamos.

Olía a viernes y por primera vez nuestras madres nos habían dado permiso para acercarnos en bici a las fiestas de otro pueblo con la condición de que estuviéramos de vuelta antes de que anocheciera. Para las madres de noche todo se convierte en su peor versión y a partir de las diez una carretera comarcal puede contener todo el peligro de una autopista de seis carriles. Dejamos las bicis encadenadas a una señal de tráfico y un árbol junto al frontón de Murieta, guardamos en el bolsillo las llaves de los candados como si fueran las del Ferrari y salimos corriendo hacia la caseta del tirapichón. Asier y yo competíamos instintivamente, ambos teníamos buena puntería. Tras pedir que nos cambiaran la carabina por otra, porque el cañón estaba ligeramente torcido, partimos en dos todos los palillos que se necesitaban para conseguir una caja de petardos y una enorme serpiente verde de peluche.

Después habría que llevarla enrollada al cuello los diez kilómetros en bici de vuelta a Ganuza, pero lo único preocupante en aquel momento era lo que estaba a punto de ocurrir.

Vimos que alguien se acercaba abriéndose paso con los codos entre el gentío. Javier. Venía hacia nosotros. Borracho, el pelo y la camisa empapados en sudor. Tambaleándose se acercó a Asier hasta pasarle el brazo por encima del hombro. De pronto me di cuenta de que medían casi lo mismo, a pesar de que Javier le doblaba la edad. En anchura de espalda y en rabia Javier ganaba de largo. Un combate seguiría siendo desigual.

—Venga, te invito a un ron con Coca-Cola, balbuceó.

—No me gusta. Asier se zafó del brazo.

—¡Que ya tienes 15 años, joder! ¡Tienes que aprender a beber como un hombre!

Volvió a echarle el brazo por encima y se lo llevó. La marea de cuerpos en movimiento se los tragó. El resto nos quedamos en la orilla de la infancia, con la serpiente y los petardos en las manos sin saber qué hacer. A Manu le molestó que se nos hubiera trastocado la tarde. Solo habíamos cumplido la primera parte del plan, que consistía en hacer puntería un rato, merendar churros junto al río, explotar los petardos y tomarnos una cerveza a escondidas. Habíamos adjudicado la misión de pedirlas en la barra de la *txozna* a Asier, el único que por su altura aparentaba ser mayor de edad. Pero a mí eso ya me daba igual. Lo que me preocupaba era qué podía ocurrirle. Nadie salvo él y yo sabía que Javier lo había amenazado y con qué lo había hecho. Sentía una inquietud creciente, a través de la bruma alcohólica que envolvía a Javier había detectado los ojos de loco que se le ponían en ocasiones. Era posible, incluso, que solo hubiera aparentado estar borracho para contar ante nosotros con una excusa creíble para llevarse a Asier. Quería salir a buscarlos, pero ocultando mi preocupación al resto. Manu, sin saberlo, intervino con una solución brillante.

—¿Y si vamos nosotros también a la *txozna* y le pedimos a Javier que nos saque nuestras cervezas? ¡Ya que estamos, vamos a aprovechar!

—¡Buena idea!

Desplazarse a través de la marea humana a otro ritmo que no fuera el suyo resultaba imposible. Nos encontrábamos junto al frontón y todas las parejas de padres y abuelos del valle estaban allí. Bailando las rancheras que constituían el aperitivo musical antes de la cena. El ritual. Atravesamos la maraña de cuerpos, brazos y piernas como pudimos hasta alcanzar la *txozna*. Nada. No estaban allí. Lo intentamos en la otra, la que quedaba más cerca del río. Tampoco. Empecé a asustarme. Pensé en el Bronco, ese perrazo enorme tan desequilibrado como Javier. Lo imaginaba capaz de haberlo traído en el maletero del coche. Si cabía una mujer, el Bronco también. Cuando lo abriera, el perro saldría con su agresividad multiplicada por el encierro y la oscuridad. Pensé en la pocilga, en Murieta también había más de un ganadero que criaba cerdos. A Javier no le costaría nada emborrachar a Asier contra su voluntad para poder controlarlo mejor y cumplir su amenaza. Yo sabía que Asier no había abierto la boca, pero Javier era un paranoico. No se fiaba de nadie y para él la única realidad que existía era la que él imaginaba.

Manu seguía obcecado con su objetivo. En eso se parecía al Bronco. Si mordía algo, él tampoco lo soltaba. Se encontró con un primo que ya era mayor de edad, consiguió que pidiera las cervezas y nos las pasó. Eran de un tercio. Nos parecieron gigantes. Nunca habíamos bebido una entera cada uno. Nos las tomamos junto al río, yo me acabé la mía ansiosa, por los nervios, y enseguida notamos cómo se nos aflojaban los músculos y las preocupaciones y comenzamos a reírnos por todo.

Hablábamos raro, nos patinaban un poco las erres y las eses.

—Rrramón.

—Rrrabo.

—¡Jaaajaja!

—¡Essspera! El perrro de Ssan Roque no tiene rrrabo, porque Rrramón Rrramírez se lo ha cortado. ¡Dilo tú!

—¿No era Rrramón Rrrodríguez?

—¿Quién va a por churrros?

Se nos saltaban las lágrimas. Por momentos conseguí sumarme al festival de la risa floja. Éramos niños que querían crecer mientras nos lanzábamos unos a otros una serpiente gigante de peluche junto a la orilla de un río sin llegar a caernos al agua, un milagro. Comenzaba a oscurecer, había que irse. ¡Asier! Volvimos a buscarlo. Hicimos una ronda por la caseta de tirapichón, las dos *txoznas*, el frontón, los bares. Incluso nos asomamos a los baños. Ya preocupados nos acercamos al lugar donde habíamos dejado candadas las bicicletas. La suya seguía ahí.

—¿Qué hacemos? ¿Llamamos a su casa?

—¡No! Vamos a esperarlo aquí un poco más.

—Pero es que es de noche ya…

—Mejor volvemos para que nuestros padres nos vean y se relajen y lo esperamos arriba, donde la iglesia. Desde ahí se ve la carretera de todo el valle.

Lo hicimos. Fuimos a casa a por nuestros bocadillos de la cena como si no ocurriera nada. Manu cogió el de Asier y contó a su madre que estábamos jugando al escondite junto a la iglesia. Cenamos en silencio. Costaba tragar cada mordisco de pan con tortilla porque el miedo nos había cerrado el estómago. Manu se incorporó y se puso a lanzar piedras contra la tapia del cementerio. Amaia dibujaba círculos sobre la pared del pórtico con un trozo de ladrillo naranja. Vi una estrella trazar una curva en el cielo y desaparecer tras el pinar. Era la noche de las Perseidas. Pensé que tendríamos que haber avisado ya a los padres de Asier. Quizá la cosa empezaba a quedarnos grande y estábamos perdiendo un tiempo fundamental. Recordé las palabras de Carmen a mi tía Jose que había escuchado una vez junto a la fuente. Javier se crio sin padre y su madre nunca pudo con él, le encantaba matar pájaros y ahorcar gatos, Javier fue un niño sin sentimientos. Sonaron doce campanadas. Medianoche. Habíamos llegado hacía dos horas. Si no le hubiera ocurrido nada, Asier tendría que estar aquí. ¿Y si le había pasado algo y ya era tarde? Esa idea explotó y me puse en pie.

—¡Vamos a buscarlo!

Manu asintió con gravedad como si pudiera leer mi pensamiento. Entonces distinguí un punto de luz que oscilaba en la oscuridad a la altura de la curva de la revuelta.

¡Asier! ¡Tenía que ser el faro de su bici! Corrimos cuesta abajo hasta llegar a él. A la luz de la luna vimos que la nariz se le había hinchado y deformado y que una sustancia seca le manchaba la mejilla, el cuello y la camiseta amarilla de Kas. Era sangre. Olía a alcohol.

—¿Pero qué te ha pasado, tío?

—¿Te ha dado un puñetazo?

Asier rompió a llorar. Se notaba que no quería y que se estaba enfadando consigo mismo por hacerlo delante de todos. Pero no podía contenerse. Me impresionó, nunca lo había visto así. Sin ser el líder de los chicos de pronto me pareció el más valiente de todos. Los chicos no lloran. Empecé a verlo de un modo diferente. Se secó las lágrimas con el dorso de la mano extendiéndose la sangre por las mejillas. Nadie se atrevió a abrazarlo, pero sí a palmearle la espalda y cogerle con cariño de la nuca. Gestos de chicos, el apoyo de la manada. Dejé resbalar mi mano por su brazo.

—¡Cuenta! ¿Qué ha pasado?

—Me ha llevado al bar que está a la salida del pueblo. Apenas le entendía de lo borracho que iba. Me ha sacado el puto ron con Coca-Cola y me lo he tenido que beber casi de un trago, y después otro. No había manera de salir de allí, me tenía sujeto con el brazo alrededor del cuello. Y después me ha llevado hasta el parking que han montado para fiestas junto a las huertas. Se ha metido una raya encima del maletero de un coche y entonces se ha espabilado.

—¿Y te ha invitado?

—No. Me ha dicho que el otro día, cuando mi padre y yo nos cruzamos con él, que bajaba de la sierra con el Bronco, nos callamos al verlo y que mi padre lo miró mal. Creía que yo le había contado lo de la mujer y él en la chopera. Le he contestado que no. ¡Y es cierto! ¡No le he dicho nada a mi padre, joder! Entonces me ha tirado al suelo de un empujón.

—¿Y qué has hecho?

—Tu problema es que no le caes bien a nadie, le he dicho.

—¡¿Estás loco?! ¿Cómo se te ocurre decirle eso?

—Por los dos rones con Coca-Cola que llevaba encima, supongo.

—¿Y después?

—Ya lo ves. Mira cómo me ha dejado la cara. Es la primera y la última vez que me pones la mano encima. Esto también se lo he dicho.

Ahora sí que parecía mayor. En las dos horas que lo habíamos perdido de vista Asier había crecido años. Mientras subíamos la cuesta hasta la entrada del pueblo todos elucubraban acerca de las posibles consecuencias que nos traería la colisión inesperada entre dos planetas, el de los adultos y el nuestro. Con aquella incursión de la violencia desproporcionada se agrietaba una de las diapositivas que conservaríamos siempre del paraíso. No sabíamos que estábamos empezando a dejar atrás la niñez y que parte de la magia de la infancia y los personajes que la habían habitado también comenzaba a evaporarse.

Asier y yo seguíamos al grupo unos pasos más atrás, escuchábamos en silencio. Él prefería dejarlo estar, antes de recibir el puñetazo ya le había lanzado su flecha y después, el aviso. Quedaban solo tres semanas para que terminara el verano, para que regresáramos cada cual a nuestra casa y escondiéramos al fondo de un armario el botín de las victorias y la vergüenza de las derrotas hasta el año siguiente. Para cuando llegara el próximo mes de junio sabríamos más y seríamos más fuertes.

Nuestras manos se rozaron sin querer y se quedaron ahí. Ninguno de los dos retiró la suya, así que las manos se unieron. La Osa Mayor y la Menor nos miraban desde el cielo y una estrella fugaz cayó sobre las peñas.

9

Como una malabarista de platos chinos rodeada de humo, mi madre se afana con su delantal de flores entre lomos de merluza, congrio, langostinos, mahonesa recién hecha y una fuente de ensaladilla del tamaño del Coliseo romano. Si la cocina y la pista de circo estuvieran juntas, sabría ejecutar el número con brillantez y preparar la comida para toda la *troupe* al mismo tiempo. Rara vez se le cae algún plato. Pero si ocurre, que te pille lejos.

—¿No huele raro, mamá?

—Serán los huevos cocidos.

—No. Es otra cosa…

—¡Pues chica! ¡El pescado no puede estar más fresco! ¿A qué va a oler?

—¡A gas! Es ese quemador, no tiene llama, pero está abierto, ¿ves? ¡Está saliendo el gas!

—¡Abre la ventana, corre! Ya me parecía que me estaba doliendo la cabeza…

—¡Esta cocina te va a matar, mamá! ¡En seis metros cuadrados te puedes asfixiar si hay un escape! ¡Hay que tirar esa pared y unirla con el comedor!

—Que sí, que ya lo haremos. Toma, pon la mesa que van a llegar.

Ella es así. Puede estar a punto de morir, pero no por eso va a bajar el ritmo.

—Al final somos seis, los tíos, la prima y nosotros tres.

—¿Y el primo no viene?

—No, a este las comidas de fiestas le dan igual. Me ha dicho la tía que ha vuelto a casa a las diez de la mañana. Siempre le han dejado hacer lo que ha querido. Es igual que su padre.

Mi madre pone cara de «ya te imaginas» y la verdad es que me imagino poco. Con 14 años y una infancia de pueblo es muy probable que no hayas averiguado aún de qué materia están hechas las horas nocturnas. Aspiras a saberlo, pero no lo sabes. A esa edad todavía queda un tiempo de gracia antes de conocer la prepotencia del noctámbulo, sus códigos y sus pulsiones.

—¿Qué vas a poner, mamá?

—Ensaladilla rusa, croquetas, espárragos rellenos, sopa de pescado y merluza en salsa. La tía trae el postre y el tío, el vino. Ve a llamarlos que esto ya está.

—¿Y el papá?

—Duchándose, acaba de venir de la huerta. Coge una bolsa y llévales un par de lechugas, tomates y unos pepinos.

En el frontón, la orquesta que se había despedido de madrugada saca a pasear sus rancheras por si alguien se atreve a alejarse unos metros de la barra y bailar un rato. La de la mochila azul, Caballo prieto azabache. No arriesgan, conocen a su público. La mayoría prefiere acodarse en la barandilla de hierro y valorar las evoluciones de las cinco parejas de abuelos que se han lanzado a la pista en su mejor versión, «enguapecidos» con su raya a un lado, su ahuecado de peluquería y su pintalabios, sus trajes de boda de sobrino, de comunión de nieta y al final, de domingo. Los treintañeros sobrellevan la resaca con alegría y con la ayuda de un martini o un *patxaran*, y mentan a la madre de los críos que corren entre la pequeña multitud lanzando petardos. Siempre es así, un ritual que se replica y se reencarna cada año, como si se hubiera tallado en las tablas sagradas que rigen las costumbres.

—Estamos templando la garganta para jalear a los pelotaris de la tarde —me explica Txomin El Gordo—, hay partido de los buenos. ¡Retegi II contra Galarza III!

Yo no entiendo mucho de pelota, pero para mis padres Retegi es Dios.

—¿Cómo han conseguido traerlos al pueblo?

—Pues porque Galarza es cuñado de la Pili y Retegi es tan buen tío que se ha apuntado. Fíjate que ni van a cobrar. Luego les regalamos a cada uno un jamón de los que cura tu madre, los invitamos a la cena en el frontón y tan a gusto. ¡Noventa estamos apuntados!

Txomin me pone sobre la cabeza una txapela en la que quepo sentada y se asoma a la bolsa que llevo en la mano.

—¿Lechuga, tomate y pepino? ¡Eso es para los conejos! ¡Un buen *txuleton*! ¡Con eso sí que vas a crecer! ¡Y tú, Andrés, quita eso y pon Noche de Rock&Roll, joder! ¡Pon Barricada! ¿Eres navarro o qué hostias eres?

—¡La tengo grabada! ¡Y me acabo de comprar la cinta de Rosendo!

De repente me siento integradísima.

—¡Looooco por incordiaaar! ¡Looooco por incordiaaar! *Oso ondo, neska!* ¡Hay cantera en este pueblo!

Es majo, Txomin. Y de Ordizia. Pasa aquí todas las vacaciones que le deja la fábrica. Le tira esto, como a tantos guipuzcoanos que cada verano esquivan el gris y su humedad costera para abrazar el calor seco, la luz y los cielos azules de Estella y alrededores.

Dejo atrás el bullicio, bajo la cuesta de la fuente y subo por la pista de cemento que lleva hasta el chalé de los tíos. Es el más alejado del pueblo. El día que la tía se caiga por la escalera con los tacones nadie va a poder oír sus gritos. Aunque aquí todo el mundo aparca delante de la puerta de casa, el tío guarda su BMW en el garaje. No vas a tener un coche bueno para dejarlo en la calle, dice. Pero hoy ante su puerta hay otro cochazo, uno que no conozco, gris metalizado. No me suena, así que lo rodeo para curiosear. En la carretera mi padre y yo jugamos a menudo a adivinar marcas y modelos intentando no mirar al símbolo del radiador. El doble rombo es Renault, la V sobre la W dentro de un círculo, Volkswagen, la S cuadrada es la de Seat, los dos picos, Citroën. Ford es fácil, está escrito. Los cuatro aros entrelazados son de Audi, el círculo partido en cuatro quesitos, dos azules y dos blancos, BMW. Y la estrella de tres puntas dentro del aro, Mercedes. Hay quien se la lleva y las colecciona; no es nada difícil de quitar. A este no se la han robado. De momento. Los cristales traseros están tintados, parece un coche de película, solo le faltan las banderitas norteamericanas en las esquinas delanteras. Mientras me lo estudio salen de casa palmeándose la espalda y riéndose a carcajadas el tío Alejandro y un hombre muy bronceado y con el pelo peinado hacia atrás con gomina. Fuma un puro gordo y largo. Bastante más que los farias que enciende mi padre de vez en cuando, en Navidades, cumpleaños y fiestas del pueblo. Hoy toca, qué asco. A mí el humo de los farias me provoca arcadas, pero este no huele tan mal. El hombre lleva un traje gris claro de un tejido que espejea un poco cuando se mueve y las arrugas cambian de posición, pero el pantalón le queda demasiado corto y deja ver unos calcetines blancos oscurecidos y unos zapatos negros sin brillo. Mi madre siempre insiste en que hay que cuidar los detalles; él no debe de saberlo. Se palmean un poco más la espalda. Cómo son los hombres, tienen que andar demostrándolo todo el tiempo. Ya se están despidiendo y, cuando el del puro levanta los brazos para abrazar a mi tío, veo que algo le asoma bajo el sobaco izquierdo. Parece la culata de una pistola. ¿Estará encajada en uno de esos cinturones de cuero con tirantes que llevan los detectives y los polis? ¡Esto sí que es de película! Mi tío y el hombre del traje gris aún no se han percatado de que estoy ahí, así que me pongo en modo investigadora y, al pegar la nariz a la ventanilla del conductor, veo una funda negra de traje tumbada sobre el asiento del copiloto. Junto a la funda, en el suelo, hay una bolsa rígida de cartulina marrón, de las que te ponen en las *boutiques*. Está cerrada en el centro con una pegatina y lo poco que se ve por los triángulos abiertos de los lados parece un sombrero. Brilla como si fuera de plástico o de charol. Me recuerda al que una vez le tomó prestado un chico de Estella a su padre para ponérselo en carnavales; y cuando se cruzó con un grupo de los mayores, los que iban al insti y se atrevían a fumar y llevar litronas por la calle, le estuvieron insultando hasta que se lo quitó. Resultó que era un tricornio.

—¡Mira quién está aquí!

—¡Pero qué cosa más bonita!

—¡Chssst! Ni acercarte, que es mi sobrina preferida. Te llamo pronto. Y cuando vuelva de San Sebastián, ya sabes. ¡Echamos la partidita!

Y mi tío le guiña un ojo.

—Perdone usted. ¡Se dice Donostia!

Al tío Alejandro le parece tan divertido que su amigo le corrija y al amigo lo de la partidita que se ríen sin parar. Están contentísimos y les brillan los ojos. Yo no lo pillo, supongo que es como los chistes secretos con tus amigas, solo te hacen gracia si eres del grupo. Se nota que se llevan bien. El hombre abre la puerta del coche, el asiento está manchado de ceniza y en el salpicadero lleva pegada una banderita española. Prefiero el imán de los plátanos que tenemos en la nevera. Cuando el Mercedes gris arranca derrapando un poco en la gravilla, mi tío se queda viendo cómo se aleja. Con el kiri repleto de flores lilas justo detrás. Parece un cuadro. Un óleo de los que encargan los señores ricos para colgarlo en el salón de casa. Junto al piano. El tío no tiene ningún cuadro así. Qué extraño. Eso le falta. Le doy la bolsa con verduras.

—Mi madre, que vengáis ya a comer, que está todo listo.

—¡Y riquísimo además, seguro! Con lo buena cocinera que es… ¡Con tu madre tenía que haberme casado yo!

—Mmm… ¿Te puedo preguntar algo, tío?

Entonces se detiene antes de entrar en casa, deja de sonreír y me mira como si me acabara de hacer mayor de repente.

—Lo de tu madre era en broma, ¿eh?

—¿Ese señor llevaba una pistola escondida?

La pregunta lo libera y le hace tanta gracia que vuelve a mirarme como a su sobrina pequeña.

—¡No, tonta, es para una fiesta de disfraces que han organizado esta tarde en una discoteca de Pamplona! También lleva en el coche el traje para vestirse. ¿Lo has visto?

—Solo la funda, estaba cerrada con cremallera. ¿Y vas a ir?

—No lo sé aún. Tendría que agenciarme una gabardina, un sombrero de detective y un periódico para recortar dos agujeros y poder vigilar sin que me vean.

—¡Yo te preparo el periódico!

—Muy bien. Vamos a coger cuatro flores para llevarle un ramo a tu madre mientras tu tía termina de arreglarse.

Veo a mi prima Marta en el jardín, leyendo sentada sobre la hierba bajo el kiri. Las flores lilas y rosadas se derraman sobre ella y sobre el verde del césped. Es un cuervo en un paisaje oriental. Mientras mi tío dobla una rama para arrancarle las flores sin miramientos, me acerco a mi prima. Voy a hacerme un poco la lista con lo que he leído en la enciclopedia que tenemos en casa.

—¿Sabes que el kiri en realidad se llama *Paulonia Tormentosa*?

—Qué dramática. No es Tormentosa. Es To-mentosa, por el tomento, esa pelusa que cubre las hojas.

—Pues me gusta más Tormentosa.

Mi tío asiente sonriendo y me guiña un ojo mientras se aleja con el ramo de flores para mi madre. Siempre que estamos los tres juntos es como si yo fuera su hija y su hija, la de un amigo a la que tiene que soportar porque le ha pedido que se la cuide un tiempo.

—He leído que es un árbol casi mágico. ¡Absorbe el doble de CO_2 que otros! Quizá por eso lo eligió el tío.

—¿Mi padre, ecologista? Lo traería porque nadie más tiene uno como este por aquí y porque es muy llamativo. A mi padre le gusta que se le vea. Es como esos pavos reales.

Ajenos a nuestra conversación, los dos ejemplares machos se lucen en su papel, se pavonean y se miran la cola, supongo que esperando que aparezca la hembra para admirarlos. Pero a la hembra el despliegue de vanidad no parece impresionarla demasiado, picotea distraída entre el césped en busca de gusanos.

Cuando el tío los trajo al chalé, los pavos reales se convirtieron durante semanas en una atracción para todo el pueblo. Las madres se acercaban en procesión con sus hijos para enseñarles aquel prodigio que solo podía admirarse en un zoo o en el parque de la Taconera de Pamplona. A Marta nunca le interesaron. Está leyendo un cómic que tiene muy buena pinta. En la portada aparece una mujer fatal con vestido de cuero, la cremallera del escote muy abajo y unas tetas tremendas. Fuma, claro. Anarcoma. Es lo más cercano al porno que he visto en mi vida y noto calor ahí abajo, me dan ganas de meterme al baño un rato. Mi prima me lo ha debido de notar.

—Nunca habías visto un cómic como este, ¿eh? Parece una mujer, ¿verdad?

—Qué va a parecer si no.

—Pues resulta que tiene polla.

—Ah.

—Es trans.

—¿Trans?

—Transexual, ya te lo explicaré otro día.

Su padre le ha traído unos cómics de Barcelona, aunque no todos son como este. Otros son de naves espaciales y de misterio. A mí también me encanta leer, pero mi prima me dice que ese me queda un poco grande, así que me pasa uno de los otros para que le eche una ojeada.

—¡Venga, chicas! ¡Dejad los tebeos que nos vamos ya!

—No es un tebeo, mamá. Es un cómic de Nazario.

—¡Menudo nombre! ¿Tiene algo que ver con Nazaret?

Mi prima pone ojos de desmayarse. Además de lista es listilla. Me pasa tres años y a veces parece mi madre. Va a estudiar Ciencias Exactas.

Me fijo en la tía Jose, que no sabe quién es Nazario pero está increíble. Siendo la segunda más guapa del valle, a veces casi alcanza a mi madre.

—¡Uauh! ¡Pareces Grace Kelly, tía!

—Anda, anda. Tienes que dejar de leer las revistas de tu madre.

La tía Jose, que era castaña como todo el mundo hasta que se casó y se convirtió en rubia, se ha hecho un moño plátano, se ha pintado el rabillo del ojo, los labios de rojo y se ha puesto un vestido cóctel verde. Si no miras las hombreras de jugadora de rugby, le sienta como un guante. Hoy no va toda a juego como a ella le gusta porque pintarse los labios de verde ya habría sido demasiado, así que se ha puesto los zapatos como la boca, del color cereza de ese carmín que parece terciopelo.

Tiene muy claro su estilo. Es de esas mujeres que saben subirse a unos tacones de aguja y conseguir que la lleven a donde ella quiere. La tía Jose. Marijose. Lo de cambiarse el nombre porque al tío le gustaba más así me lo ha contado mi madre y dice que la tía Gloria, que es la tercera hermana, piensa lo mismo que ella. Que el tío le ha absorbido la poca personalidad que tenía y que, si le pide que se tire por un puente, ella se tira. Entiendo lo que dice mi madre. Aunque conociendo a la tía no me extraña que le siga la corriente. Pasar de ordeñar vacas de día y tejer colchas de noche a vivir en un chalé con piano y pianista que te enseña a tocarlo, con muebles nuevos y limpiadora que les quita el polvo, con jardín, palmeras, kiri, piscina y jardinero que viene a cuidarlo todo… Bueno. Supongo que con lo que él le ha cambiado la vida, que también le cambie un poco el nombre para la tía es lo de menos. Aparte de todo eso de seguirle la corriente al tío, la tía es cariñosa y generosa, se merece lo que tiene y más. Yo la quiero, pero nunca podría ser como ella. Mi madre siempre me insiste en que estudie y sea independiente económicamente para no tener que soportar ciertas cosas solo por necesidad. Así que en eso estoy, en 8.º de EGB y camino de mi independencia.

El tío Alejandro se ha cambiado, se ha quitado el traje oscuro que llevaba y se ha puesto otro de lino blanco y una camiseta verde menta sobre la que destella la cadena de oro que jamás se quita. Nunca lo reconocerá, pero yo sé que al tío le habría encantado ser Sonny Crockett y pasar el día y sobre todo la noche recorriendo Miami y retirándose mechones rubios de unos ojos verdes. Pero la vida le dio el pelo negro ensortijado y los ojos oscuros de Ricardo Tubbs. Es así, qué le vas a hacer. Bajo la manga impoluta de la americana le asoma el reloj de acero con cronómetro y cinco o seis funciones más. Debe de pesar como una manzana y se puede sumergir a 30 metros de profundidad, aunque eso el tío no ha podido ponerlo a prueba porque no ha buceado en la vida, que yo sepa. Será una de las pocas cosas que no ha hecho. De momento, diría él.

—Diana, pon en marcha el crono. A ver cuánto tarda tu tía en salir por la puerta desde que digamos las tres palabras mágicas…

—¡Nos vamos ya! —vocifera el tío por el hueco de la escalera mientras aprieto el botoncito rojo del reloj que le cubre casi toda la muñeca.

—¡Tiempo!

—¡Cojo las cosas y voy! —exclama alegremente la tía.

—A ver, Marta, deja aquí los cómics, que vamos a casa de los tíos a disfrutar de la comida. A charlar un rato. A hacer lo que hacen las personas normales cuando se sientan en familia. ¡Ya tendrás tiempo para leerlos!

—Me voy a llevar solo este. Por si me entran ganas de ir al baño.

Lo dice delante de su padre con absoluta naturalidad y, como a mí imaginarme con ese cómic en la mano en el baño no me lleva más que a una cosa, la situación me da vergüenza, así que intento ayudarla como me gustaría que hicieran conmigo en un caso así.

—Si es por eso puedes dejarlo, Marta. Tengo dos tomos de *SuperHumor* en casa. A mí también me gusta llevármelos cuando voy al baño. Mi padre siempre se mete conmigo por eso. Como él caga en cinco segundos no entiende que a otros seres humanos nos dé tiempo a leer.

Mi tío se ríe con ganas y a mi prima le molesta. Sé que solo ha cogido el cómic para llevar la contraria a su padre porque se encuentra en plena fase de confrontación con él. Desde hace años. El cómic no le importa lo más mínimo. En realidad, ahora mismo podría encender una pira con él bajo la jaula del loro que el tío les ha traído de la Rambla. Se suponía que cuando alguien dijera «¡Qué calor!», el loro contestaría «¡Tú sí que me das calor!». Pero el viaje lo ha dejado anestesiado. Ni carraspea. A Marta no le gustan los animales enjaulados ni los piropos de sal gorda y siempre lleva mechero encima, así que existe una alta probabilidad de que lo de quemar al loro termine ocurriendo. Le hago un guiño para rebajar la tensión, pero en vez de tirarse de cabeza a la corriente de complicidad fecal que he abierto entre las dos, pone los ojos en blanco. A mi prima Marta le ha bajado la regla hace poco, a los 17. Hasta que eso ocurrió estaba un poco menos amargada, creía que se iba a librar. Un suceso tan natural como ese, según lo define mi madre, la ha llevado a creer que tiene por lo menos 37. La regla la ha hecho mujer de repente, pero mujer ya vieja.

—El perro no viene, ¿no?

—No llames así a tu hermano. Ya es mayor, que haga lo que quiera.

—¿No lo ha hecho siempre?

La tía hace su aparición cargada como una azafata de grandes almacenes contratada para repartir regalos en una promoción de ginebras.

—¡Vamos, chicos! Bandeja de pasteles, vino… Lo llevo todo.

—¡Tiempo! Diana, cronometradora oficial, ¿qué marca ha hecho tu tía?

—4 minutos 53 segundos.

—Va mejorando. Ha habido días que hemos llegado a estar veinte minutos con la puerta abierta «ya saliendo».

—¿Y esas flores?

—Nada, para que las ponga tu hermana en la mesa.

Sorteamos las invitaciones a vermús junto al frontón y los gritos de «¡Guapa!» a mi tía mientras la chica de la orquesta medio estrangulada por un vestido dorado de lentejuelas vocea como si no llevara un micro en la mano.

—¡Gracias por el aplauso, chicos guapos! ¡A ver si nos guardáis algo de ajoarriero! ¡¡Esta noche os espero a todos para mover el esqueleto hasta la chocolatada de las seis de la mañana!!

Valiente, esa mujer. La segunda oleada de vergüenza de la jornada me cubre hasta el cuello. Creo que es por verla a esa hora del día con ese vestido tan brillante, tan ajustado y tan corto diciendo lo de mover el esqueleto mientras guiña el ojo al público masculino. En todo eso hay algo que falla, creo que es la hora. La vergüenza que me da no sé si es propia o ajena. A mi prima, que hoy y siempre lleva vaqueros y sudadera negra con la capucha puesta, ni te cuento. Se mete dos dedos a la boca como si fuera a provocarse el vómito. Al Kiko también se le ve incómodo. Va saltando entre la gente cubriéndose la cabeza con una camisa que extiende con los brazos en alto como un toldo contra el sol. Al llegar a nuestra altura se acerca a mi prima y a mí y nos acoge bajo su sombra. Se le nota que viene con la carga de los secretos.

—Los he visto ahí arriba, detrás de un roble.

—¿A quiénes?

—A Luis y a la Sara.

—¿Y qué hacían?

—Moverse. Estaban desnudos.

—No se lo digas a nadie, ¿eh?

El Kiko niega con la cabeza ante la petición de mi prima y como ha llegado se va, ahora más ligero. Luis tiene novia de siempre y Sara es mucho más joven que él. Si su padre se enterase, Luis no encontraría grutas suficientes en toda la sierra para esconderse. El Kiko conoce muchas más historias que las cotillas del pueblo, es un gato que está en todas partes sin que se note y se entera de todo. Pero de algún modo intuye la capacidad destructora de sus secretos y, como es bueno, mantiene cerrado con llave el arsenal de bombas. Solo las suelta donde sabe que no van a hacer daño. O donde cree que son necesarias.

10

Hacemos la entrada en casa con el mismo sigilo atronador con que lo haría la banda municipal en un hogar de jubilados. El tío llama al picaporte con fuerza suficiente para arrancarlo y después astillar con él la puerta.

—¡A ver qué manjares nos ha preparado esa cocinera!

Me adelanto para poner en una jarra pequeña con agua el ramillete de flores del kiri. El lila no es un color que me guste, pero la verdad es que a estas flores les queda bien. Las hace especiales.

—Mamá, las dejo aquí. Me las ha dado el tío para ti.

—Quítalas de ahí ahora mismo.

—¿Por?

—Me dan alergia. Además, ¿no ves que no hay sitio?

Vaya. La alegría se ha puesto seria precisamente cuando llega el jolgorio de la banda.

—Venga, sentaos, que ya está todo en la mesa.

—Inés, meto los pasteles al frigorífico. Y el vino.

—¡Quita, loca! —interviene el tío—. ¡El vino ni se te ocurra! Lo acabo de sacar de la bodega y está perfecto de temperatura. Estas mujeres que no saben de vino, ¿eh, Pablo? ¿Cómo va el superhombre, ya te da la vida para todo?

—Tampoco es tanto.

—Sí que es, papá. En la ebanistería estás nueve o diez horas, y después te vas a la huerta otras dos más.

—Que hacen falta ganas, ¿eh? Todo el día respirando serrín y luego venga, ¡a por la azada!

—No todos tienen negocios como tú. ¿Sigues con la compraventa de oro o con qué estás ahora?

Mi madre se la devuelve, es la única a la que mi tío no gana por goleada. Cuando el tío se sube a la parra, porque se sube, mi madre sabe ponerlo en su sitio. Mi padre es demasiado bueno y la tía Jose, aun siendo su marido, no se atreve.

—Coches de lujo, lleva ya un par de años con eso.

La tía dice coches de lujo como podría decir cultivo de ostras o granja de avestruces. Siempre se refiere de un modo genérico a las actividades del tío, no por no aburrir con el detalle, sino porque nunca ha sabido exactamente qué hace ni cómo se gana el dinero. Es probable que ni él se lo cuente, ni ella necesite disponer de esa información. Le basta con comprobar que pueden seguir manteniendo su nivel de vida. Parece que hubieran firmado un acuerdo silencioso. La tía siempre se ha encargado de la casa, que abarca lo doméstico, con permiso de Marina, la señora que limpia y plancha, y lo relacionado con sus hijos. El tío se ocupa de que el dinero salga de sus escondites y entre en la casa. Ninguno interfiere en el campo de acción del otro y parece que así les va bien. Son diagramas de Venn, dos círculos que se solapan en una intersección dentro de la que estarían su dormitorio, las vacaciones familiares y quizá alguna conversación que no se me ocurre acerca de qué podrán mantener. Imagino que, en el espacio restante de cada círculo, que es casi todo, cada cual es libre para hacer lo que quiera y expandir sus pensamientos y deseos.

—¿Y qué haces con los coches?

Mi madre y su persistencia, buena es cuando tiene un objetivo.

—Compraventa de vehículos de lujo de segunda mano. Los compro a particulares que los han utilizado tres o cuatro años, los actualizo y los vuelvo a vender como nuevos.

—¿Con qué talleres trabajas? Te lo digo porque conozco un mecánico de motor muy bueno y un taller de chapa y pintura que te deja el coche a estrenar.

Mi padre y su voluntad de colaborar, siempre a punto.

—Suelo hacerlo con dos de Pamplona, pero te lo agradezco, Pablo. Otro día te pido los contactos.

—Oye, y ya que lo estamos hablando, ¿dónde compras esos coches?

—De todo, anuncios de prensa, publicaciones especializadas, contactos…

—¿Y los clientes? No conozco a mucha gente que tenga un BMW, un Audi o un Mercedes.

—Quizá en tu círculo no, pero he vendido incluso algún Jaguar. A un cirujano de Pamplona y a una dermatóloga de Bilbao que son muy fieles a la marca. Los dos disponían ya de un modelo clásico y buscaban un Jaguar más deportivo para los fines de semana.

—¿Qué tipo de persona necesita dos Jaguar para vivir?

Mi prima y sus dagas voladoras, siempre afiladas. Mi tío se hace el sordo, en eso también es el amo.

—Tengo otro cliente guipuzcoano que colecciona modelos antiguos, Rolls-Royce, Mercedes de los años 50…

—Seguro que con todos los vehículos que acumula cogiendo polvo en su hangar, porque si no es en un hangar tú dirás dónde le caben, se puede alimentar durante un año a un país africano.

Mi prima es lanzadora de cuchillos nata. El hecho de que la ignoren no la detiene. Por mucho que mi tío trate de ganársela con cómics prohibidos y camisetas negras de los Dead Kennedys y de Misfits, ella cada vez se aleja más de él. Lo desaprueba, desaprueba sus negocios y desaprueba el tipo de personas con las que lo hacen relacionarse. O quizá sea al contrario, y él elige al tipo de personas con las que le gusta codearse y son ellas las que lo empujan a meterse en esos negocios, no sé cuál es el orden.

Interviene mi padre como mediador de Naciones Unidas que podría haber sido.

—Tienes razón, Marta, pero de los gustos de esas personas vivís los cuatro.

El tío recoge el guante.

—Ya sabes, Pablo, siempre queremos más, no nos conformamos con lo que tenemos. Ambicionamos, deseamos aquello que está fuera de nuestro alcance, aunque eso nos genere una insatisfacción permanente. Es la condición humana. La inconformidad. Las personas nos aburrimos de lo que ya hemos conquistado, queremos más. Ese es el motor de la existencia, el impulso, el cambio, el movimiento, lo que nos hace sentirnos vivos. Lo reconozcamos o no, somos así. ¿No te parece, Pablo? ¿No cambiarías tú lo que ves todos los días si pudieras?

Tiro porque me toca.

—Pues yo no. A mí me gusta mi habitación, me gusta esta casa... Quizá cambiaría a mis padres de vez en cuando, eso sí.

—A ver si te vas a quedar un mes sin paga.

Mi padre me da un tirón de la coleta. Sabe de sobra que nunca los sustituiría, pero agradece los capotes que le echo incluso cuando no me doy cuenta. ¿Que le echo o que me echo? Quizá es solo egoísmo. Quizá lo único que pretendo es evitar que se detenga a pensar si está satisfecho o no con su vida.

Es un tipo inteligente y esforzado. Hijo único de familia de labradores. En los escolapios fue siempre el primero de clase y pudo estudiar Formación Profesional solo porque se empeñó en añadir a las jornadas interminables del campo las clases de bachillerato nocturno a 10 kilómetros en bici de su pueblo. Pasaba unos cuantos años a sus compañeros de clase. No comenzó la FP cuando tocaba, sino cuando pudo. Sé que le gusta trabajar en la carpintería, que es muy buen ebanista, fino y minucioso, y que sus compañeros y su jefe lo respetan. Podría ser el gerente si quisiera, pero no tiene ese tipo de ambición y su carácter le conduce más a la armonía que al conflicto. Las tensiones que conllevan los puestos de jefe no van con él. Mi padre prefiere vivir en la satisfacción de lo que controla, un trabajo bien hecho y una buena relación con los demás. Le gusta poder dormir por las noches. De todo esto nunca habla. Pero lo observo y lo sé. «Al menos tu padre pudo hacer Formación Profesional —repite mi madre cuando revive cíclicamente la mayor frustración de su vida—. Yo quería estudiar Enfermería y el maestro de la escuela le recomendó a mi padre que me llevara, pero nada». «Que estudien los chicos, vosotras ya os casaréis». La respuesta que dio su padre a aquel maestro cerró la puerta para siempre y esa muerte de su oportunidad le sigue enfadando. Siempre. Cada vez que me lo cuenta. Entonces continúa con lo de que si su madre hubiese vivido, todo habría sido muy diferente. Estoy segura de que si la abuela no hubiera muerto reventada de agotamiento cuando mi madre tenía 9 años, la habría defendido ante su marido. Es lo que quiero pensar. La abuela Nicolasa, por algún milagro inexplicable teniendo en cuenta de dónde venía, había podido estudiar Magisterio. Aunque nunca llegó a pisar un aula como profesora. Se casó a los 22 y aquella boda fue un funeral. Ese día lo enterró todo. Sus inquietudes, sus planes y su futuro.

—Cuando tu abuela murió tenía 48 años y aparentaba 65. Acércame la otra bolsa de vainas que ha traído tu padre, anda. Ya que estoy, las voy a echar a la olla también.

—¿Para qué se casó la abuela con el abuelo?

—¡Yo qué sé! Para parir una docena de hijos y matarse a trabajar en casa y en el campo. ¿Tú crees que pudo elegir? Le buscarían marido, como a todas por estos pueblos. Qué desgraciadas… Mi padre también quiso buscármelo a mí, no creas. Pero yo no me dejé. Cada vez que traía a algún pretendiente a casa, la tía Gloria me avisaba y yo me escapaba y no volvía hasta la noche.

—¡Pero qué lista es mi madre!

Y ella se ríe mientras lava las vainas ya troceadas bajo el chorro de agua fría.

—¡No me hagas cosquillas, que me tiro por el balcón!

—¡Pero si solo te estoy abrazando! ¡Ahora te voy a hacer cosquillas de verdad!

A mi madre la han abrazado poco, se nota.

—Venga, Marta, acábate esas dos croquetas que quedan y traigo la sopa.

—¡Están de muerte, tía! ¡No he probado otras mejores!

—Te ayudo, Inés.

La tía Jose se levanta, recoge platos y taconea tras mi madre rumbo a la cocina. Las sigo con la fuente vacía de las croquetas. Ahí van ellas. La opción 1, ama de casa, y la opción 2, señora de. Entre espinas de congrio, cabezas de langostino y restos de puerro, entreveo en el cubo de la basura las flores lilas del kiri. Aplastadas y sucias.

—Cuando tenías mis años, mamá, ¿te imaginabas cómo serías de mayor?

—¡Ay, pobre! Nunca sabes qué te va a deparar la vida. Fíjate en la tía, de la noche a la mañana cambió las batas de flores por trajes de chaqueta con falda lápiz.

Mi madre retira los hilos a los tallos de la borraja con un cuchillo. De arriba abajo, uno a uno. Durante dos horas. Creo que es la única persona de la tierra que se toma ese trabajo.

—¿Y esas manchas oscuras que te han salido en los dedos?

—De limpiar la borraja. Cuando acabe me frotaré con un poco de lejía y ya está.

—Sí que tiene trabajo la menestra de verdura.

—¡No lo sabes tú bien! Ni lo sabrás. No creo que le dediques este tiempo.

Además de todo es adivina. Estamos sentadas en el sofá viendo en la tele a Rosa María Sardá y La Trinca, que hacen uno de sus *sketches* de familia con madre irónica de culo ancho y gafa gorda, hijo punk con cresta y pierna flaca y padre listillo con chaleco de punto y seis pelos rastrillados de oreja a oreja. Ellos también están sentados en su sofá viendo la tele mientras hablan de sus cosas. En la suya salimos mi madre y yo. Efecto espejo. Faltaría mi padre, pero él no tiene tiempo para sentarse a ver programas de humor. Solo para los informativos.

—Otra cosa te voy a decir —retoma mi madre—, no me da ninguna envidia la tía Jose. El tío Alejandro quiso salir conmigo, ¿sabes? Pero yo le dije que no. Aquello… no le gustó nada. No está acostumbrado. Es un secreto, nunca se lo he contado a tu padre.

Que mi madre me trate como a una amiga íntima y me revele algo que no sabe ni siquiera mi padre me hace sentirme maravillosamente adulta. Y eso me encanta. Hago el gesto de cerrarme la boca con llave y me levanto corriendo para tirar la llave por la ventana tropezando de camino con el sofá. Soy tan torpe… Mi madre empieza a reírse a carcajada limpia, con la boca abierta y los ojos chinos, y su risa suena a cascada cristalina que estalla entre dos rocas. Esa es Mi Madre. La madre que me parió. La que quiero con locura, la que la abuela me robó tantos años con su amargura, su luto seco y su demencia, y la que ahora, cuando hay suerte, se vuelve a lanzar de cabeza al manantial de las risas. La alegre, la fuerte y la poderosa. La que tiene medalla de oro en limpiar borraja miles de horas porque es una orfebre de la verdura. La que se pinta los labios y, si le apetece, detiene el tráfico. La que no te abraza ni te llama cariño, pero te lo dice todo cuando se ríe contigo hasta llorar. Me tropezaría cada día de mi vida con cada mueble para hacerla reír. ¿Cómo no iba a querer estar con ella el tío Alejandro? El tío es un ganador nato. Nunca se ha conformado con nada que no sea lo mejor.

Al volver a la mesa con la sopera de porcelana abrasándome las manos me encuentro con las risotadas del tío, con el mantel blanco de hilo que mi madre estuvo planchando anoche durante una hora empapado en vino y con la tía Jose recogiendo trocitos de cristal pinzándolos con sus uñas largas y rojas. El tío ha brindado tan fuerte con mi padre que ha hecho saltar las dos copas en pedazos. Los hombres no solo se pelean como carneros. A veces encuentran otros modos.

11

La hermana había repartido los folios con las preguntas. Matemáticas. Concentración máxima. Dos exámenes más y listo. La rutina del fin de curso. Pero lo que aparece uniformado de rutina a veces se desnuda, te permite ver qué sucede ahí dentro y esa visión abre un orificio en la línea de tiempo de los días. Si te asomas consigues entender que hay otra verdad fluyendo bajo lo que vemos y conocemos. Las grietas de la realidad.

Estaba inmersa en la resolución del penúltimo problema cuando una imagen atravesó mi burbuja. Al principio no lo entendí. Me encontraba en la tercera fila, a unos metros de la mesa de la Rizos, la hermana, que se elevaba palmo y medio sobre el suelo. La tarima. La Rizos había vuelto a su puesto tras la ronda habitual. Durante los exámenes solía pasearse bordeando el perímetro de nuestra isla de pupitres hasta que detectaba las maniobras de las que intentaban copiar o hasta que, sin haberlas descubierto, se daba por satisfecha. Entonces se acomodaba en su silla, tomaba notas, se perdía en sus pensamientos… No sé, lo que sea que hacen las profesoras cuando quieren que creamos que han bajado la guardia. Pero aquel día se quedó de pie tras su mesa. Llevaba la bata blanca de siempre. Hábito, nunca. Por debajo le asomaba una franja de falda marrón y por encima los cuellos de una blusa beis y una cruz de madera que colgaba de una cadena de plata. Entonces lo vi.

La figura hierática comienza a mecerse suavemente. Está siguiendo un movimiento adelante-atrás tan rítmico como si llevara un metrónomo alojado entre el sacro y el coxis. Da la sensación de que el cuerpo se ha independizado del espíritu de la hermana y ha encontrado un palmo de libertad mientras ella ha sucumbido a una especie de trance. De pronto me doy cuenta de lo que ocurre. La esquina de la mesa le queda a la altura de lo que en clase denominamos vulva y fuera «txotxo» o «potxeta», pero sabemos que se llama coño.

Cuando su cuerpo oscila hacia delante, la punta de la mesa es engullida por los bordes blancos de la bata y cuando se deja ir hacia atrás ese vértice de madera reaparece. Joder con La Rizos. Busqué en todas las direcciones para saber si alguien más veía lo que yo estaba viendo, hasta que encontré otro par de ojos tan abiertos como, supongo, los míos. Mi cómplice señaló a la hermana con un imperceptible movimiento de cuello, arqueamos las cejas, asentimos y nos mordimos el labio inferior para no estallar. ¡La hermana se estaba masturbando! ¡Se estaba masturbando delante de toda la clase! Era como si hubiera dejado su cuerpo allí y se hubiera marchado. La corriente eléctrica la había arrastrado muy lejos. La Rizos se había evadido del aula y del hecho de que tenía sentadas enfrente a 31 adolescentes. Aquella escena duró minutos. Dos, tres quizá. De pronto cesó el vaivén y con los ojos aún cerrados la hermana frunció ligeramente el ceño, se recolocó el puente de las gafas con el índice y abrió los ojos. Dirigió la mirada al reloj de la pared y reconquistó su cuerpo, su papel y su solemnidad.

—Os quedan veinte minutos para entregar el examen.

Asombroso. En un ejercicio de autocontrol sin precedentes conseguimos aguantarnos las miraditas y la risa, recondujimos la atención a nuestros folios y en aquellos veinte minutos restantes no hubo ni un solo carraspeo ni comentario en voz alta, media ni baja. Esta epifanía nunca se repitió, pero los cuchicheos, tímidos al principio, explotaron en cuanto encontraron a la portavoz adecuada, que se encargó de extenderlos por el pasillo como regueros de pólvora para prenderles fuego a la hora del recreo. Durante las siguientes clases de mates, y aquello duró varios días, siempre hubo alguien que enrojecía y se hinchaba como un globo entre bisbiseos con la vecina de pupitre hasta terminar estallando. «¿Por qué no nos cuentas el chiste, para que nos riamos todas?». Silencio rojo. «Fuera. Al pasillo». Cuando años después nos enteramos de que La Rizos había dejado los hábitos, no nos sorprendió mucho. Que lo hiciera para casarse, tampoco. Lo cierto es que aquella mujer era todo un cerebro en un cuerpo de monja con sus inquietudes propias.

Antes de despedirnos de ella al abandonar el colegio camino del instituto nos regaló otro momento fabuloso. Un viernes a última hora, con el viento de libertad que anticipa el fin de semana revolviéndonos ya la melena, la hermana elevó la voz sobre sus palmadas para traer de vuelta nuestra atención, que tendía a marcharse. Cuando consiguió apaciguar a la jauría se puso en pie y se apoyó, esta vez de lado, sobre su mesa.

—El próximo jueves va a venir al centro a dar una charla nada más y nada menos que el psiquiatra Vicente Madoz, toda una autoridad en educación sexual y enfermedades mentales.

Educación sexual y enfermedades mentales en la misma frase. Murmullos.

—Y va a venir a hablaros, entre otras cosas, de la masturbación. Miradas rápidas sin mover cabeza ni cuello.

—Es normal que no sepáis de qué os hablo. Veamos… Hay mujeres a las que les provoca placer introducirse ahí cucharas y otros objetos.

Cucharas. Ahí. En la «potxeta». En el coño. Más murmullos.

—Él os lo explicará mejor.

Tenía 13 años y a mí aquella revelación me dejó muy tocada. En los días posteriores me descubría en la cocina paralizada ante el cajón de los cubiertos cuando iba a poner la mesa. No terminaba de verlo claro. ¿Una cuchara sopera, metálica, fría, podía darte placer si te la metías por la vagina? ¿Qué se suponía que tenías que hacer con ella una vez dentro? ¿Palanca? ¿Girarla? No sé, no le encontraba sentido. Se me ocurrían otras cosas que podían funcionar mejor.

Antes de que celebrásemos el *Spoon Day*, el Día de la Cuchara, quien más quien menos ya habíamos descubierto en nuestra cama, ducha o butaca de cine que masturbarse era algo increíble. Pero también había que reconocer que eso no quitaba ni medio aplauso al hecho de que a mediados de los 80 un colegio de monjas ofreciera una charla de educación sexual a cargo de un profesional a sus alumnas. Miré de nuevo la cuchara que tenía en la mano. No, no apetecía.

—¡Espabila, hija! ¡Termina ya de poner la mesa, que tu padre llega a comer en cinco minutos!

—Deja a la criatura. A ella le gusta pensar.

Esta era mi abuela Emiliana. La única que conocí. Cuando no andaba tejiendo y destejiendo una manga de lana negra que nunca llegó a chaqueta, gustaba de intervenir a su modo en las conversaciones domésticas. Por lo general para martillear a mi madre. Mujer concienzuda, la abuela. Con los años había ido alicatando un estilo muy personal. Era francamente buena combinando una sólida base de persistencia en el ataque con unos clavos hirientes de vez en cuando. Deslizaba como *perpetuum mobile* sutiles comentarios descalificadores capaces de erosionar rocas y dinamitaba esa cadencia con un tsunami demoledor uno o dos días por semana. Mi madre, que desde que perdió a la suya a los 9 años había cargado con toda la piedra de una casa llena de hombres, lucía carácter de alegre estibadora y llevaba tatuado el respeto a los mayores en el ADN. Así que hacía ver que sobrellevaba la cosa con buen ánimo y deportividad, cuando le costaba horrores soportar a una suegra que era la reencarnación de Bernarda Alba, celosa de la mujer que le había robado a su único hijo y siempre instalada en el luto y la rigidez, la crítica y el desprecio hacia el esfuerzo ajeno. A mi versión infantil parece que la quería, en su estilo austero y parco en caricias y mimos. Pero a mi madre, no. Nada.

Por si la losa que le tocó encajarse entre los omóplatos cuando se casó no pesara lo suficiente, la vida le colocó encima otra, la demencia en la que se abismó su suegra en sus ocho últimos años de vida. Así que, en esta caída libre de pérdida progresiva de contacto con la realidad, con quienes la integrábamos y con el manejo de su cuerpo, la abuela Emiliana acabó por arrastrar a mi madre. Su cuidadora. La repetición de la gota china fue tan sistemática que después de empapar la alegre energía natural de mi madre consiguió disolverla hasta terminar por ahogarla y dejarla hundida en el pozo de una depresión clínica que le duró años. Cuando estaba bien hacía lo que tenía que hacer en casa, pero era un poco como si no estuviera; y cuando estaba mal no se levantaba de la cama. Si se sentía lo suficientemente fuerte como para abandonar su dormitorio, no se vestía, se ponía sobre el camisón una bata de felpa roja que yo odiaba con todas mis fuerzas. En los días de bata roja mi padre me llevaba a casa de la tía Gloria a que me hiciera las coletas tirantes, me pusiera la leche del desayuno hirviendo y me cuidara con sus tetas enormes, su bizcocho salvador y su cariño.

Cuando la abuela Emiliana murió, a mi madre ya le sirvió de poco. Sí, el entierro ponía fin a meterla en la ducha, darle de comer, vestirla y desvestirla cada día, peinarla, cambiar sábanas, lavar y tender sin fin, tratarla con respeto y con cariño a pesar de todo. Pero llegaba tarde. A la maravillosa mujer que era mi madre, viva, inteligente y decidida, que de haber nacido en un lugar con oportunidades en vez de en un pueblo pequeño habría terminado llevando un restaurante, mejorando un hospital o abriendo una inmobiliaria, le llevó mucho tiempo volver a ser ella. Durante todos aquellos años se esforzó en que no lo notara. Incluso cuando yo ya había salido del nido y compartía un piso cerca de la universidad, la serpiente silenciosa de la depresión todavía arrastraba sus últimos anillos. Y aun así seguía siendo cierto y necesario, y un inmenso regalo, que muchas veces la risa contagiosa de mi madre rompía como un géiser y en esa agua burbujeante nos bañábamos hasta que nos reventaban los pulmones.

Cuando dejé la cuchara sobre la mesa bajo la mirada de gavilán de la abuela y me di la vuelta para cortar el pan, la abuela lo cambió todo de sitio. Como siempre. A su estilo, corrigiendo el trabajo ajeno. Por mucho que nos esforzáramos nunca sería suficiente, nunca acertaríamos, siempre estaría mejor a su manera. Y cuando se equivocaba, no lo reconocía. Jamás. No importaba que se tratara de poner la mesa, hacer las camas o preparar unas albóndigas. Fiscalizar, criticar, no terminar de fiarse nunca, corregir constantemente lo que hacíamos en la convicción íntima de que nadie estaba a su altura. Era frustrante y agotador, y ella, una mujer amargada que había perdido la capacidad de disfrutar de las cosas, si es que alguna vez la tuvo. Normal que a mi madre le pasara factura, y talonario completo. Fiel a sí misma y para entonces también a su demencia, la abuela redistribuyó los cubiertos sobre la mesa. *Freestyle*. A mi padre le puso dos tenedores, a mi madre, ninguno, a mí, uno, y junto a su plato dejó dos cuchillos.

Son fascinantes los mecanismos que emplea la mente infantil para descifrar los códigos de las enfermedades mentales. Nadie me había explicado nunca nada, pero para cuando llegó la escena de la mesa hacía años ya que lo sabía. Que la abuela, sus agujas de punto y su manga de lana negra vivían atrapadas en un bucle del que nunca saldría una chaqueta ni nada sano.

Tuvieron que pasar quince años para que me acordara de La Rizos y su cuchara. Fue una tarde con Laia en Barcelona. Se meó literalmente cuando se lo conté. Ella había ido a un colegio laico.

—Así que tu monja estaba convencida de que con 13 años no sabíais nada... ¿Te puedes creer que ayer estuve con mi sobrina de cuatro añitos y se reía como una loca mientras se frotaba contra la barra de la bici?

—¿Me estás diciendo que se masturba con cuatro años?

—Supongo. Sin ser consciente de ello. El cerebro infantil no puede identificar esas sensaciones como sexuales.

Laia da un sorbo a su vino mientras picotea unos aperitivos japoneses, que no son otra cosa que cacahuetes recubiertos de una película de colorantes y potenciadores del sabor. ¿De qué sabor? Ni idea. Solo pican, no sabes ni qué estás comiendo. Nos gustan. Si la vieras y la escucharas en este momento pensarías que Laia es seguidora del culto a la macrobiótica, pero lo cierto es que es periodista, come como si fuera a acabarse la reserva mundial de alimentos esta misma tarde y cuando salimos acaba con las existencias de bodegas y destilerías. Esto de los placeres es una de las cosas que compartimos. Del mismo modo que un aperitivo conduce a la comida, el comentario sobre su sobrina nos lleva a los inicios en la autoexploración.

—¿Tú recuerdas cuándo fue tu primera vez?

—No. Imagino que hacia la adolescencia.

—Yo creo que cuando fui consciente de qué era masturbarse tendría 12 o 13 años.

—Me acuerdo de una noche que me desperté con la almohada entre las piernas. El lado que tenía en contacto con el clítoris era el de la cremallera. Ya sabes que va cubierta de un bordecito de tela más rígido, más duro. Al moverme sin querer me froté con esa parte y me gustó. Seguí moviéndome, apretando fuerte el almohadón con las rodillas y después subiéndome encima, como si montara a caballo. Hasta que me corrí. ¡Pura descarga eléctrica!

—Terremoto. Ondas sísmicas. Por favor, una cerveza muy fría.

—Que sean dos.

—Lo mío fue menos épico. Un día secándome después de hacer pis.

—Qué pasada al principio, ¿verdad?

—Mucho. Tuve una temporada que no paraba, incluso en lugares públicos.

—¿Cómo de públicos?

—Un parque, sentada en la hierba y apoyada en un árbol. Con un libro sobre las piernas.

—Buen truco, no lo he probado nunca.

—En el avión, o en el tren, bajo el abrigo con el que te has cubierto hasta los hombros para una supuesta siesta.

—Yo soy más doméstica. El pico de una mesa que te va bien de altura, o el marco de una puerta.

—Un poco forzado lo del marco, ¿no?

—Tienes que curvar la espalda, sí.

—Con ropa interior, estamos hablando.

—¡Por supuesto! ¿Queremos clavarnos una astilla?

—¡No! ¡No queremos! —coreamos las dos, y estallamos de risa.

Además de la complicidad celebramos la facilidad. No es sencillo hablar de esto con muchas amigas. Con el primer polvo, en cambio, hemos llenado tardes. La masturbación ha sido El Gran Tabú. La masturbación femenina, claro. Si nosotras no le dedicamos su tiempo y su espacio, ¿quién lo va a hacer?

—En mi instituto había chicos que impartían auténticas conferencias sobre las pajas que se hacían. Minuciosas y detalladas, como si fueran doctores en «Anatomía Peneana o Escrotal».

—¿Qué dices?

—Sí, pero no ya sobre las que se hacían cada uno en su casa, sino sobre las colectivas. Ya sabes, ese día que no están sus padres, se juntan seis o siete, unas birras, unas pelis del videoclub y venga. ¡Festival!

—En mi clase había dos que competían por ver quién llenaba antes un tarro de cristal. Por suerte no tuvimos que verlo nunca.

—¡Dios, qué asco! Si al menos lo hubieran llevado a un banco de semen…

—No creo que se les llegara a ocurrir. Quizá si el banco les hubiera ofrecido una cifra interesante por la donación...

—No habría hecho falta. Se habrían sentido sobradamente pagados con las revistas que les dejan antes.

—En fin. ¿Te imaginas esa escena, todos sentados en el sofá delante de la pantalla con los vaqueros en los tobillos, en versión chicas?

—Llámame rancia, pero no.

Con otras amigas me resultaría más cómodo detallar los talentos sexuales de sus ex delante de sus parejas actuales que hablar de todo esto. Colocamos en su cajón las aventuras adolescentes para volver a la vida adulta. Acabo de recordar el paquete que llevo en el bolso.

—¿Sabes qué me he regalado hoy al salir del trabajo?

Laia se asoma al bolso con genuina curiosidad.

—¡El verde! ¡Me compré el rosa hace dos semanas!

—70 euros, amiga.

—Pensé lo mismo, pero hoy te puedo garantizar que están bien pagados. —Laia asiente con expresión de Teletienda.

Vibrador y consolador, dos en uno. Blandito, mate y con aspecto de gusano bicéfalo. Ha sido necesario cambiar de milenio para que el aspecto del juguete sexual haga honor a su nombre y te coloque en un escenario mental de diversión. Ha hecho falta cruzar la línea temporal del 2000 para que algunas dejemos de asociar el *sex shop* a una tienda casi exclusiva para profesionales. Y para que otros dejen de pensar en él como un lugar oscuro y viscoso para personas enfermas, pervertidas y asociales y pasen a considerarlo un lugar iluminado y limpio para personas enfermas, pervertidas y asociales. Probar aquel gusano fue como comprarse el primer sobre de una colección de cromos.

12

Inferno. Así se llamaba el lugar en el que ocurría todo en Estella. Todo lo que puede ocurrir en un pueblo con tres discotecas y que, al final, es lo que ocurre en todas partes. Las adolescentes intentábamos dejar de serlo y ascender a la siguiente categoría, creyendo que una clave esencial de la evolución residía en perfeccionar la capacidad para beber alcohol y fumar como si el planeta fuera a implosionar al día siguiente y lo supiéramos. Esa convicción se asentaba en un silogismo sencillo pero esencial para descifrar el código de la reputación social preInstagram:

¿Cómo había que ser para ganarse el respeto? Malota.

¿Qué hacían las malotas? Beber, fumar y meterse todo lo que pillaban.

Estaba claro. Para ser alguien socialmente todo pasaba por acabar con las reservas de destilados de garrafón y dejarte la paga en tabaco y después, en chicles de menta.

¿Cuándo ha molado ser buena? Nunca.

Si las malotas no lo eran únicamente en fin de semana, sino que se trataba de auténticas profesionales y querían afianzar su posición, dejaban caer, por ejemplo, que a las ocho y pico de la mañana se habían metido una raya de farlopa. Un martes, después del colacao y antes de entrar al insti. Conocer ese dato te permitía comprender que se hubieran pasado las dos primeras horas de clase como un gato histérico enjaulado. Además de la raya, llevaban puesta cazadora vaquera o de cuero; no como tu cazadora vaquera absolutamente estándar, claro, sino cumpliendo con otro cliché, el del parche cosido con la A de *anarkia* y el del logo de los Sex Pistols. Collares de perro, clips en las orejas, la raya de los ojos pintada con cera Manley negra y, en algunos casos, un perro flaco con aspecto de hiena atado con la cadena del váter. Esas malotas no podían sacar buenas notas, ni mostrar un interés excesivo por nada de lo que ocurriera en clase, ni participar en los debates, salvo para dinamitarlos; tampoco asistir al instituto con regularidad. De hecho, lo máximo era no asistir y dejar de estudiar directamente. Total, si no había futuro, ¿para qué perder el tiempo? Los Sex Pistols ya habían catalizado ese sinsentido diez años antes.

Por supuesto, mis amigas y yo no nos estábamos clavando el pico de la pirámide social en el culo. Vivíamos en la segunda planta. Si sacabas buenas notas, o incluso ocupabas el podio de los primeros de clase, conquistabas el derecho a permanecer en esa planta siempre que fumaras todo el tiempo que estuvieras despierta y hubieras rozado el coma etílico alguna vez. Nos hicimos fuertes en esa posición esquizofrénica. La planta de abajo ya era el inframundo. En sus tinieblas malvivían seres humanos con resultados académicos inmejorables y que no habían introducido en sus vidas tabaco, alcohol ni ninguna otra sustancia, simplemente porque no se habían obligado a hacerlo. Decir que «no les gustaba» no les define ni diferencia, porque a nadie nos gustaba. A todos se nos revuelve el estómago con el primer cigarrillo y cuesta hallar placer verdadero en tragarse un vodka con ginebra y lima, un whisky con batido de chocolate o cualquier otro explosivo en estado líquido de los que trasegábamos cada fin de semana. Era un trabajo sucio y divertido. Había que hacerlo y se hacía con entusiasmo. Los aprendizajes no suelen ser sencillos y al final te acababa gustando. ¿Podríamos haber empezado por algo más amable como unas cervezas? No. No interesaban. Tardaban mucho más en hacer efecto. En cambio, aquellos brebajes infernales eran auténticas pócimas que, si conseguías retener el tiempo suficiente dentro del organismo, liberaban al espíritu de la cárcel de la mente y lo empujaban a bailar como si estuvieras sola en medio de la Antártida. Te sacaban a empellones de la timidez y te recortaban peligrosamente el sentido del ridículo. Te aupaban a ese tipo de felicidad. Hasta que en ocasiones terminabas vomitando y volvías al punto de partida, pero peor. Con ese cuerpo tenías que seguir sacando sobresaliente en Matemáticas y en Filosofía para que en casa se te respetara el horario festivo.

Aprendices. Así iba la cosa en la escala de la respetabilidad social a los 16 años.

Como en cualquier discoteca de pueblo, en la Inferno se reunían ejemplares de todas las especies, punks, heavies, pijos y gente que hoy sería *normcore* y antes era la que se ponía lo que le compraba su madre. Esta biodiversidad estética encontraba réplica en un criterio musical marcadamente ecléctico. En aquella sala sonaban sin conflicto Rosendo, Barricada, La Polla, Tijuana in Blue, Sex Pistols, The Clash, Hombres G, Mecano, Eurythmics, The Communards, C.C. Catch y Rick Astley.

Cuando tuvimos edad para entrar legalmente al Inferno ya llevábamos dos años dentro.

Un sábado de tantos, después de repostar en la barra, nos sentamos junto a la pista.

—¡No puedo doblar la pierna!

—¿Qué pasa? ¿Te ha dado un tirón?

—Qué va. Anoche me estreché los vaqueros.

—¡Joder! ¿¿Tanto?? Todas nos estrechábamos los vaqueros para llevarlos como una segunda piel desde la cintura hasta los tobillos, donde daban paso a unas pisamierdas marrones o grises que lo resistían todo. Aquellas botas eran los Gorila de la adolescencia. Por encima nos lanzábamos un jersey de punto inglés XXL y una cazadora vaquera. Nos cardábamos el pelo y el primer maquillaje que probamos fue una barra de labios morada. En los ojos. Siouxsie, las imitaciones nunca funcionan.

—¿Vas a salir así?

—¿Por? ¿Estoy mal?

—No sé. Parece que te has pegado con alguien.

Inocente pero premonitorio. A veces llamas a las cosas y las cosas vienen.

Avanzada la noche entré al baño de la Inferno y ahí estaba una de las malotas profesionales arrinconando en una esquina a mi amiga Laura, empujándola contra los azulejos marrones.

—¿Qué pasa? ¿Tienes algún problema con mi amiga?

—¿Y tú? ¿A qué te metes?

Me empujó el hombro. Y yo a ella.

—Déjala en paz.

Entonces me soltó tal bofetada que me giró la cara. Mi mano se la devolvió. Me agarró del pelo y me tiró al suelo. Parecía profesional de lo suyo. Me levanté y nos enzarzamos. Pelea de gatas. Lo peor. Sentí cómo me disociaba, mi cuerpo peleaba mientras mi cerebro no daba crédito y se lo recriminaba, pero ¿qué estás haciendo?

Entonces entró al baño otra punk amiga suya a ejercer de árbitra conocedora del reglamento, como si aquello fuera un duelo de esgrima al amanecer y existiera un código de honor al que ceñirse.

—¡Venga, a pegaros fuera! ¡Que va a entrar el segurata!

Sus palabras me devolvieron a la realidad y la valentía se me escurrió por el váter.

¿Qué hacía yo ahí? ¡No me había pegado con nadie en mi vida! El paseo del baño a la calle transcurrió a cámara lenta, con la árbitra del combate en cabeza abriendo paso a las púgiles entre la multitud. Ella también parecía profesional de lo suyo. En aquel garaje el único pulpo era yo. Íbamos dejando atrás las caras de sorpresa de compañeros de clase, la extrañeza horrorizada de mis amigas y los vítores de ese público sediento de sangre que siempre acompaña en estas circunstancias. Mucho más cuando son dos chicas las protagonistas. La atracción del barro.

En la calle nos rodearon cuarenta o cincuenta personas. También pudieron ser trescientas, no lo sé. Aquello prometía. Nadie quería evitar una pelea entre chicas, la punk y la buenita. La punk estaba en su salsa. Nerviosa, excitada, puro *speed*. Se movía sin parar. La árbitra separaba a manotazos al público que se arremolinaba y estrechaba el círculo a nuestro alrededor recordando a los presentes el código de honor del combate, porque resulta que existía y debía de estar inscrito en las tablas sagradas de la calle.

—¡Fuera! ¡Aquí no se mete ni dios! ¡Ellas dos solas!

A mí el miedo me paralizaba todo salvo la respiración, pero no había escapatoria. Nos miramos. Miramos a la árbitra. Se suponía que ella debía dar el pistoletazo o el navajazo de salida, algo. Y entonces apareció mi salvación. Jamás me he alegrado así al ver acercarse a un vigilante jurado. El uniforme marrón se abría paso entre la gente a empujones disolviendo la pelea con su mera presencia, su placa y sus dos metros de altura justo cuando iba a dar comienzo. Di gracias a la vida. Mi contrincante, en cambio, enloqueció, tuvieron que sujetarla, quería su pelea. Cuando ya me iba, la árbitra me cogió del brazo y me dio cita.

—Aquí mismo, el próximo sábado.

Parece que es lo que pauta el reglamento de los duelos para casos de no celebración por fuerza mayor. Lo desconocía, claro.

Pasé toda la semana en el jodido infierno pensando en la Txipa. Resultaba difícil no hacerlo: la Txipa me enviaba mensajes al instituto a través de diversos emisarios para hacerme saber que me echaba de menos. «Dile a la rubia que la espero, que tengo muchas ganas de volver a verla». Y la rubia, si hubiera encontrado un curso de karate intensivo, se habría apuntado. Diez horas diarias. Porque en combate dialéctico y una vez superada la timidez, aún, pero en el cuerpo a cuerpo no me había medido nunca. Qué pardilla. ¿Qué podía hacer yo en una pelea callejera? Aquello no tenía nada que ver conmigo. No me representaba. Ni sabía, ni quería saber. Me envolvía la sensación de irrealidad que provocan las situaciones extremas y las pesadillas me asaltaban casi cada noche. Aparentemente todo transcurría de modo normal. Acudía a clase, parecía centrada y a veces conseguía que los pensamientos oscuros no me invadieran; sin embargo, otras desplegaban sus alas de cuervo, me arrancaban del pupitre con sus garras y me hacían sobrevolar los días que faltaban hasta el sábado para mostrarme un plano cenital del lugar donde ocurrirían los hechos. En él me veía desde arriba con el cuerpo desmadejado sobre las escaleras de la Inferno. Desnucada tras un mal empujón en la pelea. ¡Tengo 16 años! ¡La vida no puede acabar así!

Llegó el día y lo inevitable ya estaba aceptado. Resguardada por mis amigas, buenas personas poco dadas al conflicto, nos acercamos en escuadrón a la Inferno. Acababan de abrir y ahí estaban las escaleras. Desiertas. Allá arriba nos esperaban la Txipa y su escudera. Mi adversaria y la árbitra. Con sus cadenas, sus pinchos y su cresta esculpida con laca y cerveza. En fin, que apetecía subir. Se me aceleró el pulso, el corazón bombeaba como una máquina, noté la contundencia física del miedo oprimiéndome el estómago y pisé el primer escalón. En ese instante se obró el cambio, como si una segunda personalidad viviera dentro de mí latente, en espera del momento adecuado para mostrarse. Sentí cómo me inundaba una corriente de sangre fría que tensó mis músculos, me centró y me hizo enfocarme exclusivamente en mi objetivo. Estaba preparada. Lista para disparar. La árbitra y yo nos saludamos con un sobrio movimiento de cuello y una mirada solemne, como si estuviéramos federadas. Sin apartar sus ojos de los míos la Txipa se metió la mano al bolsillo trasero del vaquero. ¿Llevará navaja? ¡Ni se me había ocurrido! ¡Joder! ¿Qué hago ahora?

Y sacó un paquete de Lucky.

—¿Quieres uno?

—No. Llevo.

—¿Un *kalimotxo*?

—No bebo *kalimotxo*.

—Oye... Quería decirte algo. Que el viernes pasado tuve un día muy cabrón. Discutí con mi novio y estaba hecha mierda. Quería pedirte perdón.

¿Qué?

¿Qué coño es esto?

El único escenario que no había previsto. Bueno, el de la navaja, tampoco. Aquella semana me había preparado mentalmente y, aunque el miedo seguía pegado a la pared del estómago, había llegado con el vaso hasta el borde de adrenalina a esas escaleras para lo que fuera necesario. Esta vez las alas de la salvación me elevaron hasta visualizar la escena envuelta por un haz de luz que salía de la puerta de la Inferno. Pura epifanía. Gracias de nuevo, vida. Bajé la guardia y me puse comprensiva.

—Vale. No pasa nada. Todas podemos tener un mal día.

—¡Vamos dentro, que te invito a una copa! ¡Me pareces una tía de puta madre!

—Te lo agradezco, de verdad, pero no.

Entramos a la Inferno con la cabeza alta. Con nuestras pisamierdas, nuestros pitillos ajustados y nuestras cazadoras vaqueras. Como una escuadra de amazonas. Con paso firme, el estómago en su sitio y el intestino grueso cerrado.

Descubrí que era capaz de hacerlo. Que el poder vivía dentro de mí, solo había que enseñarle el camino para salir.

Después ya llegó todo lo demás, el sexo compartido, la universidad, el primer trabajo de verdad en un periódico, la admiración y el respeto a los buenos profesionales y un puñado de grandes amigos para siempre. Aprendí que había vinos que merecían la pena y niñatos que no, a preparar pollo al curry con arroz basmati, a utilizar el taladro y a diferenciar amante de pareja, a estrellarme en coche y salir ilesa y a entender que un pedo después de un polvo tampoco es el fin del mundo. Aunque a veces lo parezca. Y seguí desaprendiendo en Barcelona.

13

Los días en la editorial transcurrían más o menos apaciblemente. Tampoco se trataba de esa placidez burguesa que destilan las reproducciones de sala de espera de *El columpio* de Fragonard. Allí de vez en cuando alguien se caía del columpio, pero se levantaba a tal velocidad que ni se apreciaba. Una de mis misiones era traducir los mensajes encriptados de Ángels, mi superior, a Carmen, la jefa editorial, cuando nos reuníamos las tres. No resulta sencillo mediar entre la fruta deshidratada y el sobao pasiego. Pero se aprende. En aquel momento era lo más emocionante de mi trabajo. En cuanto salía por la puerta seguía buscando piso. Costaba encontrar el espacio. En algunos escuchaba a las paredes rapear. Lánzame una bomba y volvamos a empezar. Aún no te lo crees, pero te va a gustar. También estaba la cuestión del precio. El Born y Gràcia me resultaban inaccesibles. Así que la realidad me cogió de la mano y me recondujo al Raval, un ecosistema que era muchos al mismo tiempo y casi un modo de vida.

—¡Niña! ¡No te pongas tacones pa'coger la moto!

Grita un chaval con cresta que empuja cojeando un contenedor de madera con ruedas rumbo al Mercat de Sant Antoni.

—¿Pero a dónde te vas por esa calle, Jeremy? ¿No te he dado la cartera para que subas un pollo del Cuinis?

Grita desde el balcón una señora obesa en camisón a su hijo adolescente en chanclas y chándal de la selección brasileña. Cuando ya ha dejado muy atrás el Queeny's, Pollastres a l'ast.

—¡Arriba esos clítoris!

Grita a dos veinteañeras con melena el conductor de una furgoneta en la que se lee Rocafort Lampisteria. A ventanilla bajada y cuerpo salido.

—¡Panicurestoranmendijhao!

Grita desde la caja registradora del Super Choudry el propietario pakistaní a su hermano para que lleve las garrafas de agua al restaurante de enfrente, también pakistaní, también de otro hermano.

—¡Coge bien de la esquina, tía! Después de un mes de curro, no se nos va a caer camino de la galería, ¿no?

Grita una chica con gafas negras de pasta y moño rosa a su compañera de rastas mientras cruzan la calle con una fotografía enorme envuelta en papel burbuja.

Todo el mundo grita. Es una calle napolitana sin italianos. Es la banda sonora de un momento cualquiera en un día cualquiera frente al que terminó siendo mi portal.

El día en que te encuentras con tu casa llega. No sabes por cuánto tiempo lo será ni si la compartirás, pero es Esa. Os miráis, os reconocéis y te la quedas. El 25 de Sant Antoni Abat. Tres balcones y una ventana, techos altos con vigas de madera. ¿Qué más quieres? Hacerla tuya. Vaciarla, limpiarla, pintarla. Llenarla de ti. Tirarte en el suelo y sentarte en las esquinas a mirarla, a ver cómo es con cada luz del día y de la noche. Tu casa es una extensión de tu cuerpo. Si en tu cuerpo solo entra quien tú quieres, en tu casa, también.

Ráfagas de shawarma y kebab, curry, cúrcuma y el pollo asado de Queeny's, olor a velas de la Cerería Abella, las campanas de la parroquia del Carme y delante, un kiosco repleto de conversaciones de política y de barrio. A 3 minutos de los cómics, afiches y frikadas fantásticas del Mercat de Sant Antoni. A 10 de la Rambla del Raval, sus palmeras interminables y el gato orondo de Botero. Y de los vinilos de Tallers, de las encrucijadas entre callejas donde te esperan los mercaderes de la anatomía y de la química. De la ropa de segunda mano que huele a vagón cerrado en la Riera Baixa. De la mole inmaculada del MACBA, del café de Muebles Navarro, el vermú del Mendizabal, los bocatas del Fidel y las copas del Benidorm y el London. De las dos pistas del Moog, del jardín poco secreto que esconde el antiguo Hospital de la Santa Creu. A un salto de un buen puñado de bares y locales canallas legales o alegales donde pinchan indie, rock, techno, house y electro y donde cantan coplas, a un paseo del Liceu, los pájaros enjaulados, los ramos de tulipanes amarillos y los carteristas de La Rambla. Y desde ahí, dejarse caer hasta el mar. El Raval. Mi barrio.

—*Bon dia!* ¿Tienes ese queso de las Azores que suele traer tu padre?

—Echa un vistazo a ver. Yo de quesos sé poco, he venido porque mi padre está en el oculista. A mí lo que me gusta es cantar.

—¿Y qué cantas?

—Flamenco y jazz. Voy a clases en el Taller de Músics, aquí al lado.

La Rosa dio un golpe teatral de melena para reafirmar poderío antes de cortar el queso. Parecía gitana y tenía sangre de Zamora. Un día que necesitó hablar me contó que su madre murió de cáncer cuando ella tenía 13 años y que, como su padre no soportaba vivir en la misma casa sin ella, se vino con tres hijas a Barcelona. El quesero.

—¿Seguís viviendo en la Rambla del Raval?

—Justo encima del gato de Botero.

—Siempre le falta algún bigote.

—Qué quieres, niña. Son de bronce y cada uno pesa como un martillo. Ayer vinieron a colocarle otros nuevos los del Ayuntamiento. A ver cuánto duran.

Al salir de la quesería en el mismo carrer de la Cera vi a Mariona, mi vecina de arriba. Estaba sentada a la barra del Bar Sin

Nombre, semioculta entre las dos yucas selváticas que al dueño le gusta regar para provocar un impacto visual amazónico en contraste con al azulejo marrón. También ejercen de biombo y ofrecen a la clientela cierta privacidad ante la mirada demasiado cercana de los transeúntes: las aceras son peligrosamente estrechas en algunas calles del barrio y obligan a adherirse a las cristaleras de los establecimientos si se considera que ese no es el día para morir atropellada. No había sonado aún la campanada de la una de la tarde y Mariona sostenía una oronda copa de coñac. Antes era prostituta. Ahora ya casi no, me reveló una vecina. El «casi» era un hombre que me cruzaba por la escalera de cuando en cuando, uno de esos tipos que en algún momento fueron guapos pero lo echaron a perder. Mariona vivía en el piso situado justo encima del mío. Abajo se apretujaba una familia filipina creciente y menguante muy proclive a acoger durante meses a familiares o amigos o desconocidos, quién sabe. Al lado, un matrimonio con dos hijos veinteañeros y una discapacidad mental en un piso poco ventilado y demasiado compartimentado. Completaban el vecindario una señora de ochenta y muchos años que nunca salía de casa, pero cuya cuidadora dominicana sí, una joven pareja senegalesa con un bebé risueño y una abuela amable y sorda y una cincuentañera asmática de Lleida que abroncaba a cualquiera que rozara la pared desconchada del primero al bajar y desprendiera unas partículas de polvo.

Quedaban dos viviendas pendientes de alquilar, el mural de la diversidad aún podía crecer.

Atravesé la estrechez del carrer d'en Climent para desembocar en mi calle. Bajo el aleteo de los tendederos y entre charcos grises y un par de motos a medio desmontar esperaban a su cliente un par de chavales que a esa hora deberían estar sentados en el aula de algún instituto. Cuando aparecía le entregaban un paquetito sacado del buzón del portal que tenían al lado o del comparti-mento bajo el asiento de una *scooter* verde. Continué hasta la terraza de Els Tres Tombs. Ahí me esperaba Gerardo, el pintor que iba a convertir mi casa en una versión peninsular y urbana de Ibiza. Bastaba con escucharlo diez minutos para entender que era un hombre matrioska.

—¿Ese tipo que ha pedido un vermú no es Peret?

—Sí, señora. Vive justo enfrente, en el edificio que hace es-quina junto al Mercat de Sant Antoni. Ahí ha tenido siempre el puesto de ropa su familia. Aunque la rumba catalana nació en Gràcia, aquí en el Raval se hizo popular con un aire más rocanro-lero. ¿Sabías tú eso?

—Creo que sé menos que tú de unas cuantas cosas, Gerardo. Tienes pinta de haber vivido un poco.

—Es que ya he cumplido los 62, niña. Y antes de coger la bro-cha fui marino mercante. He estado en Sri Lanka, en Shanghái, en Hong Kong… ¡No sabes qué chales y qué vestidos de seda traía a mi mujer! Si yo te contara mis aventuras…

Un hombre al que le pesa el día empuja un carro de compra cojo y ajado entre las mesas. Le falta una rueda. Avanza con es-fuerzo y concentrado, como si siguiera una ruta marcada sobre las baldosas y visible solo para él. Mechones blancos asoman bajo una visera azul grisáceo con un ancla amarilla bordada que ha debido de sobrevivir a unas cuantas tormentas. Dos piernas rígi-das como remos sostienen un chaquetón con botones dorados que ya no brillan. Se nota que antes cubrió una anatomía más corpu-lenta y, posiblemente, mejor alimentada.

—¡Hombre! Antonio Atar.

—¿Lo conoces? Es el marino de *En construcción*.

—¿Antonio sale en una película?

—Un documental.

José Luis Guerín dedicó meses a ese rodaje en mi nuevo barrio antes de que lo fuera. Demoliciones, edificios que caían mientras otros crecían planta a planta, reacciones de vecinas y habituales del Raval al ver cómo se iba modificando su entorno justo antes de la explosión definitiva de Barcelona como destino turístico más seductor de Occidente. Sí, en cierto sentido se podía afirmar que los habitantes del Raval tenían su película. Antonio aparecía en una secuencia que me despertaba una ternura opresora. Se sentaba a la mesa de formica de un bar con el suelo salpicado de servilletas grasientas y palillos usados ante otro jubilado que parecía desconocido para él y le iba mostrando todo lo que llevaba en su carro sin fondo y sin pedirle permiso. Despertadores de metal oxidado, juguetes abandonados, gafas de buceo... «A mí siempre me ha gustado lo mejor», le decía.

Gerardo completó el perfil del señor Atar que había creado Guerín.

—Cuando lo conocí era un tipo elegante, Antonio. Camisas y relojes de marca, el mejor whisky... Pero luego nos hacemos viejos. Hace muchos años coincidimos en un barco, cuando yo era chaval y él casi me doblaba la edad, y terminamos metidos en una pelea en un barrio de Shanghái; líos de mujeres. Sé que suena peliculero, pero fue así. A partir de aquella noche empecé a ir armado cuando bajaba al puerto. Por lo que pudiera pasar. Incluso mantuve esa costumbre durante mucho tiempo cuando el barco atracaba aquí, en Barcelona. Ya no tengo aquella pistola, la sustituí por la de pintura.

—Yo no llevaría nunca un arma encima, hacerlo multiplica bastante la probabilidad de usarla, ¿no crees? Pero sé disparar.

—¿Y eso?

—Me enseñó mi padre. Cuando tenía 11 años.

Mi padre habría preferido un chico. Nunca lo reconoció, pero un día mi madre me contó que hasta el día que nací me llamé Óscar. Mi madre parió con cesárea y sin nadie. Sola. A mi padre el parto lo pilló como todo lo demás, trabajando. A mí, sentada, en vez de cabeza abajo. Un poco de complicación postural y otro de desatención médica hicieron que estuviera a punto de no llegar a conocer a la madre que me trajo al mundo. La tía Gloria, la que hace bizcochos, y el jefe del equipo médico, el que hace todo lo que puede en quirófano, decidieron que me bautizaran en la capilla del hospital. Por si acaso. Acaso era que mi madre muriera y la recién nacida quedara suspendida en tierra de nadie, en el limbo. Franco y su nacionalcatolicismo aún reinaban e imponían pensamiento. Mi madre salió adelante. Sobrevivió al parto, pero no pudo tener más hijos. Como mi padre y ella no habían barajado nombres de chica, el mío lo eligió la comadrona. Una sanitaria amante de los simbolismos mitológicos.

—¿Por qué no le pones Diana? Es la diosa de la Luna y los bosques, la cazadora.

Salvo vivir o morir, mi madre no estaba para tomar grandes decisiones, y a la tía Gloria, aunque no era jipi ni mística ni conocedora de la mitología romana, Diana le pareció bonito. A mi padre, cazador aficionado, ya después también. Pero algo de Óscar se me quedó. Desde muy pequeña me acostumbré a acompañar a mi padre y hacer lo que en los 70 se consideraba «planes de chicos».

En cuanto tuve edad para caminar por terrenos más accidentados que el parqué del pasillo me interné con él en el monte y entrenamos juntos a los perros. Aprendí a llamarlos como él, con palabras cortas y secas, y a dulcificar el tono y acariciarles la cabeza y la barriga cuando se portaban como queríamos. A los 11 años ya sabía disparar una carabina y no mucho después, una escopeta. Apuntaba a una lata de refresco, una botella de cristal, o una rama, blancos fijos. Me negaba a matar a ningún animal. Diana era cazadora, no asesina. En la caja de los tesoros compartidos que mi padre y yo íbamos llenando poco a poco no sabía dónde colocar su afición por matar conejos y perdices. Ni el olor a muerte cuando volvía a casa los domingos.

Para comenzar con las sesiones de puntería mi padre le pidió prestada a un amigo una carabina con la que su hijo sembraba el terror entre los gorriones y, sobre todo, entre los hortelanos del pueblo que se empeñaban en querer seguir viviendo. Sentir la cercanía de los disparos los predisponía a creer que el siguiente perdigonazo llevaría su nombre. Hombres cuajados, además de aquellos sustos intempestivos, tenían que soportar que alguien les hubiera secado con sal los manzanos o envenenado al perro que comía lo mismo que ellos en casa. En los pueblos pequeños suele haber un alguien que actúa a escondidas por envidia, por venganza o simplemente por el placer viscoso y rastrero que debe de provocar saberte hacedor del daño mientras te escondes en las tinieblas.

Subimos con la carabina a San Paulo, una pequeña explanada vegetal en la ladera del monte que se estrecha en el punto en que el camino hacia la sierra comienza a empinarse. Allí, entre las sombras de los robles y la sinfonía despreocupada del arroyo, bajo los círculos que dibujan los buitres al planear junto a las peñas y con un arma en la mano, se me reveló un conocimiento que años después confirmaría en las escaleras de la Inferno. Aprendí qué significa tener sangre fría. Qué nos acerca a las serpientes.

Mi padre sacó de la mochila una lata amarilla y vacía de tónica Schweppes y la colocó sobre una piedra. Desde ese punto contó seis pasos largos hacia donde yo me encontraba.

—Empezaremos con esta distancia. Lo primero, retírate el pelo de la cara.

A mi padre le había cambiado la mirada. Se le habían puesto ojos de águila. Me hice una coleta rápida con la goma roja que llevaba en la muñeca.

—Bien. Ahora apóyate la culata en el hombro, sostenla con la mano derecha y con la izquierda sujeta el cañón, eso es. Coloca aquí el pulgar. Y el índice justo delante del gatillo.

—Está duro.

—Tiene que estarlo, hija, para que cuando lo aprietes seas consciente de que vas a disparar. Ahora, atenta. Mira al final del cañón. Enfoca la vista. ¿Ves esa pieza metálica con una ranura en medio?

—Sí.

—Ese es tu punto de mira. En esa ranura tienes que colocar tu objetivo.

—Lo tengo. Estoy apuntando al centro de la lata.

—Ahora no hables. Respira hondo. Coge aire. Suéltalo. Dispara.

La culata retrocedió y me sacudió el hombro con un golpe seco, pero ver saltar la lata anuló el dolor.

—¡¡Le he dado!! ¡¡He tirado la lata a la primera!!

—Muy bien. A eso le llaman la suerte del principiante. Ahora da cinco pasos hacia atrás.

Era la suerte del principiante. Durante el resto de aquella primera clase, cada vez un poco más lejos de la lata, acerté tres disparos más. Tres de doce. Fueron los últimos. Eso indicaba una progresión en la puntería, sí, pero más en mi capacidad para concentrarme y eliminar cualquier distracción visual y sonora que rodeara mi objetivo. Cuando fijaba la vista en la lata y acariciaba el gatillo con el dedo, dejaba de oír los pájaros, el agua del arroyo y los chasquidos de las hierbas secas al quebrarse bajo el peso de las arañas y las cigarras. Ni siquiera sentía el calor ardiente y seco del verano. En el instante en que conseguía detenerlo todo me creía un ave rapaz, como las águilas que nos sobrevolaban buscando presa en las hendiduras de las rocas. Con la mirada afilada, la respiración en pausa y el pulso quieto.

—¿Qué? ¿Te ha gustado hacer puntería?

—¡¡Sí!!

—¿Quieres que volvamos un rato el próximo sábado?

—¡Voy a tachar los días!

—Vamos a por un Kas, que te lo has ganado.

Durante aquellas clases entrenamos también con blancos en movimiento, gorriones, picarazas, una culebra pequeña, pero nunca les disparaba. Solo los seguía con el punto de mira para aprender a ser tan rápida como ellos. Me convertía en su sombra. Cuando mi padre dio el visto bueno a los avances de su Óscar-Diana, pasamos de la fase de formación al *hobby*, a la afición pura. Los sábados o domingos que hacía bueno y a ninguno de los dos nos esperaba ninguna obligación nos íbamos a pegar unos tiros al monte. Para cuando a los chicos de Ganuza sus padres les compraron la primera carabina, yo ya sabía manejar la escopeta de mi padre y podía hacer añicos una botella a cincuenta metros de distancia. También era capaz de acabar con cualquier blanco móvil que se me pusiera a tiro, aunque en aquel verano de 1983 no lo llegué a poner en práctica; los sucesos del pasado no me habían retado todavía.

Transcurrieron muchos años hasta que volví a utilizar mi puntería. Y en medio ocurrieron muchas cosas.

14

Subíamos por las curvas de serpiente dormida que retorcían la carretera mientras todo se iba haciendo más jugoso, más verde y más húmedo. Jirones de niebla se habían quedado enganchados a las copas de las primeras hayas y unas ovejas latxas masticaban hierba a lo lejos. Aparqué junto al Balcón de Pilatos, un poco después de haber dejado atrás la señal que indica 924 m. de altitud. De pequeña me fascinaba mirarla, esa cifra representaba la cota más alta a la que hubiera ascendido nunca, y en aquellos años de cifras redondas, decenas, centenas y millares, me molestaba que no llegara por tan poco a los 1000 metros. Quería empujar Urbasa hacia arriba y acercarla un poco más al cielo.

Nos aproximamos al borde del precipicio. El tapiz de las Améscoas se desplegaba ante nosotros. Recortes de verdes soleados y en sombra, vegetación baja, la densidad oscura de las masas arbóreas. Tratamos de localizar el punto por donde supusimos que habrían despeñado a los caballos en una secuencia cargada de épica de la película americana protagonizada por Sophia Loren y Charlton Heston que, según aseguraba mi madre, se había rodado allí. «Pobres caballicos», lamentaba mi madre, que pronunciaba Charton Jeston y Michael Janson, respetando mucho las vocales y las jotas. ¿Te enseño cómo se pronuncia, mamá? «Ay chica, déjame en paz». Siempre que subíamos a la sierra de Urbasa a asar costillas de cordero a la parrilla y comprar queso de pastor en la borda le encontraba placer a rememorar la escena que vio en el primer televisor del pueblo. El cine dramático clásico y la luz cegadora de sus supernovas habían llegado hasta aquí. Lo que no le agradaba tanto a mi madre era caminar. Perder el tiempo. Su escala diaria de prioridades, ordenadas según su concepción pragmática de lo urgente, lo imprescindible y lo necesario, se mostraba muy refractaria a abrir hueco para un paseo. Ella nunca quiso pertenecer al heterogéneo club de Señoras que Van a Andar. Por eso en esta ocasión también había preferido quedarse en casa. «Yo hago la comida y tu padre y tú os vais a pasear». Aprovechamos para coger manzanilla porque el tiempo siempre había que aprovecharlo para algo. Rentabilizarlo. Emplearlo en algo productivo, tangible, medible, cuantificable. Mentalidad rural, mentalidad obrera, mentalidad pragmática. Mentalidad de hormiga laboriosa de posguerra. Sin espacio para la lectura, la música, el teatro, el cine, la divagación, los paseos sin rumbo, el placer de la conversación más allá del intercambio de indicaciones y el relato concreto de los hechos cotidianos. Mi madre nos había preparado unas bolsas confeccionadas con un retal de algodón blanco resistente e impoluto recortado de una sábana que había concluido su ciclo de uso como tal y se había reencarnado en paños para la limpieza de cristales, «porque secan bien sin soltar pelusilla», me explicaba mi madre. Sabiduría. El reciclaje natural y orgánico previo al reciclaje propagandístico, extensivo e imprescindible. A lo largo del borde superior de las bolsas había cosido unas cintas blancas para que nos las pudiéramos anudar a la cintura. Este detalle nos daba el aspecto de recolectores profesionales.

—Hoy hemos venido a trabajar, pero otro día iremos de visita al nacedero del Urederra.

—Y así volvemos a ver las hierbas que come el diablo, la cama en la que duerme y los mechones de barba que se deja enganchados en las alambradas.

—¿Aún te acuerdas de eso?

—Siempre. Fue la primera vez que me llevasteis al nacedero. Recorrimos el sendero siguiendo las huellas que había dejado el diablo al pasar por allí aquella misma mañana, me contabas. No me atrevía ni a tocar los mechones pelirrojos que habían quedado enganchados en la corteza de las hayas y en las ramas de los espinos. ¡Era el pelaje que recubría el cuerpo del diablo! Estaba convencida de que nos lo encontraríamos al final del camino. Sentado en una roca. Con media sonrisa dibujada en la cara, esperándonos.

—No sé cómo se nos ocurriría aquella historia.

—Para conseguir hacerme avanzar en el paseo y evitar tener que empujarme a alguna poza de puro hartazgo, me imagino. El día que vayamos al nacedero saltaremos de la roca alta al agua. ¡Sin excusas!

—Hala, coge el coche y vamos al tajo.

Cuando venía de Barcelona a verlos ocasionalmente solía pedir a mi padre que me dejara conducir su coche para ponerle en bandeja la oportunidad de dispararme uno de sus comentarios favoritos.

—A ver esa curva. ¡Ojo, que no hay visibilidad! No vayas a repetir lo del tractor.

Lo del tractor había ocurrido el verano en que ya había cumplido los 17 y era tan insistente pidiéndole el coche que a mi padre no le quedó más remedio que enseñarme a conducir. Elegimos como pista de pruebas el campo de fútbol de tierra que se extiende entre las últimas casas de Ganuza y el camino que conduce a la sierra. Abandonado y salpicado de malas hierbas, sin rastro de viviendas ni propiedades privadas alrededor, reunía la superficie y la ubicación idóneas para hacerte con el manejo del volante y los pedales, pero su longitud no permitía pasar de la tercera marcha. La palanca de cambios se nos quedaba grande. Meter cuarta requería acelerar más y rebasar el límite del campo de fútbol monte arriba atropellando arbustos y matorrales. Una etiqueta en el parabrisas del Renault 18 nos recordaba que cuando lo compramos había sido Coche del Año. No merecía morir estrellado contra un encino. El encino, tampoco.

Superadas las primeras lecciones en aquel espacio libre y diáfano, sin más obstáculo que las dos porterías de metal pintado de blanco y sin red, sobrevino la siguiente fase, lanzarnos a la carretera, una lengua de brea estrecha y sin líneas blancas ni arcén a los lados que a los cinco kilómetros desemboca en una nacional. Si dos coches se cruzaban, los conductores se veían obligados a reducir la velocidad y acercarse tanto que podían estrecharse la mano de una ventanilla a otra con naturalidad. Considerado desde el punto de vista de aprender a mantener el control simultáneo de volante, freno, embrague y palanca de cambios, esta carretera ofrece un tramo muy interesante. Una cuesta abajo a la que sigue una curva a la izquierda de casi noventa grados bordeada por unos nogales. Espectaculares, tan frondosos que no permiten ni intuir lo que se aproxima tras ellos por la carretera.

Una mañana, conforme llegamos a la curva, emergió insospechadamente de entre sus hojas todo un tractor con su remolque. Ahí no había espacio para los dos. Era él o nosotros. En un movimiento automático mi pie derecho pisó hasta el fondo el pedal, pero no el del freno, sino el del acelerador. Mi padre palideció, clavó unas manos como garras en el techo y los pies en el salpicadero. En una curva que tanto el trazado como el sentido común recomiendan tomar a 60 km/h di un volantazo a la derecha y me salí de la carretera a 100, rasuramos la primera línea de plantas de una esparraguera y volvimos triunfales al asfalto. Miré exultante a mi padre. Estaba ágil, el hombre. Nunca habría esperado movimientos de piernas y brazos tan veloces a su edad. También lo encontré lívido y muy enfadado. De su boca no salió ni una palabra. Envejeció tres años en tres segundos, pero guardó el secreto, no le contó nada a mi madre.

—Ya sabes cómo se coge la manzanilla. Lo que se utiliza para la infusión es la flor. No hace falta que arranques el tallo y las hojas.

—Pero ya no tomabas manzanilla después de comer, ¿no?

—A mí lo que me gusta es un buen café, con ese olorcico. Pero no siempre se puede hacer lo que se quiere.

—¿Tienes mal el estómago otra vez?

—A mí todos los nervios me van ahí.

Raro. Mi padre hablando de sus interioridades.

—¿Y por qué estás nervioso?

—Voy a cumplir 60 y ponerse a buscar trabajo a estas edades... es jodido.

—¿Qué?

—Han cerrado el taller de ebanistería.

—¿Cuándo?

—Hace un mes.

—¿Por qué no me habíais contado nada?

—Estas cosas no se hablan por teléfono. Como desde que estás en Barcelona vienes menos...

—¿Y por qué lo han cerrado?

Otro capítulo más de la vieja historia. El relevo generacional en la dirección de la empresa y la aniquilación del personal con experiencia. La justificación del ahorro en los costes, de la imposibilidad palmaria de competir con mano de obra artesana contra producción en cadena, contra la importación de proveedores que ofrecen precios imbatibles. Le hablé, de nuevo ingenuamente, del valor diferencial y la calidad añadida de sus muebles fabricados por encargo, personalizados, a medida, en el tiempo necesario. Inditex versus el sastre y la modista. Ikea versus Muebles

González, Mínguez, Larramendi, Ramírez. «No son competencia», insistí, «se dirigen a dos clientes diferentes». Mi padre asintió sin convicción y con sonrisa vencida. Se agachó, arrancó un par de flores y las metió en la bolsa. Quería decirle algo, pero no sabía qué. Aquello me quedaba grande.

Cuando tenía ocho o diez años y era la niña que quiere conocer el lugar en el que desaparece su padre todos los días, una mañana de vacaciones escolares me dejó acompañarlo. Olía bien la ebanistería. A la carne seca o aún fresca de la madera, al polvillo en suspensión atravesado por los rayos de luz que filtraban los cristales y, aquel día, a la tortilla de jamón entre pan y pan que estaba almorzando su compañero Luis. Cuidadoso, había extendido un paño de cocina blanco sobre la mesa de corte para no mancharla.

—¿Te gustan los juegos de construcción?

Asentí. En aquel tramo de la infancia apenas me comunicaba verbalmente con adultos. Solo si era imprescindible. Luis recogió las migas del bocadillo con una manaza en la que cabía sentado un gato y eligió uno de los listones de roble amontonados en una esquina. La hoja dentada de la sierra me pareció un prodigio, atractivo y peligroso. Como el espinazo de un dragón. Lo acaricié con un dedo. El dragón estaba dormido.

—Cuidado con eso. Ahora apártate, en cuanto la ponga en marcha podría cortarte a cachitos.

Dio una vuelta más a las mangas de su buzo azul por encima de los codos y pulsó el interruptor. Se colocó tras la hoja dentada convertida ahora en un disco acelerado y con unos brazos como troncos sujetó el listón sobre la mesa y lo fue acercando al disco. Chsssssssum. Ahora había dos listones. Chsssssssum. Tres. Chsssssssum. Cuatro. Fue cortando cada uno de ellos en piezas de distintas longitudes. Chsssssssum. Un dado. Chsssssssum. Una torre. Chssssssum. Un tejado. Cuando ya había serrado piezas suficientes para reconstruir Nueva York, desconectó la cortadora. Volví a tocar el espinazo del dragón. Ahora estaba caliente. Luis introdujo las piezas en una bolsa de tela marrón mientras mi padre le daba un par de palmadas en la espalda agradecido.

—¿Cómo llevas el encargo del comedor?

—Ya ves, ahí tengo terminada la alacena, la mesa y cuatro sillas. Me faltan dos y el marco labrado para el espejo.

Y mientras enumeraba las piezas acariciaba la superficie de la mesa con la mano abierta recorriendo su perfil como si fuera el de un potro al que se está criando para que participe en carreras de hípica.

—Y tú, ¿qué vas a ser de mayor?

—Conductora de *rallies* o veterinaria de perros.

—Mira… Puedes empezar por los de tu padre. Ya les toca la vacuna.

Me regaló también un rotulador negro de punta gruesa. Para dibujarles ventanas y puertas a los rascacielos de madera.

Dimos unos pasos hasta el siguiente macizo de manzanilla. Dos caballos de pelaje rojizo y brillante pastaban a unos metros sin inmutarse por nuestra presencia.

—Han vendido el taller a una fábrica valenciana de mobiliario de oficina. No quiere a los mayores de 45 años. Se lleva a los tres chavales. Luis y yo nos quedamos fuera.

—Vaya… También hay gente que se prejubila a los 60.

—¿Y qué hago yo con tanto tiempo? A algunos les entra la depresión cuando dejan de trabajar. Hay que tener cuidado con eso. Y además sería mejor cotizar hasta los 65 para que nos quede toda la pensión.

¿Esa era la fotografía del futuro? ¿De eso iba la vida? ¿Todo lo que habías hecho antes estaba dirigido a blindarte tus últimos quince o veinte años de vida para, solo al final, soltar por fin lastre y volar hasta donde te dé la cuerda? Hacer un viaje al año con el Imserso a Málaga, a Galicia, a Tenerife. Recorrer todos los caminos que parten de tu pueblo como una hormiga que se cruza con otras hormigas a vista de dron. Cuidar un jardín. Acercarte a la colmena con tu buzo de apicultor y sacarles la miel a las abejas después de haberlas apaciguado con humo. Leer el periódico de la primera página a la última. Coincidir en las mismas habitaciones todo el día con la persona con la que llevas treinta o cincuenta años viviendo pero sin coincidir. En aquel momento me pareció poco. Pero, sobre todo, injusto.

Cuando llegamos a casa nos encontramos con un coche desconocido y nuevo aparcado junto a la entrada. La puerta del maletero levantada parecía la aleta de un tiburón recién encerada. Reflejaba los rayos del sol y nos cegaba. La aleta se replegó con un zumbido electrónico y tras ella apareció el tío Alejandro con una caja de botellas de vino entre las manos.

—¿Qué pasa, pareja? ¿Ya habéis subido al monte y bajado tres veces?

—BMW E39. ¿Dónde has dejado el clásico? ¿Se lo has vendido a algún coleccionista?

—Esta hija tuya sabe de coches, Pablo.

—No hemos dedicado mi padre y yo horas y horas a adivinar modelos para nada.

—¿Qué tal por Barcelona? ¿Se deja conquistar o no?

—Se deja.

—Más le vale. Que si no voy yo para que traten a mi sobrina como se merece. Toma, Pablo, vino de Laguardia. Para que lo pruebes.

—Yo suelo traer de aquí cerca, de la cooperativa de Cirauqui, a mí me gusta.

—Esto es otra cosa, nada que ver. Precisamente le he dejado de camino una caja a Ferrer, el gerente de la fábrica de muebles. Ya sé que estabas mirando algún puesto en Arrasate, algo del grupo Mondragón, pero le he hablado de ti y me ha dicho que puedes pasar mañana mismo a verlo.

Mi padre estudiaba la botella de vino que había sacado de la caja, la giraba mirando la etiqueta como si le interesara leer la letra pequeña. El tío Alejandro nos miraba a los dos, esperando algo.

—Te lo agradezco mucho, Alejandro. Mañana me acerco. Siempre es mejor trabajar al lado de casa.

Corrí escaleras arriba gritando como si tuviera seis años.

—¡Mamá! ¡Que ya tiene nuevo trabajo! Y no me habías contado que había perdido el suyo, ¿eh?

Mi madre, en un cálculo de tiempo sublime y exacto, estaba acomodando sobre la mesa una fuente con ensalada y otra con vainas y patatas. Todo listo. Se alegró cuando le repetí la conversación. Sobre todo, porque conoce bien a su marido, no sabe estar ocioso. El marido apareció en la cocina. Mi madre alisó un poco más el mantel mientras me respondía.

—Ya sabes que Alejandro tiene amigos hasta en el infierno. Si alguien puede conseguir algo, es él.

—Alejandro tendrá contactos y yo, 38 años de experiencia laboral. De algo servirán también, digo yo. Dame tu bolsa de manzanilla, Diana. La voy a poner a secar en el granero.

Mi madre y yo evitamos cruzar la mirada.

15

Colgué el teléfono sorprendida. Un hecho sin precedentes empujaba el primer tramo del día. La directora editorial nunca me había convocado sola a su despacho.

Lo habitual, respetando el orden jerárquico vigente en Hedonai Ediciones, era que llamara a Ángels, la coordinadora del equipo de edición, y que en caso de necesitar detalles concretos de nuestros avances, yo me incorporase. En aquel momento Ángels no se encontraba en su mesa. Era probable que hubiera salido al baño a lavarse otra vez las manos, frotar a fondo el interior de su taza de té, revisar la posición de los cuellos de la camisa ante el espejo o confirmar que la raya del pelo seguía siendo una línea recta y los mechones, de un rubio platino perfecto, gusanos lubricados y aplastados por el gel. TOC. Pulcritud y limpieza extremas, orden exhaustivo en la mesa, colocación milimétrica de cada objeto en la cuadrícula de superficie correspondiente diseñada por su cerebro. Y esos pequeños rituales. Abrir cada cierto intervalo los cajones para constatar que pósits, bolígrafos, agenda, todo, se hallaba en su lugar y posición. Desplazar el teléfono un centímetro cada vez que colgaba para encajarlo en su huella invisible. Ángels era una persona eficiente, máster y doctorado. Encriptaba sus mensajes verbales y escritos con una terminología técnica y tecnológica aceptada únicamente por la Real Academia del Marketing. Hablaba muy rápido para transmitir la sensación de estar ocupada y con prisa permanente, empleaba enumeraciones constantes para mostrar un control absoluto sobre todas las acciones que dependían de ella y sus movimientos eran veloces, lo que generaba la extraña sensación de que estaba en varios sitios al mismo tiempo sin terminar de estar en ninguno.

Crucé la oficina y llegué hasta el reino de Carmen, la jefa, la directora editorial, esa señora enorme en experiencia, criterio y tamaño, dueña de sus decisiones, su tiempo, su presente y su futuro, defensora militante de la contundencia seca, clara y directa más castellana. La encontré acomodada en la nobleza de su despacho, tras una mesa de caoba repleta de dosieres y libros de gastronomía y viajes, sentada en su sillón de cuero negro regulable en altura. Poderosa, dando un mordisco a una magdalena. Lo cierto es que nos entendíamos bien.

—¡Hola, *bon dia*, Carmen! Que aproveche.

—Siéntate. ¿Te apetece una?

—Ahora mismo no, gracias.

—Así tú estás como estás y yo, como estoy. Al turrón. Cuéntame en qué punto se encuentra el desarrollo de la web de una manera que yo pueda entender. Vamos a dejarnos de terminología marketinguera y de cortinas de humo, ya sabes de qué te hablo. Según el plan editorial, en un mes tenemos que lanzar la web y necesito saber si eso es viable.

—¿No sería mejor que estuviera aquí también Ángels para hablar de esto?

—No. Cuéntamelo tú. Va a ser mucho más rápido y para mí, más fácil.

Entre los listones de la persiana veneciana vi a Ángels, ya sentada, los cuellos de la camisa centrados, la raya impecable separando en dos un océano rubio y liso. Me miraba con las cejas decoloradas enarcadas a la altura del nacimiento del cabello. Tormenta en el horizonte.

Le aseguré con datos y previsiones que llegaríamos a tiempo para activar la web con destinos nacionales en la fecha prevista e iniciar la propuesta *online* de destinos internacionales un mes después. La realidad y lo que necesitaba escuchar, un dos por uno.

—Me ha quedado clarísimo. Esto es lo que quería. A partir de ahora tú y yo vamos a mantener esta reunión semanal de revisión. Los viernes a primera hora.

—¿A las 9?

—A las 11.

—De acuerdo. En esas revisiones suele estar Ángels...

—Ya no. Es infinitamente más sencillo entenderse contigo, hija.

Al salir del despacho Ángels me interrogó acerca de origen y motivo de la reunión, se mostró molesta al principio y al final cercana a la cólera porque la jefa se hubiera saltado el protocolo. Es decir, a ella. Sacó unas toallitas húmedas de un compartimento interior de su bolso italiano y con ellas absorbió el té del portafolios a golpecitos. Nerviosos. Extrajo un clínex de algún otro compartimento y lo impregnó del líquido derramado en tres pasadas. Rápidas. Tiró de un paño doblado en el cajón, lo secó todo y para que el paño se aireara lo dejó colgando del borde de la mesa. Estirado. Se recolocó los mechones rubios tras las orejas, donde ya se encontraban recolocados, y se dirigió a la oficina de Toni, el gran jefe. Qué duro esto del TOC, pensé.

Salí a comer con unos compañeros y a la vuelta, cuando Toni ya se iba, al pasar junto a mi mesa deceleró el ritmo que le imponía una cojera mínima y, sin darle importancia, me dejó caer que íbamos a lanzar una colección editorial en papel y alguien tenía que llevarla. Nada, unas guías de viajes que incluyen notas de música y gastronomía. Piénsatelo. Y salió con su cadencia y su maletín. Movimiento maestro, el de Ángels. Ahora que la jefa había apostado por mí, me apartaba de la web, que era el futuro cercano, y me trasladaba al papel, esa cosa de viejos románticos. Me encantó.

Para celebrarlo me fui a Ikea. En casa necesitaba una mesa para el ordenador, una silla y un flexo. Sobre ellos, un aluvión de pequeñas cosas innecesarias coronaba el carro. Ikea. En el estrato más bajo de la pila de artículos había dejado el bolso con la correa anudada a la rejilla inferior. Tip de seguridad urbanita aprendido por la despreocupada chica de provincias tras ver y sufrir varios robos. Me separé del carro unos segundos. Cuando volví, el carro seguía allí, pero el bolso ya no.

Auténticos profesionales. Se me dispararon las pulsaciones.

—¡¡El bolso!! ¡¡Me han robado el bolso!!

—¡Corre a la caja y diles que cierren las puertas!

Corrí. Hice los 2000 metros vallas sorteando personas y carros; casi sin respiración se lo conté al cajero, después al encargado. En cuestión de segundos varios empleados de seguridad se desplegaron y bloquearon la salida. Respuesta ágil pero tardía. Quien fuera ya había huido. El equipo de seguridad inspeccionó el contenido de las bolsas de los treinta o cuarenta clientes que aún quedábamos dentro, en vano.

Mientras veía salir a una pareja de cuarentañeros, mi cerebro recuperó una imagen que me había pasado desapercibida minutos antes. Dos tipos rudos de aspecto descuidado en la sección de Iluminación miraban de hito en hito a los compradores en vez de centrarse en el diseño o el material de las lámparas. En un primer momento me habían llamado la atención porque no tenían aspecto de pareja que amuebla el apartamento, ni de amigos, ni de hermanos, ni de primos que amueblan el apartamento. La prima era yo. Anudar la correa del bolso al fondo del carro bajo toda la compra como medida de seguridad me había parecido pueblerino de tan excesivo. Lección 103, nunca es suficiente.

Ikea Badalona. Viernes, 21.15 h. Aquí estaba. Sola y recién robada. A 13 kilómetros de casa. Sin móvil, sin llaves de casa ni tarjetas. Desnuda.

El encargado de Ikea, Lluis Franquesa, leo en su placa, me entrega un teléfono para que cancele la VISA. Lo hago. Y ya después de lo urgente me enfoco en lo necesario. Marco el único número que recuerdo, el fijo de Albert. Es viernes noche, me anticipo para no frustrarme al primer intento, va a ser muy poco probable que mi llamada lo pille sentado junto al teléfono tallando una figura de boj con una navaja a la luz de una lamparita Tiffany. La profecía se cumple en lo relevante, Albert sí está en casa, y me inundan las ganas de llorar. Pero antes de abrir la compuerta recuerdo que la vida me ha colocado delante al encargado de Ikea Badalona, un empleado fruto de una selección de personal llevada a cabo con sentido y sensibilidad por un departamento nórdico de Recursos Humanos. Y resulta que el tipo posee una considerable inteligencia emocional y que, además, decide emplearla. Consigo no besarlo de puro y sincero agradecimiento mientras habla con los cajeros hasta localizar a uno que me puede acercar en su coche a Barcelona. Lo haría él mismo, pero le espera una cena familiar, vienen sus suegros y otro matrimonio vecino a su casa, en la propia Badalona, alega. Anteponer al nombre de la localidad en la que reside el «propia» incide de tal modo en la distancia que la separa de Barcelona que mi cerebro la multiplica por tres y me hace disculparlo de forma inmediata. Lluis deposita en mis manos una bolsa de Potatischips Saltade y me acerca un taburete de madera de pino teñida de verde que alguien acaba de devolver. Se le nota que es padre, sabe que el truco de dar asiento y algo de comer siempre apacigua la inquietud de las criaturas. Así que, sentada y mordisqueando patatas fritas, espero a que las procesiones en honor a San Lack vayan abandonando el hangar y, por fin, se apaguen las lucecitas de la línea de cajas. Son las 22 horas. Quiero adoptar a Lluis Franquesa. Para cuando llevo rumiada media bolsa de patatas, el cajero de Ikea que será mi segundo y definitivo ángel de la noche se ha deshecho de la camiseta corporativa amarilla y con ella del rol de empleado y ha vuelto a ser él. Un treintañero con camisa tropical que se despide de su familia sueca y quiere salir ya mismo a encontrarse con su otra familia, la noctámbula. Oriol se presenta y me pide que lo acompañe al parking.

—Al menos no ha habido violencia.

—Dos horas y media recorriendo el circuito y llenando el carro para nada. No sé si es peor esto o el robo.

—Como ya lo tienes todo elegido el próximo día no te llevará ni una hora. Cuentan que una vez una persona consiguió hacer su compra en ese tiempo.

—Sería alemana.

—O belga. Este es mi coche.

Un Mini dorado con el techo negro no es lo que esperas de un cajero de Ikea.

—Aquí estoy haciendo una sustitución. Trabajo de DJ, cunde más. El año pasado un noruego me contrató para la fiesta de su 40 cumpleaños en Oslo. En una noche me saqué el sueldo de un mes de cajero.

Por dentro el Mini se revela como una versión sofisticada del mambotaxi de Almodóvar. Un cuarto de hora antes la mujer al borde de un ataque de nervios había sido yo. Todo encaja. Nos vamos a entender. Le pido el móvil para llamar a un cerrajero y poder entrar en casa.

—Va a costarte 150 euros. Es una emergencia en viernes noche. Se me ocurre un plan. Vente a la fiesta que dan unos amigos, duermes en mi casa y ya mañana te trasladas a la de quien quieras hasta el lunes. En día laborable el cerrajero te costará la mitad.

Dudo. No lo conozco de nada.

—Tranquila, no eres mi tipo. Me gustan más robustos.

Así entró en mi vida el que se convertiría en uno de mis hermanos.

Cuando desembocamos en la fiesta, el océano de cuerpos que se movían agitados por la misma corriente se encontraba en plena ebullición. Es muy sencillo mostrarse divertida y encantadora en un espacio donde todo lo que se hace y se dice va revestido de hedonismo puro y dirigido exclusivamente a pasarlo bien y terminar teniendo sexo. En una fiesta gay la segunda opción tendía a cero, lo que reducía el horizonte a bailar y tejer hilos de complicidad pasajera. En la certeza de esa isla ínfima en medio de un océano cada vez más bravo coincidimos la hermana del anfitrión y yo. Todo lo que cabe en un bolso robado iba quedándose atrás en el túnel de la noche mientras avanzábamos a una velocidad cada vez mayor entre risas, comentarios halagadores y réplicas ingeniosas o, la mayoría de las veces, aspirantes a serlo. Alguien había dejado caer unas gotas de MDMA en la marmita de los mojitos y aquello funcionaba. Hacía calor por dentro y quien no se había quitado la camiseta se había deshecho de los vaqueros. Adoradores de Santa Madonna bailaban sobre una mesa y auténticos osos canadienses bigotudos e indestructibles cumplían con el ritual de la rayita en el baño a puerta abierta.

Después de haber intercambiado la síntesis de nuestras vidas en minutos, la otra chica y yo bailábamos abrazadas mojito en alto como si nos conociéramos desde los 3 años. Los clásicos nocturnos se sucedían uno a otro. Laia también era periodista. El destino. En algún momento alguien propuso ir a la Metro. Se entreabría la puerta de otro descubrimiento.

Monté detrás de Laia en su Vespa, Oriol se acercó a querer saber si todo iba bien y después se encajó tras uno de los osos barbudos en el asiento de una Harley sobre la que cabían tres familias. Arrancamos. La brisa nocturna me acariciaba los brazos, las piernas y la cara y la temperatura era la que tenía que ser mientras hileras de hormigas me hacían cosquillas bajo la piel. Aparcamos en Ronda Sant Antoni. Me di cuenta de que la Metro quedaba a diez minutos de mi casa, recordé que no podría volver allí aquella noche y sentí que todo estaba bien así.

Laia y yo enfilamos la escalera hacia la planta subterránea con la convicción de que en aquella sala del «Gayxample» volveríamos a ser las únicas mujeres, pero en ningún caso las reinas ni las más femeninas.

Atravesamos el umbral con la clase de urgencia por querer verlo y probarlo todo que tendría un par de preadolescentes al entrar a un parque de atracciones. Laia no había probado los mojitos contaminados y sonreía como una madre al vernos a Oriol y a mí subidos a la noria. Los peldaños se ondulaban, las paredes se ofrecían mullidas y las luces estroboscópicas amplificaban a intervalos rítmicos la irrealidad. El parque de atracciones mutó en una selva de la que emergían especies que solo había conocido en películas y documentales: tucanes y flamencos enormes que eran drags con pelucas sobre plataformas como las torres Petronas, calvos fornidos con viseras negras, pezones perforados, pantalones de cuero de los que colgaban cadenas, botas militares... La imaginería sadomaso en movimiento. Las ondas expansivas de un calor seco que nacía a la altura del estómago me estallaban en el pecho. Radiaciones de complicidad. Caricias, besos, abrazos. Flotamos hasta la barra, nos surtimos de un agua que creímos recién brotada de un manantial finlandés y, ya amigos para siempre, Oriol, Laia y yo nos encaramamos nada más divisarla entre brumas a la proa del barco. Soplaba la brisa del aire acondicionado y sonaba The Verve. No era de noche ni de día, no estábamos en la

Metro ni en ningún otro lugar concreto. ¿Qué más da? Todo ocurre al mismo tiempo. Entonces Oriol se acercó a mi oído.

—Me alegro de que nos hayamos conocido.

—Yo también. Gracias, por todo. Le hemos dado la vuelta al día.

—¿Le damos otra?

Y me cogió de la mano.

—¿Has estado alguna vez en un cuarto oscuro?

Un olor intenso, ácido y acre. Una decantación de sudores, química y semen me golpeó nada más entrar. La música se había quedado fuera y no veía nada. Solo penetraba ese espacio la cadencia de los bajos y la negrura palpitaba como una bestia de piel gruesa y húmeda alimentada de jadeos y gruñidos, cremalleras que se abren, aspiraciones profundas, cachetes. El aire era petróleo. Giramos a la izquierda. Nos rodearon gritos amortiguados y el impacto rítmico y seco de un cuerpo contra una pared. Sonidos animales ahogados por manos, bocas, muslos y pollas. Era un pasillo, una gruta y un mercado. Se vendía y se compraba la carne que algunos nunca se atreverían a ofrecer ni a pedir fuera de ese laberinto blindado. Olía también a prohibido, a experimento y a clandestino. Oriol abría camino en la oscuridad carnívora a una intrusa que avanzaba pegada a él, mi mano en su mano, entre fieras de pieles oscuras, pálidas y doradas. Ninguna de mi especie. Torsos y brazos de acero, espaldas cubiertas de vello, abdominales vanidosos, barrigas flácidas. Caderas que empotraban, taladros en percusión. Todo se movía. Rocé una pared, una piel mojada, una nuca erizada se apoyó en mi cadera. Dos manos nerviosas me encontraron. Bajaron por mi espalda, acariciaron mi culo, lo amasaron. No importaba qué era ni quién era yo.

Oriol tiró de mí y doblamos una esquina, entreví centauros, bestias con más de cuatro patas, un hombre de pie ante otro de rodillas. Comiéndose la polla, penetrándose con fuerza animal. Había hambre y urgencia. La religión del sexo, el éxtasis. Y entonces Oriol adelantó la mano y una puerta comprimió la oscuridad hacia dentro al abrirse, retumbaron de nuevo los graves y un rayo de luz azul penetró la lava oscura. Antes de salir vi una boca ansiosa, unos ojos ávidos y unas manos que agarraban con fuerza la cabeza que tenían entre las piernas. En un golpe de cadera le clavó la polla en la boca, cerró los ojos, se corrió con un gruñido salvaje y se dejó resbalar por la pared empapado de sudor.

16

Traje gris oscuro con raya diplomática, triángulo de seda rosa en el bolsillo junto a la solapa, corbata burdeos estrecha, camisa blanca y rizos domados con cera. Grises. Ya no son rabiosamente negros. Se ha puesto elegante el tío Alejandro. Quiere que le haga un retrato profesional con la tía Jose bajo el kiri. Mucho ha tardado. O solo lo necesario para que la copa del árbol haya adquirido una presencia grandiosa. Del mismo modo que las canas han suavizado la intensidad animal de su mirada, el tiempo ha conseguido amansar un poco su carácter y sosegar incluso su estilo al vestir. A la tía aún le queda un rato de chapa y pintura, como llama él a las sesiones de tocador. Así que una vez más, la esperamos. La verdad es que este árbol parece de otro mundo, se ha elevado y ensanchado de tal modo que nadie podría discutir su reinado. Es mágico y lo ilumina todo.

—No sé si hacía falta traer una Paulonia desde China. Se ha hecho enorme, se ve ya desde la carretera.

—Es como un faro.

—Demasiado. Es hija de una época, de cuando iba a por todo. Cuando eres como yo, si algo te apasiona no puedes parar.

En eso nos parecemos el tío y yo. Si algo se me mete en la cabeza…, puedo tratar de engañarme y hacer como si no estuviera ahí dentro. Pero está. El elefante en la habitación.

Una ráfaga de viento templado agita las ramas más bajas del kiri y desprende algunas flores en una lluvia japonesa y breve. Al acostarse sobre el césped, las flores despliegan todo su poder de seducción. Lila intenso sobre verde, la atracción de los complementarios. Me agacho y recojo una. Mi tío sonríe al verme y se acerca al árbol. Deja resbalar la mano por la rugosidad del tronco con ojos ensoñadores y piensa en voz alta.

—Parece que lo tienes todo, pero no. Siempre hay algo, o alguien, que se te escapa.

Mi madre abre la portezuela del jardín. La de la incipiente confesión se cierra. Al ver al tío a mi lado acariciando el tronco, se detiene y lo atraviesa con una mirada que nunca había conocido en ella y que de pronto la convierte en alguien ajeno a mí, una mujer que no es mi madre. Hay desprecio, furia y un destello muy cercano al miedo en esa mirada. No la reconozco. Da un paso atrás y suelta la bolsa que lleva en la mano.

Unos tomates orondos y rosados ruedan sobre el césped. Me pide ayuda elevando demasiado la voz.

—Diana, toma, lleva esto a tu tía.

La interrogo con los ojos al acercarme a ella. Me evita y se recompone para volver a ser mi madre cuanto antes mientras devuelvo los tomates a la bolsa.

—Me voy a casa, ya estará pitando la olla con la menestra.

¿Qué acaba de ocurrir?

Mi tío se ha separado unos pasos del kiri, su tono cálido y su actitud sincera y abierta han desaparecido y se muestra serio, incómodo e impaciente.

—A ver si llega ya tu tía. ¡Toda la vida esperándola!

Por la puerta del jardín por donde acaba de salir mi madre aparece la tía Jose, se demora juguetona y vanidosa consciente del efecto que provoca su entrada teatral. Sacándose partido continúa siendo insuperable. El paso de los años no ha hecho mella en su superpoder. Mantiene un rubio luminoso sobre un traje de chaqueta y falda blanco y en la mano, un bolsito del mismo tono con asas de bambú. Se coloca entre el tío y el árbol, sabe ocupar su espacio. Sonríe a la cámara, gira la cabeza para mirar a su acompañante y, como si al hacerlo hubiera pulsado un interruptor activa el brazo de mi tío, que en un movimiento automático envuelve su cintura. Propiedad privada. Satisfecha, se yergue y coloca la mano izquierda sobre la derecha, que sujeta el bolsito, ahora centrado bajo su cintura. Observo cómo desplaza los hombros ligeramente hacia atrás, un movimiento casi imperceptible que resalta el pecho. Profesional. Asiento aprobando la composición que aparece bien encuadrada en el visor y ambos sonríen. Abrazados por la exuberancia oriental del kiri emanan la luz de la serenidad. El territorio conquistado tras décadas de batallas y reconciliaciones privadas, desencuentros y acuerdos de vida en pareja.

El retrato nos queda histórico. Realmente bonito. Sobre todo, para los parámetros aspiracionales de mi tío. Destila incluso una ligera solemnidad. De presidente de país latinoamericano con primera dama. De matrimonio propietario de algodonales en Carolina del Sur. Tras ampliarlo y enmarcarlo, el tío lo cuelga en la pared junto al piano, y así ocupa por fin el espacio natural que había estado aguardando su llegada desde que yo era niña.

Cuando esa misma tarde trate de averiguar el origen de la reacción inesperada de mi madre, ella se evadirá y le restará importancia. Cuando esa misma noche la escuche gritar en medio de una pesadilla, acudiré corriendo a su habitación, encontraré a mi padre incorporado en la cama junto a ella, inquieto y sorprendido, sin saber cómo calmar a su mujer. Mi madre, atrapada aún en la realidad paralela de su mal sueño, llorará como nunca, como una niña, con hipo, con el rostro congestionado, con angustia, hasta que consiga liberar el torrente interior que ha hecho saltar por los aires la presa. Después recuperará su lugar y su rol de madre, esposa y gerente económica y doméstica y tratará de tranquilizarnos asegurándonos que ya se ha desvanecido la pesadilla, «qué horror, no sé qué estaba soñando», nos mentirá, se girará en la cama y se dormirá agotada al instante. O eso es lo que nos hará creer. Por la mañana la encontraré fregando su taza de desayuno y la de mi padre, que ya se habrá marchado a trabajar, y evitaré preguntarle nada porque sé que no encontraré respuesta. Intuiré que lo que ha ocurrido bajo el kiri puede ser el vórtice de una fuerza poderosa, pero aún no seré capaz de vislumbrar ni una sombra de la oscuridad que encierra. Ni de las consecuencias que traerá cuando lo descubra.

17

El equipo de diseñadores estrella había desembarcado en Hedonai Ediciones para crear la imagen de la nueva colección de guías de viaje que Toni me había encargado. Externalizar un encargo para derivarlo a su agencia equivalía a sufrir un atraco, pero en su talento para venderse los hombres de negro resultaban imbatibles, tenían seducida a la directora de marketing. Mujer pantera, el poder primitivo de lograr que tres machos jóvenes bailaran a su alrededor con solo una llamada apuntalaba su autopercepción de lideresa. A Ángels también se la veía contenta, había conseguido apartarme de su camino sin esfuerzo. Esa satisfacción interior se proyectaba en la mesa, cada cosa en su lugar. En la postura, ergonómicamente intachable. Y en el tecleo, alegre y ligero. Al fondo se entreveía a Carmen entre los listones de la persiana veneciana. La magdalena mojada en café camino de la boca acababa de dejarle un reguero acusador en la blusa. No sabía calmar la ansiedad de otra manera.

Una mañana Ángels le había ofrecido su bolsa de rodajas de plátano deshidratado y su tarro de frutos secos sin sal y Carmen se lo había agradecido con una mirada que venía a indicarle que se introdujera bolsa y tarro por el recto. No, aquella relación no podía ir bien. No existía caldo de cultivo para sinergias, alianzas win-win, ni siquiera para un triste café de máquina en el pasillo. Eran dos mujeres condenadas a no entenderse. Me dio pena. Pero mi papel de traductora-mediadora ya había quedado atrás, ahora me encontraba inmersa en otra misión, entregada 12 horas diarias a la guía de Cataluña, la primera de la colección de guías de viaje.

Albert se metió una aceituna a la boca y levantó su cerveza al aire para brindar por mi nueva etapa profesional.

—No suena mal. Reseñas de salas y bares de conciertos hechas por críticos musicales, selección de restaurantes con notas de nutricionistas y recomendaciones de viajeros. Bienvenida, editora. Vas a aprender mucho.

—Seguro. He quedado ahora con el ilustrador. Iosu Matxaga. Es de Bilbao, pero lleva años viviendo aquí.

—Y viviendo intensamente, querida. He coincidido con él en las *Thursday Mornings*.

—¿Una matinal?

—Una especie de club privado. Hay un piso en Rambla de Catalunya entre Mallorca y Provença donde los jueves de 11 a 12 se celebran encuentros en los que oficinistas y ejecutivos liberan tensión, digamos.

—¿Pagan para destrozar con un bate el mobiliario de una habitación, como en Tokyo?

—Mejor. Solo sexo. Libre, en un fantástico piso burgués.

—*Eyes Wide Shut* versión diurna.

—Puede ser. Es un buen lugar para hacer contactos. Políticos, empresarios, abogados…

—*Only men?*

—Solo hombres. Iosu Matxaga solía ir con un tipo que me he cruzado más de una vez por esta zona. Siempre impecable y con una leve cojera.

Tenía que ser Toni, el director de Hedonai. Mientras entraba a un cajero pensé en cuánto me quedaba por aprender. De relaciones profesionales, de alianzas posibles, del tipo de hilo con que se tejen las redes que sostienen parte importante del sistema. El cajero se encontraba al fondo de un pasillo de mármol blanco impoluto, una exigua sala funeraria donde el muerto al que nadie velaba era un hombre tumbado sobre un saco de dormir entre un tetrabrik de vino y otro de zumo de naranja. Ladeado de cara a la pared, el único resguardo posible para su intimidad, emitía un ronquido suave y constante. Tecleé mi clave de pie junto a su cuerpo con la sensación inevitable que deben de albergar los ladrones de tumbas y mientras esperaba a que los billetes asomaran por la ranura, el muerto se incorporó como impulsado por un resorte. Su cuerpo quedó demasiado cerca del mío. Olía a rancio, a humedad y a sudor.

—¿No me has visto al entrar?

—Sí, claro.

—¿Y no te da miedo estar aquí sola conmigo?

—¿Tendría que dármelo?

Mujer a solas con hombre desconocido, quizá bebido, con posibles trastornos mentales, en espacio reducido. ¿Tendría que dármelo? No, no iba a aceptarlo. No quería leer la situación como la retrógrada debilidad de género, si acaso como mero desequilibrio de fuerza física. Mi padre me había enseñado desde niña a soportar largas caminatas por el monte entre arbustos y zarzas que me arañaban las piernas, a adiestrar perros, a disparar. No me sentía débil. Era capaz de enfrentarme a él. Incluso físicamente, no hay que minusvalorar la fuerza que genera la ira.

Sopesé posibles resultados de un combate entre el tamaño de su cuerpo y el del mío. La sucursal bancaria ya había cerrado. Si el combate se produjera al fondo de aquel pasillo de mármol no nos escucharía nadie.

Así que, pensándolo mejor… ¿Tendría que dármelo? ¿Tendría que darme miedo la situación? Grieta en la realidad. DEFCON 2. Pre-Alerta máxima. El cajero escupió los billetes. Los cogí, tiré de la tarjeta. Me guardé todo en el bolsillo delantero del vaquero sin prisa y sin dejar de mirarlo. Sus ojos tampoco me soltaban. Respondió a mi pregunta mental.

—No sé si te has dado cuenta de que tengo un palo.

Se agachó con una agilidad inesperada y lo blandió ante mí. Un bastón de madera, contundente. Solos al fondo de la sala funeraria. Como dos ladrones de tumbas que pelean cegados por la codicia del botín hasta que uno termina empujando al otro a la fosa que acaban de excavar. A pesar del mármol que nos rodeaba me atravesó una ráfaga de calor ardiente y seca, sentí una violencia compacta. Menos de un metro entre los dos. Calculé 8 o 10 hasta la calle. Se había hecho de noche. En esa calle no habría nadie. DEFCON 1. Alerta máxima.

—De entrada, confío en la gente.

—¿Nunca te ha pasado nada?

—Alguna vez.

—Está bien confiar en la gente. Eso está bien...

Bajó la vista al suelo asintiendo con la cabeza. Dejó caer el bastón sobre el saco de dormir. El impacto sonó amortiguado y tranquilizador. El inquilino del cajero se desactivó. DEFCON 3. Descenso en el nivel de alerta.

—Pero no siempre se tiene suerte.

No, no se había desactivado del todo. Caminé hacia atrás. Conté los pasos hasta la puerta, dos por metro. Cuando consideré que en un par de saltos alcanzaría la puerta le di la espalda. Silencio tras de mí. Abrí, salí, monté en la moto y arranqué. Lo vi al fondo del pasillo, seguía en pie, mirándome. Respiré hondo, noté cómo se me destensaban la mandíbula y los músculos del cuello. Sonó el móvil. Tío Alejandro. Lo silencié. No es tan sencillo decidir en quién se puede confiar ni en qué batallas merece la pena entrar.

Cuando llegué a mi primera reunión con el ilustrador me encontré con un tipo largo y estrecho de cintura para abajo, hacia arriba el tronco se ensanchaba hasta rellenar el triángulo invertido de una espalda de nadador que se inclinó como un junco para apagar un cigarrillo en el cenicero mientras su mitad inferior tomaba asiento. Sobre la mesa dejó una gabardina arrugada y una carpeta de cuero marrón tatuada con cercos oscuros y se encendió otro cigarro con dedos ágiles y blancos. Inauditamente inmaculados para los gramos de nicotina que sostenían cada día, pensaría más adelante. Él me confirmaría que los frotaba con lejía diluida, el truco de mi madre para borrar las manchas oscuras que limpiar borraja deja en las manos. Cabello oscuro revuelto y entreverado de canas, tupidas patillas grises como la barba de tres días. Pantalón y camiseta de corte impecable marrón chocolate. Casi un dandi. Un cuarentañero superviviente del malditismo. Uno de esos artistas peligrosos para sí mismos y para su entorno más íntimo que necesitan protección, mecenas, madre y domador. A veces todo en uno.

—¿Iosu Matxaga?

—¿Diana Apesteguía?

—Veo que has traído la carpeta con los originales.

—Son ideas para las ilustraciones a doble página que abren capítulo y los mapas.

Revisé sus láminas con la misma atención con la que él me estudiaba a mí y se ventilaba tres cervezas en el tiempo de una. Sus dibujos eran trazos negros vigorosos y cortantes sobre bloques de color puro. Mandíbulas marcadas, dedos toscos, pechos generosos y piernas como columnas. Un camarero que prepara un *dry martini*, una lectora de periódico en un banco frente a la Pedrera, mujeres de melena enredada al viento que pasean perros descalzas por la playa de la Mar Bella y una diva del jazz bajo un foco. Eso era para él Barcelona. Había algo de Mariné y de Mariscal en el trazo, del color de Matisse y de la pureza formal de Oteiza. Me pareció que tenía fuerza y talento.

—No es el tipo de ilustración que esperas encontrar en una guía de viajes. Me gusta.

—Reunirse por primera vez con la editora en un bar junto a la Zeleste porque acto seguido va a ver allí a Lou Reed tampoco es lo que esperas de una primera cita profesional. Creo que nos vamos a entender.

Así fue. Desde el primer momento entre nosotros se abrió una vía de navegación fraternal por la que discurrirían nuestros encuentros inspirados y nuestras tormentas. Matxaga resultó ser lo que aparentaba, un tipo iceberg. Cuando crees que ya lo conoces descubres que aún mantiene bajo el agua un 80 % de su capacidad para desconcertarte. Me gustan las personas que no se te acaban pronto.

Lou Reed estuvo más poeta que estrella, licencias de haber conquistado ya una edad que le permitía ser nuestro padre si nuestro padre hubiera nacido en Nueva York, se hubiera tragado todo el zumo de los 70 y hubiera sobrevivido a sí mismo. Lou Reed había ido, había vuelto y ahora contaba sus historias de otra manera. Había saltado con pértiga la barrera de un nuevo milenio, estrenábamos el 2000, y el mero hecho de verlo vivo en su uniforme negro de mito austero sobre un escenario ya iba contra las leyes de la naturaleza y el sentido de las cosas. Como si en el Louvre la cabeza de la Gioconda asomara de la tela y te revelara al oído por qué sonríe así.

—Chicos, hoy os voy a abandonar. Me quedan tres semanas intensivas hasta entregar la guía, tengo que estar centrada.

—¿Pero cuándo ha sido eso un problema para tomarse una?

—Tomarse una no existe, Oriol. Me sumo a la retirada, a mí también me espera un día denso. La directora y presentadora del programa está de baja por estrés y el sustituto ha debido de escaparse de un psiquiátrico.

—Psicóticos en pantalla, ese clásico.

—Ejemplo de ayer mismo. Entran en plató el sociólogo y el psicólogo que el presentador-director sustituto llevaba pidiendo toda la mañana, se sientan y el tipo se pasa los diez minutos que están en directo dándole patadas al copresentador bajo la mesa y gritándole en voz baja «¡No les preguntes nada, que nos van a dar una brasa que nos van a matar!». Esto a micro abierto y pinchado en cámara.

—¡Pero es buenísimo! ¡Es poshumor!

—Sí, sobre todo para los dos invitados, que lo oían con nitidez absoluta. Sin contar con el público en directo y con toda esa gente que ve el programa atónita en su casa…

—Pobres.

—Ya nos hemos acostumbrado a que minutos antes de comenzar el programa lance al aire las páginas del guion y la escaleta al grito de «¡Esto no hace falta!». Y a partir de ahí, el equipo completo a seguirlo, a pelo y sin red. El realizador ha pasado de un paquete de tabaco diario a dos, no te digo más.

—Piensa en el tatuaje de Angelina Jolie. Lo que no te mata, te hace más fuerte.

—Eso es de Nietzsche. El de la Jolie dice «Lo que me nutre me destruye».

—¿Qué más da?

En la ecuación «Drama + Tiempo = Comedia» a Oriol le sobra el tiempo. Nació con la capacidad de hacer humor del horror al instante. Laia estaba tocada, todo apuntaba a que la frustración iba ganándole la partida a la vocación.

Once y cuarto de la noche, moto aparcada junto al Tres Tombs y llegando a casa. Conseguido. Los hermanos pakistaníes del Super Choudhry que avanzaban afables pero concienzudos en su misión de conquistar con sus negocios la calle y, en una segunda fase, el barrio, apilaban cajas de cartón vacías junto al contenedor azul.

Sillas cojas, colchones con manchas que creaban mapamundis, prendas de ropa irreconocibles que no admitían más reciclajes... Vidas enteras. Estos contenedores regurgitan cada pocas horas, cuando no los vemos. No importa que los camiones de basura los vacíen dos veces al día, siempre parecen una isla rodeada de restos flotantes, como si el Raval viviera en un naufragio, una mudanza y una rehabilitación permanentes.

En un segundo la rutina diaria de las cajas de cartón da paso al caos.

A unos metros de mi portal un hombre armario zarandea a una mujer menuda y pálida mientras la sujeta por las muñecas y le grita algo en rumano. Ella llora y le responde en voz baja. Los pakistaníes ya se han ido. No queda nadie en la calle. El tipo le da un empujón y la tira al suelo, se aleja fuera de sí y se detiene junto a un coche con la ventanilla abierta que acaba de frenar para seguir gesticulando desatado y vociferando al conductor que procura tranquilizarlo. Parece que se conocen. La mujer se incorpora y se limpia la cara con el antebrazo. Se le está hinchando un pómulo. La ayudo a levantarse, le pregunto si está bien y le acaricio la espalda con la mano. Ese gesto que en ocasiones reconforta y contribuye a calmar ahora resulta invasivo y se rechaza. No me contesta, está aterrorizada. Lanza miradas rápidas al hombre que la ha derribado y que al percatarse de mi presencia se dirige hacia mí. Amenazante y retador. Recuerdo el aviso premonitorio que me ha lanzado el vagabundo del cajero esta mañana. Hoy ya he agotado mi suerte. El rumano me dobla en anchura y me pasa una cabeza.

Decido actuar, pero de otra manera. Agarro a la mujer del brazo y tiro de ella. Se resiste. Le pido que confíe en mí con una mirada, la cojo de la mano y corremos hasta el portal. Está abierto, entramos y me lanzo de espaldas contra la puerta para mantenerla cerrada con el peso de mi cuerpo. El tipo empieza a golpearla desde fuera. No voy a aguantar mucho más. Clavo el dedo en el interruptor de la luz. ¡No funciona! ¡Aún no han cambiado la bombilla que se fundió ayer! Empiezo a subir a ciegas las escaleras arrastrando a una mujer que ahora ya sí accede a seguirme pero tropieza en cada peldaño mientras susurra algo en rumano, como si rezara. Le digo «Tranquila» cuando en realidad la intención de esa palabra es calmarme a mí.

Resuenan los golpes en la puerta del portal. ¡La va a tirar! ¡Ese tipo es una bestia! Empiezo a hiperventilar mientras subimos a oscuras las escaleras todo lo rápido que podemos. Voy a tientas, toco la pared con la mano abierta, se desprende la pintura descascarillada, giramos, más puñetazos impacientes a la puerta de aluminio y vidrio, nuestras respiraciones agitadas, llegamos al segundo, meto la mano en el bolso, no están las llaves, lo revuelvo, no están, busco a tientas el mechero. ¡Mierda! ¡Se lo he dejado antes a Laia! Llegamos al tercero, mi piso, la mujer a la que creo que estoy ayudando se pone a llorar, es un ataque de histeria. «¡Estoy contigo, no pasa nada!», le susurro tratando de calmarla, pero mi voz suena aguda, es el miedo. Me aterroriza esta oscuridad. Soy la agente Starling con las gafas de visión nocturna recorriendo el sótano del asesino que despelleja a jóvenes, el traqueteo metálico de la pistola temblándole entre las manos porque sabe que ese loco cabrón puede saltarle encima en cualquier momento. Borra esa imagen. Toca las paredes. Tranquila. Estás aquí. No funciona. Se me dispara la cabeza. Me veo buceando de niña en la piscina y evitando la esquina oscura, un tiburón me espera dibujando círculos al fondo de un agua que, por la sombra que proyectan los árboles ahora que ha atardecido, parece negra. Los demás se ríen, pero yo siento la presencia del depredador, sé que está escondido ahí abajo, esperando su momento. Tropiezo. La mujer grita en mi nuca y me clava las uñas en la palma de la mano. Encuentro el pomo de mi puerta. ¿Y mis llaves? Revuelvo el interior del bolso. ¿Dónde están mis llaves? Silencio. Ya no se oyen golpes en el portal. Casi es peor. ¡No encuentro las llaves! ¡Ya sé, la vecina de arriba! ¡Vamos! Tiro de esta mujer que está aún más asustada que yo. Subimos pegadas a la pared dando traspiés, en este tramo los escalones son más altos. Llamo al timbre.

—¡Mariona! ¡Mariona, abre por favor! ¡Soy Diana, la vecina de abajo!

—¡¿Qué pasa?!

Unos segundos y la puerta se abre y derrama su luz.

Le basta con vernos la cara para hacerse a un lado. Por fin. La meta. Cruzar la línea.

Ahora puedo observar bien por primera vez a la mujer a la que he hecho subir conmigo sin saber ni su nombre. Es rubia, tiene ojos verdes y cara de niña. No creo que pase de los veinte. Se palpa el pómulo con dos dedos.

—¿Una cerveza?

Ella niega con la cabeza, yo asiento.

—Cuenta.

—Estaba llegando a casa y he visto cómo un hombre enorme le gritaba como un loco. La ha tirado al suelo.

—La conozco, de vista. Se llama Dumitra. Antes pensaba que era su chulo, pero es su novio. O las dos cosas.

—Voy a llamar a los Mossos.

—¡¡Policía no!!

Ahora Dumitra entiende castellano.

—Espera. No creo que tenga papeles.

Dumitra se levanta nerviosa. Mariona la coge del brazo con firmeza.

—Tranquila. Vamos a comprobar si se ha marchado.

—¡Que no te vea! —susurro a gritos.

—No necesito asomarme. He inventado un sistema para ver el portal desde aquí. Así controlo quién me llama al portero, ¿entiendes?

Interpreto que solo quiere permitir la entrada al único cliente que mantiene, no a todos los que conocen su dirección. Miro hacia donde señala Mariona con la barbilla. En el edificio de enfrente, en la barandilla del balcón del cuarto piso descubro un espejo colgado con cordel de empaquetar semioculto entre los geranios. Está inclinado hacia abajo y refleja nuestro portal. Vacío. Tras su primera comprobación de seguridad, Mariona se asoma para cerciorarse.

—No hay nadie en toda la calle.

Dumitra se incorpora de nuevo.

—Voy a casa.

—¿Estás segura? —insisto.

—No vive con él, lo sé. Vive con su madre, a cuatro calles de aquí.

—¿La dejamos irse?

—¿Qué quieres? ¿Adoptarla?

—Podemos acompañarla hasta su portal.

—Pero… ¿Quién te crees que eres? ¿Su ángel de la guarda? Déjala. No es la primera vez.

Mariona la conduce a la puerta y me siento un poco estúpida. No sé cómo funcionan estas cosas. No sé cómo va eso de que un tipo esté golpeando a una mujer en plena calle y tú trates de echarle una mano, pero ella no se deje ayudar como tú crees que puedes hacerlo. No soy una trabajadora social curtida en la gestión de maltratos, no conozco los códigos ni el protocolo. Ella no quiere denunciarlo. Por miedo. Porque no tiene papeles. Porque la expulsarían del país. ¿Qué se hace ahora? ¿Para qué me he metido en su vida? Mariona tiene razón. ¿Quién me creo? ¿Su puto ángel de la guarda?

Doy un trago a mi cerveza. La puerta del portal retumba con su sonido metálico al cerrarse. Dumitra vuelve a estar en la calle. Mariona la vigila a través de su espejo. Le he cedido el testigo de salvadora. La sala es pequeña y pulcra, paredes color vainilla, una mesita baja de cristal con un plato que ejerce de jardín de cactus enanos, un sofá doble granate con cojines de cebra, un orejero a juego con el sofá y más allá, una mesa sencilla de madera de pino con dos sillas. En la pared, una foto del *skyline* neoyorkino. La misma que vi ayer en el escaparate de la copistería. Y tras una puerta entreabierta, una cama revuelta. Así que esta es la casa de una prostituta. Sin cortinajes de terciopelo, ni *chaise longues* tapizadas con tejidos adamascados, ni otros excesos más propios del imaginario romántico, del Folies Bergère o de El Molino.

Mariona se sienta en el orejero, con su bata corta de satén blanco y dragón verde bordado en la espalda y su mandíbula angulosa. Parece una boxeadora en el ocaso de su carrera.

—¿Qué? ¿Frustrada?

—Impotente, supongo.

—Las cosas no siempre son lo que parecen. Hay relaciones muy difíciles de entender.

—Pero una agresión es siempre una agresión.

—No se puede ayudar a quien no se deja. No lleva a ninguna parte.

Mariona da un sorbo a su cerveza mirando hacia el balcón de enfrente.

—Qué mano tiene esa mujer para las plantas. El balcón le luce como la selva colombiana. Ni siquiera me preguntó para qué quería poner ahí un espejo, es un encanto. Aquí en el Raval te lo encuentras todo, lo mejor y lo peor. A veces viene un amigo a casa de noche. Te aviso por si coincides con él otro día sin luz por la escalera, para que no te asustes.

—Gracias, Mariona. Por abrirnos la puerta a estas horas.

Recordé que no había encontrado las llaves de casa en el bolso. Volví a revisarlo y ahora sí, oí su sonido metálico en un bolsillo interior. Ahora sí era capaz de escucharlo. La escalera continuaba sumida en las tinieblas, pero ya solo consistía en bajar un piso. Sin nadie de quien huir el mismo escenario era otro. Mi casa. Cerré la puerta tras de mí. Tuve la impresión de que desde que había salido de allí por la mañana había transcurrido un mes.

18

El estrés también contiene algo positivo, genera una adrenalina que activa nuestro estado de alerta y afina nuestros sensores. Nos convierte en máquinas con intuición animal.

Me quedaba una semana para cumplir mi misión, entregar la primera guía. Todo iba encajando. Todo salvo la libertad de espíritu de Iosu, el ilustrador. Los plazos de entrega ajustados no se alineaban con su manera de pensar ni de existir y eso generaba una tensión constante que nos íbamos trasladando uno al otro en una espiral ascendente. Tenía la sensación física de encontrarnos encerrados con llave en una caravana de cinco metros cuadrados. La tensión comprimida rebotaba compacta de una pared a otra y electrificaba el ambiente. Iba a salir de esa caravana y lo iba a conseguir. Era mi primer encargo como editora, la guía se publicaría dentro de plazo.

Ponerme dura con Iosu me costaba. Por edad se acercaba más a mi padre que a mí, comprendía que su carácter y nuestra agenda no resultaban muy compatibles y me caía bien. También avivaba en mí algo parecido a un instinto maternal. Esa trampa. Gracias a algunas conversaciones con Albert había podido completar los puntos suspensivos que rodeaban a Iosu. El joven talento del arte contemporáneo había iniciado la partida en una casilla de salida ventajosa. Hijo de familia *pole position* de Algorta comienza estudiando Ciencias Económicas y Empresariales por pauta paterna para después elegir la vía secundaria que, como bien sabe, también le terminarán subvencionando. Bellas Artes. Juega bien sus cartas, aprovecha becas al talento, se esfuerza, saca a pasear su magia, pule su don y consigue a los veintipocos años que alguien de la entidad de Soledad Lorenzo apueste por él, le haga hueco en su galería y lo posicione, primero en la escena y el mercado madrileños y después en el circuito artístico internacional a través de una fructífera primera presencia en ARCO y a su red de contactos. Expone en salas europeas y neoyorquinas, se cotiza, genera interés a coleccionistas privados, vende obra, pero no le da tiempo a explotar a nivel alfa, no alcanza a ser un Young British Artist ni a conquistar la notoriedad excesiva de Damien Hirst o la proyección de Tracey Emin. Porque los 80 le pillan a caballo entre Londres y Bilbao. Y en este último escenario gris, húmedo y repleto de cabezas y cuerpos jóvenes sin trabajo ni sensación de futuro se deja seducir. Todo lo que ha conquistado se le queda corto cuando se encuentra con la heroína. La única ocasión en que hablaremos de su yo anterior a la desintoxicación definitiva se muestra tolerante con mi ingenuidad, sin condescendencia. Posteriormente me leerá la cartilla.

—Coge el mejor orgasmo que hayas tenido, multiplícalo por mil y ni siquiera andarás cerca —se me ocurre decirle.

—*Trainspotting*. Hay una diferencia fundamental. Mark Renton decidió no elegir la vida, defendía su posicionamiento filosófico. Yo ya había elegido la vida, pero la heroína me eligió a mí. No hay más. Eso elimina el resto. Solo queda el agujero.

—¿Cómo es?

—Solo es lo que te imaginas al principio. Es bestial, pero enseguida te gana la partida. Primero absorbe todo lo que tienes, después lo que has conseguido y luego lo que eres. Y de pronto una tarde te levantas del suelo y en un ataque insospechado de lucidez te das cuenta de que no soportas tu propio olor a mierda. O alguien tira de ti para arrastrarte lejos de donde estás. Y entonces decides que quieres salir.

—¿Tuviste que intentarlo más de una vez?

—Muchas. Pero lo peor no es apartarte de ella. Lo peor es que tienes que empezar a construir toda tu vida desde cero. Y que siempre vas a tener que estar en guardia y mantenerte alejado porque ya la has conocido y ella te ha conocido a ti.

Iosu ya escribió y entregó su capítulo en la larga historia de los damnificados por el desconocimiento. Los afortunados también, pero sobre todo los hijos de obreros y de pescadores, los hijos de parados, la generación perdida.

—Los supervivientes no somos héroes. No alimentemos la épica, te aseguro que no la tiene.

Me limito a escucharle y asentir. Qué puedo decir que no resulte tópico, vacío y banal. Así que termino acogiéndome al código profesional.

—Prométeme que el jueves me entregarás los mapas y la ilustración pendientes.

—Te lo prometo. Aunque no sé hasta qué punto tiene credibilidad la palabra de un yonqui.

—Vete a la mierda, ¿quieres?

—Déjame que te invite a una caña, señora editora.

Tengo que recordarme que soy su jefa. Odio cuando consigue que me convierta en su madre. Se da cuenta y reduce. Reabre la vía de navegación entre los dos.

—Me recuerdas a un tipo que conocí aquí hace muchos años cuando hacía la mili, era navarro también. Me tocó cuartel en Barcelona, no conseguí librarme. Era mayor que yo. Divertido, ambicioso y muy listo. Un auténtico cabrón, habría vendido a su madre. Tenía contactos en el puerto entre los que manejaban los contenedores que llegaban de Europa y Estados Unidos. Y visión de negocio, ese resorte natural para sacar partido a las circunstancias. Consiguió los primeros microondas y giradiscos que hubo aquí, los introducía en el cuartel y nos los vendía.

—Un superviviente. Supongo que para eso se nace.

—O te haces. Un amigo de mis años yonquis abrió el ataúd de su padre porque recordó haberle visto guardarse unos billetes en el traje que le habían puesto para enterrarlo.

—¡Pero me estás hablando de un enfermo! De alguien a quien no le funciona bien la cabeza en ese momento. ¿A quién, si no, se le ocurre hacer algo así?

Bajó la vista un segundo para rearmarse. Inmediatamente me di cuenta de mi error. Se ofendió y atacó como un escorpión cuando lo rozas con el pie sin darte cuenta.

—Sal de tu vida, Diana. Sal de tu cotidianidad confortable y de tu estructura mental. Dinamita esas pautas biempensantes en las que te basas para medir la normalidad, la anormalidad y la excepcionalidad de lo que ves. Deja de juzgar. Deja de juntarte con tus iguales, editores, periodistas, fotógrafos, diseñadores. Profesión liberal, raza blanca, clase media, hipoteca, viajes, cine, cenas, amantes, después novio y luego, hijo. Ya lo verás. Pero no a los treinta, sino a los cuarenta. Hay que vivir. Y un único hijo, a lo sumo dos. No hay que dejar de vivir. Sal de lo que eres, anda.

—Iosu, habrás hecho tu travesía del desierto y habrás vivido más que yo, pero no sé si el hijo artista de familia burguesa con contactos tiene derecho a pontificar y hablar del privilegio a la hija de obrero y ama de casa que se lo curra cada día para estar donde está.

—Vale. La conciencia de clase. Vamos a cambiar de coordenadas geográficas, hija de obrero. Sitúate en un país en guerra. Vive en El Salvador y échate a la calle con tu vestido de diseñadora emergente, tu anillo de plata, tu libro de Kundera en el bolso y tu moto, chica independiente. Entra en un barrio de Medellín o del DF donde la vida vale cero, blanquita europea, donde hace demasiado calor, donde se puede pagar con sexo. O ten un padre alcohólico, una madre prostituta, una familia en la que nadie madruga para ir a trabajar porque no hay trabajo al que ir ni rutina que mantener y ni siquiera el colegio es obligatorio. Relaciónate con gente que no recicla, que no tiene ideología, ni estrés, ni crisis existenciales, ni psicóloga, que no habla de micromachismos ni de feminismo ni de cambio climático. Relaciónate con gente que no lee y que no vota porque todo eso sería lo siguiente de lo siguiente.

Iosu había vivido, sí, había entrado en contacto con otras realidades. Quería marcar territorio, reforzar su posición, y que yo lo supiera.

—¿Necesitabas darme esta lección?

—Tampoco creas que nacer en Algorta o en Pedralbes te libra de todo mal. Puedes ser el niño de los ojos de tu papá ejecutivo de multinacional al que el trabajo apenas le permite parar en casa, pero sí en otras ciudades donde tiene amantes; y tu mamá lo que tiene es su cajita de pastillas y su agenda de amigas fantásticas con las que llenar la semana de ocupaciones intrascendentes pero esenciales, porque así se olvida de que su marido se casó solo con La Hija De una fortuna financiera. Y resulta que quien te ha cuidado siempre, te ha preparado la merienda y te ha limpiado el culo y los mocos ha sido una señora que te hablaba en inglés. Y quien te ha escuchado de verdad ha sido tu tutora de colegio privado y después, tu terapeuta.

Hizo una pausa. Sabía de lo que hablaba. Preferí no entrar.

—Sal de lo que eres y entonces te descubrirás. ¿Crees que pensarías y actuarías como lo haces ahora? ¿Crees que mantendrías esos principios inamovibles de familia proletaria? La cultura del esfuerzo, la honestidad, la responsabilidad. Esa superioridad moral, esa línea tan clara entre lo que está bien y lo que está mal que te ayuda a apaciguar tu conciencia y a dormir bien. Criatura…

Me levanté recordándole lo que me tenía que entregar.

—Perdona, Diana, han sido las seis cervezas.

Ya. Más las dos que había tomado antes de vernos.

—Hablamos.

Cómo le gusta llevarte al límite. Cuando se afila Iosu aplica una lucidez letal. Te clava el aguijón, te inocula todo el discurso y después se pide otra caña, el jodido dandi de vuelta del infierno. Lo peor es que a veces tiene razón.

#1

Laia me espera con dos entradas para La Rosa y Los Vientos. Al vernos en segunda fila nos guiña un ojo. Más guapa y más diva no puede estar. Va enfundada en un vestido tubo negro. Dentro del sueño yo sé que lo ha comprado en el Mercat de Sant Antoni, pero podría ser el Givenchy de Audrey. La Rosa se ancla al micro de pie y, en cuanto el piano le da la entrada para un solo vocal, se evapora su condición de hija mayor del quesero zamorano nacida en L'Hospitalet y nos convence de que vino al mundo en Virginia y de que tras escapar de un reformatorio se ha dedicado siempre a atravesar con su voz de negra el humo de clubes neoyorquinos y barceloneses.

Cuando se enciende su foco, La Rosa saca a pasear la pantera que lleva dentro; entre el saxo, la trompeta y el contrabajo, ronronea junto al piano, se aleja de Los Vientos y nos asalta entre las mesas, nos acuna y nos dispara sus balas de plata. Los mortales agradecen que la diosa se haga carne junto a ellos, pero cuando la admiración la oprime demasiado, ella salta hasta una escalera lateral y, desde ahí, vuela.

La Rosa es una cosa imposible entre gitana y negra y mientras la escuchamos cantar, por debajo se le escapa su parloteo de barrio, habla de La Niña de los Peines y Dizzy Gillespie, de P. J. Harvey, de Björk y de Enrique Morente mientras nos enseña los pendientes de loros dorados que se ha traído del mercadillo. Solo la hace callar un saxo que emerge de las entrañas mismas de la tierra. Aplaudimos hasta que las palmas nos arden y en esos fuegos minúsculos se queman las plumas que se le van cayendo de las alas a La Rosa mientras desciende de las alturas brillando de puro sudor. Todos la adoran y ella se agacha y me susurra al oído.

«No te vuelvas a acercar al rumano. Deja de meterte en líos, niña. Quítate ya esa capa de vengadora que llevas». Se escucha el graznido de un cuervo, llueven flores lilas y ella se hace humo blanco entre las mesas.

19

Mi primo no era tonto. Elegía los momentos en que el tío Alejandro no estaba. Lo tenía fácil, casi nunca estaba, y respecto a la tía, él siempre supo rehuir el control materno. Aprovechaba cuando la clase de piano de la tía Jose había superado la primera media hora y ella había pasado de aporrear teclas en secuencia a concentrarse en las primeras notas del Canon de Pachelbel. No recuerdo que avanzara más allá de las primeras líneas de partitura. Las sesiones solían durar dos horas, incluida la pausa para un café con pastas danesas que la tía ofrecía como desagravio a Ofelia, la profesora de piano, el Hada del 205. Quién sino una delicada ave procedente de otras latitudes iba a llevar ese nombre. Además de por la paciencia, Ofelia debía de cobrar por el autocontrol. Nunca probó una pasta, así que cuando el cisne salía volando por la puerta, la tía nos acercaba el plato virgen a la sala de juegos.

La armada blanca de la investigación científica todavía no ha conseguido descodificar todas las cadenas de reacciones químicas y nerviosas que rigen el funcionamiento del cerebro. A pesar de ello, sí sabemos que la memoria es selectiva de un modo protector y que trabaja a favor de nuestra supervivencia. Entierra hechos que por su peso nos dejan hendiduras profundas. Aunque no siempre las percibamos.

Un día recordé de pronto a Ofelia, las pastas danesas y todo lo demás. Cuando lo que ocurría en una sala, mientras en otra transcurrían las clases de piano, llevaba más de veinte años encerrado en mi cuarto de atrás.

Al pasar junto a una escuela de música situada en travessera de Gràcia, me detuve un momento para dejar en el suelo una bolsa con compras y recogerme el pelo en un moño. La *xafogor*, el calor pegajoso del verano mediterráneo. Por los ventanales abiertos de la planta baja escapaban los primeros compases del Canon en Re Mayor de Pachelbel al piano. Sentí que todo se detenía y quedaba envuelto en una bruma blanca. Me quedé allí, atrapada, y entonces el recuerdo revivió por primera vez. Las notas del piano se licuaron al recorrer el conducto de mis oídos, se filtraron a través de los pliegues del neocórtex y derribaron la puerta del cuarto de atrás. Sobre la pared de la escuela de música se proyectaron ante mí con una nitidez brutal todas las imágenes.

En una habitación de juegos tres niños de distintas edades mezclan polvos azules y amarillos de Quimicefa en cajitas de plástico mientras se escuchan las notas de un piano. Dos de ellos, chico y chica, visten igual a pesar de su clara diferencia de edad, camisas de franela a cuadros marrones y verdes y pantalones del mismo color terroso. La tercera es más pequeña, lleva un pantalón de pana granate y un suéter blanco de cuello alto bajo unos mofletes colorados. O hace demasiado calor o está ocurriendo algo que le provoca mucha vergüenza. El chico, alto y delgado, se sube a una silla y anuncia en voz alta.

—¡Se abre la consulta!

La niña pequeña aprieta el tubo de experimentos que sostiene en la mano derecha, el cristal salta en pedazos y un líquido verdoso gotea desde su mano y forma un charco en el suelo. Sobre él cae una gota roja. Un fragmento de cristal se le ha clavado en la mano. La gota de sangre se expande sobre el verde como una batalla cuerpo a cuerpo en una selva virgen.

—Diana, tú vas a pasar la primera. Es urgente curar esa herida.

La otra chica se sienta en el suelo a hojear un tebeo. Como si estuviera acostumbrada a esas esperas en la consulta de su hermano. La niña se resiste.

—Quiero que me cure la tía. Tú no.

—Ahora está en clase de piano, no vamos a interrumpirla. Ven, que tengo una cosa para ti.

El chico mayor la coge de la mano y la conduce por un pasillo hasta un comedor. La hace pasar delante de él, se vuelve y grita en dirección a la sala de juegos.

—La siguiente paciente no puede venir hasta que yo la llame, ¿de acuerdo?

—¡De acuerdo, doctor!

Empuja la puerta tras de sí y comprueba que ha quedado bien cerrada. Siguen escuchándose las notas del piano, ahora amortiguadas por la distancia. Al fondo, en la esquina del comedor más alejada de la puerta, el chico se coloca un fonendoscopio de plástico rojo y blanco al cuello. Abre una caja de gasas, empapa una de ellas con agua oxigenada y se la aplica a la niña en la palma de la mano. Las fibras del tejido se hinchan al absorber la sangre y se tiñen de rojo. Acto seguido le coloca una tirita.

—Esto ya está. Has sido muy valiente.

La niña asiente con rostro serio y se gira para marcharse.

—Espera, como también eres muy buena, toma.

La niña se detiene, baja la cabeza y mira la punta redondeada de sus botas. El chico agita en el aire la pizarra mágica y se la entrega.

—Ahora puedes dibujar lo que quieras.

La niña la apoya sobre la mesa y comienza a girar las ruedas con los dedos. Frunce el ceño, parecería que está concentrada. Él se sienta en una silla. Los ojos de la niña, que está de pie, le quedan por encima de la cintura. Le coloca el fonendoscopio en el pecho.

—A ver… El corazón late bien.

No. El corazón no late bien. Late muy rápido. Cada vez más.

—Aquí en el estómago tampoco hay nada. Sigamos.

El chico desabrocha con esfuerzo el botón del pantalón de pana bajo la barriga redondeada de la niña y le baja los pantalones. Le coloca el fonendo sobre la braga, le separa las piernas.

—Veamos…

Con una mano le baja la braga hasta las rodillas. Los dedos de la niña aprietan las ruedas de la pizarra con tanta fuerza que las uñas se le ponen rojas y los bordes, blancos. La escalera que estaba apareciendo en la pantalla de la pizarra se detiene. La niña deja la pizarra sobre la mesa y se aparta.

—Ya está, me voy.

—No, espera. Tenemos que terminar la consulta. —Y en voz más baja…—: Te estás empezando a portar mal, ¿eh? Toma. Dibuja.

Y el chico empieza a frotar la vulva de la niña arriba y abajo. En círculo. Se agacha y acerca su cara. Separa los labios, encuentra el clítoris, descubre el agujerito que hay debajo. Puede que quepa un dedo.

Te da vergüenza, miedo, asco y placer. Todo a la vez. No sabes qué está ocurriendo, pero te inunda una sensación desagradable que te va subiendo por dentro como una marea viscosa desde la vulva hasta la frente. No, no te gusta nada. Algo va mal. Tu primo es la única persona mayor que te dedica tiempo, que se pone a jugar contigo. Y te está diciendo que te estás portando muy bien. Pero es raro, porque no estás contenta de portarte bien. Portarse bien es bueno, ¿no? Es lo que siempre te dicen que hay que hacer. Algo no encaja y no consigues entender qué es. No sabes qué está fallando. Tu primo siempre es cariñoso contigo. Te estabas divirtiendo mezclando líquidos y polvos minerales en los experimentos. ¿Entonces? ¿Qué pasa? ¿Por qué no estás bien? Jugar a los médicos te entretiene. Juegas con tu prima, y juegas con otras niñas del cole. Pero tu primo juega diferente. No te gusta eso que te está haciendo, pero tampoco puede ser malo, porque tu primo te quiere, y además es mayor, sabe más y te enseña un montón de cosas. Así que, si te está enseñando esta, será porque es buena. No iba a enseñarte algo malo. Igual es solo que tienes que acostumbrarte y aprender a que te guste, como con el tomate, como con las vainas. Pero no. No es lo mismo. Tienes la sensación de que esto no está bien. Está mal. Y te estalla la cabeza porque bien y mal son dos cosas muy diferentes y no van juntas. O está bien o está mal, ¿no? Una persona que te quiere no te puede hacer algo malo. ¿No? Tienes mucho calor. Y sensación de asco. Hace rato que has dejado de dibujar. Solo agarras fuerte la pizarra y miras una línea oscura que atraviesa la baldosa de mármol blanco junto a tus botas. Es como una serpiente muy fina que después se ensancha, engorda y se hace más larga, más gruesa y más negra.

Esta no fue la primera vez. No sé si fue la última. No sé cuántas veces me masturbó mi primo. Ni lo que él hacía mientras me masturbaba. Mi memoria lo ha borrado. Del todo. Tampoco sé si cuando llamaba a consulta a su hermana hacía con ella lo mismo que conmigo. Nunca me atreví a decírselo a mi prima Marta. Ni a mi madre. Ni a mi padre.

Cuando jugábamos a médicos yo tenía 6 años. Mi primo, 16.

He dado muchas vueltas a estas dos cifras y a lo que significan.

20

Llegó el día. Cuando el reloj de la oficina marcaba las 18.50 nació la criatura. Me la dejaron sobre la mesa. La toqué y la olí, parecía que estaba sana y no le faltaba nada y eso me permitió quedarme sentada un rato junto a esa clase de felicidad, la de las cosas bien hechas. Se trataba de la primera guía de viajes de la colección y se esperaba que fuera la hermana mayor de una familia numerosa. El parto no había resultado sencillo, pero eso es algo que enseguida se olvida. La criatura ya estaba lista para despertar las ganas de aventura en la madre saturada, el abogado con estrés, la farmacéutica recién divorciada y el jubilado sin nietos. Las ganas de viajar y abstraernos de nuestra realidad. Para eso nacen las guías. Sonreí. El romanticismo naif de este pensamiento habría provocado acidez y náuseas a Iosu. Me llevé un ejemplar para él.

Mi querido dandi trasnochado me esperaba fumando delante del Centre d'Art Santa Mónica. Cuando se ponía teatral elegía incluso el fondo para las citas. Iba disfrazado de sí mismo en versión elegante.

—Me ha tocado un diseñador difícil. Menos mal que en lo suyo es bueno.

—¿Tan grande crees que lo tengo?

—El ego, enorme. Creo que el señor artista considera que lo tiene domesticado y creo también que en eso se equivoca.

—Toni me ha contado que van a sacar la colección de guías contigo. Y eso quiere decir dos cosas. Que tendrás que seguir aguantándome y que te estás haciendo tu sitio, niña de pueblo. Ya puedes mirar a Barcelona a los ojos y decirle «Estoy aquí. Quiero que me veas y me prestes atención. Quiero que me quieras».

—No suena mal... Pensamos que hacemos las cosas porque nos gustan, para conseguir un sueldo, por reconocimiento o popularidad, para alcanzar estatus, prestigio. Pero al final quizá solo hacemos cosas para que nos quieran.

—Anda, ven aquí, alumna aventajada.

Y me pasó el brazo por encima del hombro como se hace entre chicos, colegas y adolescentes.

Un junco y una lagartija.

Abrimos la puerta del Pastís y salió a buscarnos una voz francesa y un olor a sacristía antigua, ahumada y empapada en alcoholes. Los que habían ido trasegando estibadores, marinos y obreros en sucesión aleatoria durante muchos años, desde que el primer dueño del lugar, Quimet, quiso abrir aquí una taberna portuaria como las que había conocido de niño en la Argelia colonial y se le terminó llenando de pillos y buscavidas marselleses. Nos sentamos a la barra sobre unos taburetes tapizados en cuero rojo, dos faros en la niebla. Podía haber sido 1952. Iosu y el camarero se abrazaron por encima de la barra como lo que eran, dos viejos amigos con licencia para saltarse la línea entre sacerdote y feligrés en la vieja liturgia del bar. La pared del fondo profesaba un culto absolutista al abigarramiento desparramado, sin orden ni madre. En el Pastís cabían también dos micros de pie para un concierto, una bandera republicana y una mesa baja. Sentados en torno a ella un grupo de existencialistas con su uniforme negro fumaba sin parar. Sonaba la voz de Jacques Brel.

—¿Os invito a dos pastís?

Por supuesto. Vivía en la era de las segundas iniciaciones. Y era fantástico. José Ángel extrajo del laberinto de vidrio dos vasitos, sirvió un golpe de brebaje blancuzco y a continuación los rellenó con agua mineral. Un dedo de pastís, cuatro de agua. Los dos me vigilaban mientras lo probaba. Estaba claro quién era la aprendiz. José Ángel dirigió la cata.

—Anís, regaliz e hinojo. Dulzón.

Di un sorbo. Vomitivo. Me lo tomé de dos tragos. Hay que ser agradecida. Pedí un chupito de whisky para ahogar el sabor.

—Es navarra, tuvo que aclarar Iosu.

José Ángel asintió con gravedad, como el dependiente de la armería a quien le piden un Smith & Wesson de calibre superior al que acaba de colocar sobre el mostrador.

—Sé de qué me hablas. Por aquí tuvimos a uno que se prodigaba mucho. Hace ya tiempo, te hablo de los 80.

—¿El que hacía negocios con gente del puerto?

—Pero qué memoria conservas, Matxaga… El mismo.

—Siempre andaba sacándose de encima a las mujeres y a los chaperos. Era guapo, el cabrón.

—El único al que se le ha ocurrido cantar una jota en este bar. Anda, quita a esos franchutes, que no se les entiende nada, me soltaba. Y se arrancaba.

La jota. La testarudez. La nobleza. El valor de correr el encierro delante de un toro. Los pimientos del piquillo. Elementos que te persiguen allá donde vayas por simple cuestión de origen. Elementos identitarios. Tópicos, clichés y realidades.

—Había algo oscuro en aquel hombre, algo que no me gustaba nada.

Al escuchar estas palabras los existencialistas de negro asomaron de su nube de humo y sus miradas se volvieron hacia nosotros. Parecía que en cualquier momento atravesaría el umbral de este lugar situado en otro tiempo Simone de Beauvoir, pero en su lugar lo hizo Carmen de Mairena. Con toda su corpulencia embutida en un vestido de licra rojo, su peluca ardiente y sus labios como balcones de geranios fucsias, nos devolvió a la Barcelona de los 2000.

—José Ángel, cariño, uno rápido y fresquito.

José Ángel le sirvió un quinto de Mahou que se bebió en tres tragos mientras nos escaneaba de arriba a abajo.

—Apúntamelo, que me voy al Cangrejo. ¡Pásate luego y tráete a estos amigos!

—Te invito, pero a cambio de una información, que tú vales más por lo que callas que por lo que hablas.

—Dispara. A ver si te lo puedo contar.

—Haz memoria. Mediados de los 80. Había un tipo que venía mucho por aquí y se hacía notar. Era navarro, siempre traía gente de negocios a tomarse una copa por los clubes del barrio. Alto, guapo, moreno…

—¡Claro que me acuerdo! ¡Nos revolucionaba a todas! Que ahora soy una señora mayor, pero yo entonces tenía 50 años y estaba de muy buen ver. ¡Y catar! Este solía venir con amigos del norte, de Pamplona, de Bilbao, de Donostia. Ya sabes, gente de bien que dejaba a sus familias en casa y volaba a Barcelona en viaje de negocios. No les habré visto yo a algunos salir por la puerta con niños de 18 añitos… Y de alguno menos también. Era muy generoso. Invitaba, dejaba propina… Y nos traía regalitos, como los Reyes Magos. Una amiga lo llamaba Baltasar, por lo morenito.

—Así que lo conociste de cerca —me introduje en la conversación.

—Y de más cerca me habría gustado conocerlo, pero él era muy macho, ya sabes. Solo le gustaban las mujeres que habían nacido mujeres y, como podía elegir, las más guapas. Eran gente de pasta, de traje caro y perfume a litros. También un poquito horteras, con esa cosa del que se ha hecho rico muy rápido, ya sabes. Juraría que alguno era madero, fíjate.

—¿Cómo lo sabes?

—Una vez vi a uno sacarse una pipa de la cintura del pantalón. Empecé a sentir auténtica curiosidad.

—¿Te acuerdas de cómo se llamaba?

—Nunca nos lo dijo. Sí recuerdo que el nombre de su pueblo me sonaba parecido a Calella, que suelo ir allí un mesecito al año a casa de un amigo.

—¿Corella? ¿Estella?

—Podría ser. Y hasta aquí el interrogatorio, bonita, que tú también pareces madera.

Al salir Carmen se giró y nos sacudió una caída de pestañas. Muy en su papel.

Vaya, vaya. Si era de Estella tenía que conocerlo, sin duda. ¿Quién sería? ¿Quién podía llevar esa vida en un lugar pequeño donde todo el mundo se conoce y donde todo ocurre dentro de los límites del control social? Aparentemente, al menos. La cosa se ponía interesante. Los comentarios de Iosu, los del dueño del Pastís y los de Carmen de Mairena habían comenzado a girar dentro de mi cabeza superponiéndose y estableciendo sus propias interconexiones. De momento contaba con un macho alfa listo, generoso y vividor, que rentabilizaba su físico y su cabeza. Un superviviente. Se me asomó la periodista. Había encontrado un reto para compensar el trabajo predecible de la editorial. Una coincidencia geográfica anodina crecía para convertirse en un juego. Y a mí siempre me ha gustado jugar. Retomaría el caso, ahora debía marcharme. Mis amigos me esperaban en el Fidel, nuestra segunda casa. Al Capone tenía la pizzería Grimaldi's. Vázquez Montalbán, Casa Leopoldo. Nosotros, el Fidel.

—Una ensalada griega y otra de *couscous* para compartir.

—¿Bocadillos?

—Un Sexy.

—Pollo con roquefort.

—Sobrasada con queso curado.

—Qué ligero. Yo un Sexy también.

—Y vino como para una boda.

Comanda para cuatro en quince segundos. La camarera nos idolatraba. Conocerse es amarse. Lo hace todo tan fácil…

Tras coincidir en varias ocasiones con Oriol y con Laia, Albert había terminado congeniando lo suficientemente bien con ellos como para permitirse sumarse al grupo de cuando en cuando sin trastocar demasiado el engranaje. Entonces formábamos un pack de cuatro perfecto, fácil de transportar. Un buen número para encontrar mesa y para partir en dos las conversaciones.

—Al vino y al postre invito yo. Celebramos que tras un mes intensivo a doce horas diarias… ¡He terminado la primera guía!

—¡Copas arriba! ¡Por la supervivencia!

—¡Y por la victoria! ¡Por esa colección de guías que te va a mantener ocupada hasta que seas vieja!

—Como mucho hasta los treinta. Y tengo veintiocho...

—Pues eso.

—Cuando habléis de edad recordad que sigo aquí, hay un dinosaurio en la sala. Oriol, ¿cómo van tus sesiones, sigues con tus fiestas?

A Albert le maravillaba que la elección vital de Oriol pudiera considerarse una opción viable para pagarse el alquiler más allá del verano. Los modos de vida siempre en movimiento, los que requieren un flujo constante de llamadas y revisión de contactos, propuestas de ideas y sucesión de frustraciones no eran para él. Los veía como un descenso en almadía río abajo por aguas frías y tempestuosas que ocultan rocas afiladas. Un esfuerzo tenso, incómodo y agotador. Él era un hombre de empresa, un profesional dedicado y exquisito muy capaz de ofrecer lo mejor de sí mismo siempre que se sintiera cómodo y seguro en sus rutinas.

—El jueves volví de un crucero por el Egeo, Grecia y Turquía. Ocho días. Un asco de vida.

—¿Y qué tenías que hacer tú en ese horrible contexto?

—El mal, siempre que pudiera. Encontré muy buenas oportunidades.

—Tú dale carrete, Albert. Como si no lo conocieras.

—También trabajé, no creas, cada noche una sesión de cabina de cuatro horas. Hay que prepararse las *playlists*, el personaje…

—Yo estoy de crisis profesional. No sé si este medio se merece a la gente que trabaja en él.

—Solo por si te sirve, Laia, y visto desde mis 51 años, te puedo decir que solo uno de mis amigos periodistas que se dedicaban a la televisión continúa hoy en el sector. Montó una productora y cada vez que nos vemos me jura que no le compensa la úlcera y que lo va a dejar mañana. Pero ahí sigue.

—Porque es jefe y la empresa, suya.

—Los presentadores también ganan pasta.

—Y algunos funcionarios.

—También hay quien mantiene la vocación. ¿Soy la única romántica a bordo?

Laia necesitaba un cambio de aires. Conociéndola, llegaría. Entretanto desplazamos el eje hasta el Benidorm. La primera parada. Nos resultaba acogedora la estrechez de una sala decorada como un saloncito de abuela *kitsch* que te obligaba a amigarte con otras conversaciones y cuerpos. Compartíamos gustos con los DJs y a esa hora la Rosa ya habría entrado en su turno de camarera. No era ni más ni menos que otra noche de amigos en la que dejarse ir sin que ocurriera nada especial, ocurriendo un poco de todo. Otra noche para seguir moldeando la masa que te mantiene unida a los tuyos. Otra noche para activar los «hace tiempo que no te veía por aquí» y para permitir que el viejo ritual de los apareamientos continuara su curso a lo largo de la Historia. Laia terminó en su casa con un productor de un canal temático de motor. Albert nos hizo creer que se retiraba a la suya. A Oriol lo abandonamos en un cuarto oscuro con una pareja de gemelos rusos. Yo me quedé con un tipo que comenzó no estando nada mal y después de un gintonic fue francamente a mejor. Cuando llevábamos dos rondas poniendo en práctica el juego de hacernos los despreocupados me di cuenta de tres cosas.

Que se parecía mucho al bajista de un grupo de indie catalán cuyo nombre no recordaba en ese momento, o incluso puede que fuera él.

Que en realidad eso me daba lo mismo

Que ya estaba bien de hablar.

Una vez en casa resultó que, si le quitabas el gintonic de la mano, la banda sonora del Benidorm y el atuendo de mod de encima, ya no resultaba tan interesante. Puede que le ocurriera lo mismo conmigo. Llevarte a alguien a casa es como abrir un melón. También evita tener que desnudarte de verdad. Quizá era por eso que seguía prefiriendo las catas a tener el melón en casa.

21

Cuando llevaba tres meses viviendo en el Raval y comenzaba a sentirme integrada en su ecosistema, me pareció que era el momento de invitar a mis padres a casa. La aprobación. Incluso cuando más independiente te crees y aunque pueda costarte reconocerlo, la sigues necesitando. Había madrugado para subir dos yucas adultas por la escalera y rascar un poco más la pintura desconchada del primero. Recién trasplantadas las yucas ya parecían vecinas de toda la vida que hubieran asistido a la reconstrucción completa del barrio acodadas en la barandilla. Saqué de sus fundas las cortinas compradas la tarde anterior y, con los pliegues rectangulares del paquete marcados sobre el tejido perfectamente reconocibles, las colgué. Sabes que hay que lavarlas, ¿no? Sí, mamá, las lavaré. Y las cortinas se planchan, sobre todo si son de algodón. Ya. Arrastraban por el suelo y esa indolencia me gustaba. Eran blancas, con un par de iris silvestres irregulares y magníficos estampados en la mitad inferior y tan ligeras que al abrir los balcones aleteaban por la casa. Cogí del kiosco el último número de *¡Hola!* para que la revista esperara a mi madre sobre la mesa de la sala y la hiciera sentirse en casa. A su lado, el maletín del taladro y las brocas, regalo de mi padre. A las novias antiguas se les entregaba un ajuar de sábanas y toallas cuando se casaban. Mi equivalente fue entrar a vivir en mi primera casa, y mi padre tuvo ese detalle conmigo. Acababa de estrenarlo, antes de colgar las cortinas había tenido que colocar las barras. Con la satisfacción y los rasguños que provocan los trabajos manuales de urgencia, me coloqué mi uniforme de hija-guía turística y salí a dar la bienvenida a mis padres. Barcelona estaba preciosa, los esperaba con todos sus encantos desplegados.

—Ay, chica, qué calles tan amplias y qué edificios tan bien cuidados. Estos portales son una maravilla… Y fíjate en ese balcón, Pablo.

Mi madre, enamorándose del Modernismo a través de la ventanilla del Aerobus.

—Seis carriles. Menudo tráfico. ¿Por aquí vas con la moto?

Mi padre, marcado a fuego por el episodio del tractor en la curva. Nunca le contaré lo que viví con la moto en dirección contraria por la autopista. Ni siquiera como anécdota ajena una vez bajada la guardia en la tercera copa de vino. Me pillaría.

Les introduje a mi calle por el vértice que conforman la Ronda de Sant Antoni y la de Sant Pau. Allí, junto a Els Tres Tombs y frente a una de las fachadas del Mercat de Sant Antoni, los árboles de copa alta, la anchura generosa de las calles y la belleza de las fachadas ornamentadas y repletas de balcones vegetales todavía rezuman la placidez burguesa del Eixample. Como no cabe por las estrechas callejuelas del Raval, esa placidez oronda y amable no tiene más remedio que quedarse fuera. Mi calle era una vía de acceso al barrio muy recomendable para quienes, como mis padres a principios de los 2000, no conocen a demasiadas personas de razas ni etnias diferentes a la suya.

El primer tramo del carrer Sant Antoni Abat adquirió para ellos el carácter de un viaje relámpago por Pakistán y Senegal, sus supermercados y sus abigarrados comercios de maletas y especias, sus asombrosas peluquerías. Mi madre se quedó atrapada por la arquitectura capilar de postizos y pelucas en un escaparate. Mi padre, por el aroma del pollo tandoori y el biryani. Se estaban introduciendo por primera vez en una intersección reducida y europeizada de África y Asia. Mi padre se negó a cederme la maleta en el ascenso por escalera de los tres pisos. Era la primera visita a casa de su hija y él, un tipo aún fuerte.

—Un poco estrecha, la escalera.

—¿Los escalones son más altos conforme vamos subiendo o es cosa mía?

Sabemos que la ventaja de partir de una expectativa poco prometedora es que la probabilidad de que el resultado final brille se multiplica. Después de atravesar un portal con aspecto sucio incluso recién fregado, unos buzones desportillados y una escalera gris, mi casa parecía una pequeña iglesia griega. Blanca, luminosa y ventilada. Con su pared de pavés que proyecta y multiplica la luz, su arco de medio punto que decidí conservar, su ventana que comunicaba cocina y comedor. Con sus techos altos y sus tres balcones. Miradas a caballo entre la incredulidad y el orgullo materno y paterno recorriéndola palmo a palmo. Idea preconcebida de barrio marginal y conflictivo difuminada. Aprobación conseguida. Parecíamos un anuncio de Ikea. Bienvenidos al oasis de mi casa. Y otro del Ayuntamiento de Barcelona. *Fem barri*.

Mi madre guapa, que ha venido a Barcelona en versión madre de provincias elegante y que ha sustituido tacones por sandalias para caminar kilómetros, se enamora del sofá, de las yucas amazónicas y de las cortinas al viento, porque ha abierto los balcones para ver la calle como la ve su hija desde su nueva casa.

—Las acabas de colgar.

—Sin lavar ni planchar, sí.

—Son preciosas.

Mi padre radiografía los elementos de construcción. Le explico dónde se levantaba una pared que opté por tirar, golpea con los nudillos el muro de pavés, revisa el arco entre el comedor y la sala y admira la estantería de pladur con armarios integrados. La verdad es que a Sergio le quedó impecable. Como sé que le va a gustar su historia, cuento a mi padre que Sergio es peruano y el albañil más reputado del Raval y está casado con Anca, que es rumana y la comercial de su empresa, y que tiene un sorprendente don de lenguas. He podido comprobar su capacidad para comunicarse con sus tres obreros marroquí, búlgaro y argelino sin conocer sus idiomas maternos y sin que ellos hablen una palabra de castellano. Mientras avanzaba en la reforma de mi piso, Sergio estaba terminando de construir con sus propias manos y su hormigonera una casa de tres plantas fuera de Barcelona, la suya. Anca y él la habitaban ya sin necesidad de verla concluida con sus tres hijos, dos perros y una tortuga. Cuando los hijos se descolgaban con una soga para jugar en el socavón de la piscina costaba mucho sacarlos de allí, me contaba. Perú y Rumanía encajaban mejor de lo que se pudiera prever. Lo constaté cuando me dieron permiso para entrar en su vida. Fueron los protagonistas de un corto documental que hice para un curso de la Universidad de Barcelona. Descubrí que como personajes Sergio y Anca tenían mucha verdad. Y también un posible futuro como actores.

—Anca, lo repetimos todo. Sales, riegas las plantas y la conversación completa con la señora Marga. Sin mirar a cámara. ¡Esta va a ser la buena!

Y por tercera vez Anca salía, regaba las plantas alineadas en la acera, la señora Marga se detenía con su carro de la compra a saludarla, le pedía el vaso de agua y le hacía notar que su acento muy catalán no era. Anca le explicaba que venía de Constanza, una ciudad al sureste de Rumanía y a orillas del Mar Negro. Que eran ocho hermanos y que para cuando ella se planteó salir a ganarse la vida, los dos mayores ya habían emigrado a Barcelona y no les iba mal. Así que en Bucarest subió a uno de esos autobuses que devoran 2600 kilómetros en un día y se plantó aquí, 13 años atrás. Entonces la señora Marga le respondía que aquí las rumanas eran o modelos o prostitutas, dando a entender por el tono que para ella ambas cosas eran lo mismo. Y a pesar de ello Anca le recogía el vaso vacío y le contaba con paciencia que ella rechazó unas cuantas ofertas para trabajar en clubes, limpió portales, después culos de personas mayores y entonces ya se estrenó como administrativa en la empresa de albañilería del peruano. Y que tanto fue el cántaro a la fuente que al final se casaron. Ya ves.

—¿Y eres feliz, hija?

La señora Marga, con la cabeza ladeada, el elástico de las medias oprimiéndole las pantorrillas y las manos cruzadas sobre el regazo se ponía madre.

—No sé. Supongo que sí.

Yo tampoco sabía si era feliz. Visto desde fuera supongo que lo parecía y sí, claro que me atravesaban ráfagas eventuales de profunda felicidad. Pero dentro había piezas que no encajaban. No era capaz de comprometerme demasiado tiempo con nada ni con nadie. Iba de un amante a otro, primero sin saber qué buscaba y después sabiéndolo; y ser consciente de ello resultaba peor. A veces quería que me quisieran. Otras solo que me reconocieran. Así que en busca de una cosa o de la otra terminé siendo una buena amante. Pero existía una línea roja. No soportaba que me ataran. En una ocasión un amigo lo hizo, formaba parte del juego. Estábamos divirtiéndonos, persiguiéndonos por una cama enorme, mordiéndonos el cuello, los brazos, los muslos. Se sentó a horcajadas sobre mí y con una mano me sujetó las dos muñecas sobre la cabeza y las clavó al colchón. No podía escapar. Le grité y pateé de tal modo que se asustó. De pronto había olvidado que era un juego. Para cerrar la grieta que acababa de abrirse en aquella cama tuve que contárselo. Lo del tipo del portal. Lo de mi primo, no. Se puso comprensivo y me abrazó. Y eso me hizo estallar, detonó la ira que llevo dentro. No quería abrazos ni mimos paternales, pobrecita. Me revolvía ante una compasión que me resultaba pegajosa, me provocaba un rechazo visceral. Me negaba a que me considerasen víctima. Así que cuando me dejaba llevar por esas malinterpretaciones no lo ponía fácil. Cuando alguien se enamoraba de mí y empezaba a quererme, enseguida encontraba el modo de escapar. Si me quedaba era por poco tiempo.

—¿Te das cuenta de que siempre estás con chicos que son menos que tú? —Mi madre, disparando al centro de la diana. Reveladora—. ¿Sabes qué creo? Que te quieres poco.

Demoledora.

Mi padre volvió del baño dando por concluida la revisión de la casa y me entregó el informe.

—Está bien acabada. Pero le falta algo.

—El plato de jamón y las copas de vino para celebrarlo.

—El zócalo. ¿No te habías dado cuenta de que no tiene?

Ni se me había ocurrido. Lo colocaríamos. Mientras mi madre deshacía la maleta gateamos por toda la casa para medir el perímetro. Bajamos a la calle, compramos listones de madera en una carpintería y de la ferretería de Ronda Sant Antoni nos llevamos serrucho, clavos y un invento prodigioso que había sido diseñado específicamente para cortar el perfil del zócalo en diagonal y encajar entre sí los listones en las esquinas. Resultó que el invento existía ya mucho antes de que lo necesitáramos e incluso tenía nombre.

Ingleteadora. De inglete: 1. *m.* Ángulo de 45 grados que forma la hipotenusa de un triángulo rectángulo isósceles con cada uno de los catetos. De ingle: 1. *f.* Parte del cuerpo en que se junta el muslo con el vientre.

Es cierto, las ingles forman un ángulo de 90 grados. Con el vértice hacia abajo. Lo que ocurre en las esquinas que crean zócalos e ingles no siempre es fácil de gestionar. En esos espacios acotados se esconden cosas pequeñas que cuesta limpiar. Esas esquinas adquieren vida propia y precisamente donde se unen las dos líneas suceden muchas veces cosas interesantes. Las arañas también lo saben, por eso tejen ahí sus telas y extienden sus trampas mortales disfrazadas de tejados y colchones. Desde que era pequeña me visitan pensamientos como este. Son pensamientos amigos que no suelo compartir.

El zócalo quedó encajado al milímetro. Mi padre medía y cortaba y yo sujetaba los listones y le ayudaba a colocarlos mientras mi madre paseaba de habitación en habitación tarareando sus canciones, ligera y feliz, curioseando y recorriéndolo todo con la vista o la punta de los dedos, como cuando te dejan a solas en una casa ajena. Quizá imaginaba que era ella la veinteañera que se abría al mundo libre y sin ataduras. Sin hermanos ni padre ni suegra ni marido ni hija. Iba alternando balcones para asomarse a un paisaje urbano de escaparates, razas, atuendos y olores que no se parecía en nada al suyo. Sonreía cuando cada cuarto de hora repicaban las campanas de la iglesia de enfrente como en su pueblo, y le maravillaba el milagro de los contenedores. Los camiones de basura los vaciaban y en apenas tres horas volvían a rebosar, vomitaban todo lo que les resultaba indigesto, cartones alargados, cajas de detergente y bolsas deformes. A su lado reaparecían somieres de alambre, estantes astillados o un cajón de armario del que asomaba una bufanda amarilla y una muñeca tuerta y calva.

Fue en aquellos días cuando mi padre nos habló de su estancia en Barcelona a sus veintipico años. Antes que padre y antes que marido había sido hijo, joven, aventurero, y aquel hombre anterior a nosotras nos resultaba nuevo. Nos habíamos acercado al Palau de la Música y mientras mi Sissi emperatriz se maravillaba ante la profusión ornamental y la exquisitez de los arcos y las columnas, las molduras, las vidrieras y las figuras de la entrada principal, mi padre recordó de pronto que había vivido ahí. Justamente en la calle paralela, en Sant Pere Mitjà. Había pasado una temporada en casa de un primo suyo que trabajaba en un banco. El recuerdo infantil que yo conservaba de aquel señor, que después nos visitaría y se quedaría una semana en casa y que demostraba sentir mucho cariño por mi padre, era que su mujer siempre le pelaba la fruta, la cortaba y se la dejaba en trocitos en el plato. En el desayuno, a la hora del postre, tras la cena. Yo creía que padecía algún problema que le impedía manejar el cuchillo, que le faltaba fuerza muscular en la mano o el brazo derechos, pero resultó que no, que simplemente le gustaba que le pelaran la fruta. A él y a ella. Yo tenía 5 años y mis trozos de fruta eran más grandes. Mi padre fue rejuveneciendo mientras hablaba de la sopa de galets, los puestos de boniatos y castañas, el paseo de Colón, la Rambla y los bailes de los domingos por la tarde.

—Una vez, después de haber estado bailando con dos chicas, nos insistieron en que las invitáramos a merendar. Nos llevaron a una confitería muy bonita que había cerca del carrer Sant Pau. Entre las dos se terminaron una docena de pasteles. Entera. Mi primo se marchó con la excusa de que llegaba tarde a cenar. A los cinco minutos les dije que iba al baño, cogí la puerta y salí.

—Qué feo, papá. No me esperaba algo así de ti, no te pega nada.

—Una docena de pasteles. Y los cafés. ¿Quién se estaba aprovechando de quién?

Vaya con el hombre bueno. Parece que antes también había sido listo.

—¿En esta calle tan estrecha y tan oscura vivía tu primo? Pues chico, para trabajar en un banco…

Mi madre y su sonar. Siempre conectado, localizando lo que ha sido hundido a conciencia. Cincelada por un pragmatismo aprendido pronto y rápido.

—Preferían gastar en comer bien. Su mujer era una gran cocinera.

—¿Como esta señora con la que te casaste, por ejemplo? Nunca te he oído decírselo, papá.

Mi turno.

—Aquí no se reconoce nada, ya sabes. Parece que solo trabaja el que se levanta a las seis de la mañana. Como si cuidar de su madre, de ti y llevar la casa no fuera trabajo.

—Barceloneta-Les Corts. ¡Cuántas veces habré cogido ese autobús!

Mi padre, rey del escapismo extremo. Steve Santini liberándose de treinta kilos de cadenas en una prisión de Canadá, un aprendiz. Quizá por eso le gustaba tanto ver en la tele ese tipo de retos.

—Si nos da tiempo nos acercaremos a las tabernas de pescadores de la Barceloneta. Me hice amigo de un camarero. Incluso me dio tiempo a enseñarle alguna jota.

—Y a dar un paseo por el Chino también te daría tiempo, ¿no?

—Alguna vuelta dimos, sí.

—Aprovechando que la señora ha venido a Barcelona sin sus joyas, ¿queréis que hagamos una *tournée* por el lumpen?

—Ay no, que este bolso me lo compré el mes pasado y le he cogido cariño. Si quieres luego me dejáis en casa y os dais una vuelta tu padre y tú.

Como dos amigos que salen de caza.

Entre callejas pakistaníes, latinas y argelinas. Rincones que nunca aparecerán en las guías. Calles descuidadas, ninguna fachada modernista, escaso encanto en cualquiera de las acepciones posibles del término. Guardias urbanos con las manos a la espalda, *skaters* y una abuela canosa de moño pelirrojo que sacude una alfombra desde el balcón. Un par de prostitutas y un chaval sin camiseta de torso esculpido y piel oscura a la puerta del Marsella. Dentro, rubios nórdicos y estudiantes norteamericanos junto con algún autóctono se dejan seducir por la ceremonia de la absenta. Tratan de convocar a los espíritus de Hemingway, de Dalí y de Picasso, que décadas atrás cumplieron con el mismo ritual en la misma barra. Tenedor, azucarillo, licor, fuego y después, agua. El padre ebanista y la hija editora. En una intersección mágica de pasado y presente. En plena efervescencia efímera de los 28 años, cuando ese pedazo de Barcelona, además de París y Marsella, también me parecía un poco Nueva York.

—¿Te gustó vivir aquí, papá?

—Lo pasé muy bien.

—Nunca me habías contado nada.

—Tampoco hay que contarlo todo.

22

Los hayedos de Urbasa fuera de los meses de verano parecen otros. Sus sombras continúan ocupadas por los caballos, los macizos de helecho y las bordas donde venden queso, pero los vehículos de excursionistas de manta, parrilla y paseo ya se han desvanecido.

—Sin coches aparcados por todas partes el paisaje está casi irreconocible.

—Nosotros también hemos sido domingueros muchos años, papá.

—Por eso lo digo. Esta parte de la sierra siempre estaba repleta de matrículas de San Sebastián.

—Es parte del contrato no escrito, amigo. Sierra y setas a cambio de playa. ¡No lo has pasado tú bien en la Concha!

Y yo. Mi padre vivía el recorrer hora y media de carretera con destino Donostia dos o tres veces cada verano como una concesión a los deseos femeninos de la familia. Eso sí, después lo disfrutaba. Le atraía la frescura y el carácter del Cantábrico. Para mi madre La Concha era La Playa. No había otra. Donostia la enamoraba del mismo modo que la película de Sissi que vio de joven. Bella, educada, amable, exquisitamente cuidada. Rutilante también con su festival internacional de cine y sus estrellas, sus palacetes, su arquitectura afrancesada, sus tienditas encantadoras. También se la conoce como «la tacita de plata», nos informaba orgullosa, como si fuera un poco suya. Solíamos ir los peores días posibles, que en aquellos veranos nos parecían los mejores. Los domingos rebosantes de sol, cuando no cabía un coche más en los *parkings* ni un cuerpo más sobre la arena.

El día de playa siempre comenzaba con la llamada desde el teléfono fijo de casa a algún bar de Donostia elegido a dedo en el listín para solicitarles el informe meteorológico. Queríamos certeza. Pleno al 15. Necesitábamos asegurarnos de que esa jornada estaría alumbrada por un sol tan poderoso como para compensar tres horas de carretera entre ida y vuelta, más otra media en busca de aparcamiento y un tramo final de acarreo del material playero. En ese sentido Donostia puede llegar a ser muy tramposa, incluso en agosto. Y la mentalidad de interior no es capaz de traducir «buen día de playa» por otra realidad que no sea una luz cegadora reflejándose en el mar. Eso de asociar placer en la arena con un cielo nublado y un ligero sirimiri es para quien está acostumbrado y puede permitírselo porque vive a unos pasos del mar 365 días al año. Cuando eliges cuidadosamente dos o tres jornadas entre noventa para vivir la experiencia costera como quien peregrina a la consulta sanadora de una curandera, cuando tu madre ha madrugado para preparar la tortilla de patata o los filetes empanados con pimientos verdes fritos, cuando has escuchado a tu padre quejarse una vez más del atraco a mano armada que ciertamente es el *parking* de Okendo y por fin despliegas al viento tu toalla y la dejas aterrizar para que encaje, así como tu cuerpo, en los centímetros cuadrados de arena que quedan libres entre otras toallas y otros cuerpos, no estás para sutilezas meteorológicas. Quieres que haga bueno, joder...

—Venga, vamos a llenar las bolsas de manzanilla, a ver si nos dura hasta el verano que viene.

Entonces nos concentrábamos durante un par de horas en doblar el espinazo bajo las hayas mágicas de Urbasa para arrancar la cabeza de esas margaritas en miniatura que después mi padre infusionaría e iría sorbiendo sin llegar a abrasarse doce meses.

Aunque mi padre intercalaba su efecto digestivo con el del bicarbonato, el tarro de vidrio con las florecitas secas terminaba por vaciarse. Volvías a la sierra el verano siguiente y ya habías caído en la trampa. En las páginas de mayo de los sucesivos calendarios que aletearían siempre sobre el radiador de la cocina quedaría marcada la excursión recolectora a Urbasa.

Con mis visitas a Estella terminó por aplicarse el mismo principio. Lo que se repite dos veces se hace costumbre, y a las costumbres se las espera. Cada dos meses cogía el coche un viernes al salir de trabajar en Barcelona y me plantaba en casa a medianoche. Para entonces mi padre llevaba ya un buen rato en horizontal y mi madre me esperaba despierta, radiografiando cada página de su colección de revistas y con media tortilla de patata sobre la mesa. Si un día me mudo a otro continente esto es lo que contestaré a la reportera de «Vascos por el mundo» cuando me pregunte qué echo de menos. Y el jamón bueno, claro. Como todo el mundo. Si dejamos a un lado las sutilezas y excavamos hasta el núcleo, al final nos parecemos mucho más de lo que creemos.

—¿Qué tal la catalana?

—Bien, mamá, contenta. Por esta tortilla matarían en Barcelona.

—Allí la harán mejor.

—No. ¿Restaurantes? De todo el mundo. ¿Bares con pintxos de tortilla? Ni uno. Tú serías la reina.

—Seguro. Oye, ¿qué te parece a ti Belén Esteban?

—Sorprendente.

—Cómo han cambiado las cosas, chica. Antes en las revistas salían la Jurado, la Pantoja, las Koplowitz, la Preysler. Cantaban, manejaban negocios, hacían cosas. Estas que salen ahora, ¿qué han hecho?

—¿Y la Preysler?

—Pero tiene clase, no vas a comparar.

Aparte de la cocina, mi madre cultivaba otros intereses. Seguía con atención las oscilaciones del mercado inmobiliario en el periódico y en el *¡Hola!* las de la realeza europea. De haberle gustado escribir, podría haberse convertido en biógrafa de Grace Kelly, Natalie Wood y Romy Schneider. Y ya después, de Belén Esteban.

Las noches de viernes que pasaba con ellos eran para mi madre, y con mi padre ocupaba los sábados por la mañana. Él madrugaba, subía pan y periódico y, mientras lo hojeaba, esperaba a que me levantara para salir a andar.

De todo lo que hacíamos juntos, esto es lo único que mantendremos más adelante. Con variaciones. En nuestras caminatas de ese futuro imposible de anticipar él irá en silencio y, mientras yo empuje su silla de ruedas, le contaré historias reales e inventadas sin favorecer la distinción entre unas y otras, porque hacerlo ya no aportará nada. Pero en aquellos años anteriores al estallido de nuestra Hiroshima, las anécdotas y los relatos se caracterizaban por ser verídicos, los conocimientos, prácticos, y él por ser el narrador, no quien los recibía mansamente.

—¿Qué fruto crees que sale de esas flores?

—¿Calabazas?

—¡Pero, Señor mío! Coge una y aplástala entre los dedos. Ya casi cruje, ¿lo oyes? Este es el momento de recogerlas y colgarlas para que se sequen bien. Después, cuando ya chascan, se les quita el tallo y se pasan por el garbillo en la calle, mejor un día que haga viento. Sujetas el garbillo con las dos manos, lo agitas y la cascarilla cae enseguida. Lo que queda dentro es el garbanzo. Aquí está.

—¡Qué bueno! ¡Garbanzos! Nunca me había parado a pensar de dónde salían.

—De la estantería del súper. Los de ciudad, cómo sois.

—Papá, que en Barcelona solo llevo cuatro años. Y antes viví en Pamplona, no en Nueva York.

—A ver si sabes distinguir los árboles. ¿Cuál es este?

—¿Nogal?

—Roble. Fíjate en la hoja, toca el borde. Lleno de curvas. Es diferente a cualquier otra.

—Es especial, sí.

—Árbol fuerte, el roble, da una madera muy resistente. En la ebanistería cuando alguien nos encargaba un armario o una mesa de roble sabíamos que le gustaba lo bueno, lo que se mantiene en el tiempo como el primer día. Es más caro, pero merece la pena. La teca también aguanta. Ahora en la fábrica los Ferrer están apostando mucho por el mueble de teca. La importan de África.

—Lo vi cuando estuve haciendo aquel reportaje en Benín. ¿Te acuerdas?

—Me acuerdo.

—Coincidimos allí con un empresario valenciano como los Ferrer de tu fábrica que había ido a cerrar una operación de compra de toneladas de teca. Nos contó que en su última noche allí escuchó unas historias que no le dejaron pegar ojo. Magia negra, aseguraba.

—¿Qué tipo de historias?

—Te cuento. Nos encontrábamos en Parakou con unos jesuitas que habían montado unos talleres de carpintería para los jóvenes de la zona, para enseñarles el oficio y de paso, su religión, ya sabes. Estábamos de noche en la azotea de una casa de adobe, sin luz eléctrica, solo dos candiles y mucho calor. Nos contaron que el padre de un alumno del taller no quería que su hijo terminara convertido al catolicismo, allí la mayoría son animistas, así que le prohibió acudir a clase. Pero siguió haciéndolo, le gustaba trabajar la madera y quería ser artesano de muebles. Hasta que una mañana el profesor se percató de que llevaba días sin aparecer. Se acercó a su casa y se lo encontró delirando sobre un colchón con 40 grados de fiebre. Pidió permiso a su padre y lo llevó a un hospital. Allí descubrieron que su antebrazo derecho se encontraba muy hinchado a causa de una infección. Se lo abrieron y dentro encontraron… ¡piedrecitas y fragmentos de cristal! Eso era lo que le había provocado la infección y la fiebre.

—¿Y cómo habían llegado hasta ahí?

—Al parecer no existía ninguna marca de cuchillo en el brazo, ninguna incisión por donde le hubieran podido introducir las piedras y los trocitos de cristal, nada. Era imposible que hubieran llegado ahí de ninguna manera que podamos entender. Ni haciéndoselos tragar habrían terminado en el antebrazo.

—¿Entonces?

—El profesor del chico, que además de jesuita, era teólogo, le explicó al valenciano, y después a nosotros, que el padre le había echado un mal de ojo a su hijo para que no volviera al taller de carpintería.

—Para que un jesuita acepte eso…

—Lo mismo pensé yo. Pero después de haber estado allí me lo creo. Benín es uno de los países donde nació el vudú. Allí nos ocurrieron cosas de otro mundo.

—Como lo del templo de las pitones amarillas. ¡Si no me llegas a enseñar tu foto con la serpiente enroscada al cuello, no me lo creo!

—Eso no fue nada comparado con lo que nos ocurrió en el avión de vuelta. Jon, el cámara con el que estuve trabajando allí, es como tú. Muy escéptico. En el vuelo de Cotonou a París me estaba comentando que todo eso que nos habían contado sobre el mal de ojo y el vudú eran historias para blancos, que él no se creía nada. Al minuto de decirlo su cuerpo empezó a convulsionarse y se le pusieron los ojos en blanco. ¡Ni siquiera el cinturón del avión lo podía sujetar! Parecía un ataque de epilepsia bestial. Le coloqué la manga del jersey entre los dientes para que no se mordiera la lengua. La azafata se acercó alarmada y me preguntó si habíamos consumido drogas o alcohol antes de embarcar. No, nada. Cogió el micro y preguntó si había un médico a bordo. ¡Como en las películas! Tres personas levantaron la mano. Me acerqué al asiento de uno de ellos, un doctor alemán, y me interrogó sobre todo lo que habíamos hecho el día anterior. No supo encontrar explicación al episodio que acababa de vivir Jon. Cuando se detuvieron las convulsiones se desmayó. Estaba lívido y empapado en sudor. La azafata y yo conseguimos despertarlo dándole cachetes y rociándole con agua la cara. No era consciente de lo que le había ocurrido. Estaba agotado, pero no sabía por qué. ¡No se había enterado de nada! Y después se durmió. Parecía tranquilo, así que respiré.

—Porque me lo cuentas tú, que si no...

—Volví a ocupar mi asiento y entonces se me acercó otra azafata. Me indicó que el piloto había decidido aterrizar en Níger para que bajásemos del avión, por si mi compañero hubiera contraído una enfermedad que pudiese contagiar al resto del pasaje. ¡Imagínate! ¿Qué hago yo en Níger con Jon semiinconsciente y treinta kilos de equipaje entre cámara, material de televisión y maletas? ¿Me lo llevo a un hospital público?

—¿Y qué hiciste?

—Entrar a la cabina del piloto. A pedirle que no aterrizara y siguiera ruta hasta París. Le expliqué que éramos periodistas europeos que habíamos estado rodando un documental sobre Benín y que no podíamos retrasarnos en la vuelta porque nuestro trabajo tenía fecha de emisión.

—¿Y al final lo convenciste?

—Claro. 26 años, me vería como a su hija.

—Vaya con la pequeña Apesteguía... ¿Y qué le dijeron los médicos a tu compañero?

—Nada. Médico de cabecera, psiquiatra, neurólogo, pruebas. Ningún resultado. No es epiléptico. No encontraron nada.

—Me extraña que no te hicieras animista en ese viaje.

—¿Y eso?

—Como no crees en Dios ni en Alá ni en nada...

—Sujétame la cámara, que me voy a sacar el puñal.

—¿No es cierto o qué?

—¡Anda, tira p'alante! ¡Que te voy a hacer un retrato en paisaje agreste!

—¿Aquí mismo?

—Apuntando al horizonte con la barbilla, no. Más natural, que no es para un óleo de Velázquez.

Mi padre se ríe y sacude la cabeza. Qué va a hacer. A veces no se sabe a quién salen los hijos.

Del trasvase de complicidades en aquellos paseos fantásticos con mi padre me acordaba este sábado por la mañana. Habíamos alcanzado el punto más alto de una loma desde la que se extendían trigales como mantas amarillas que envolvían a un nogal frondoso y solitario en medio del paisaje. Mientras cambiaba el objetivo de la cámara mi padre comenzó a bajar la pendiente. Lo tenía colocado a la derecha del encuadre y de pronto vi que aceleraba el paso, cada vez más. Como si una mano invisible lo empujara hacia delante contra su voluntad. Salí corriendo tras él y lo vi caer de frente, como un bloque, sin adelantar las manos para frenar el golpe. Cuando lo alcancé seguía tumbado boca abajo, inmóvil. No había tratado de incorporarse. Me asusté. Lo ayudé a sentarse.

Sangraba de una ceja y algunas piedritas de gravilla se le habían incrustado entre las arrugas de la frente.

—¿Por qué bajabas tan rápido?

—No sé…

—¿Y por qué no has frenado? ¿No podías?

Mi padre se encogía de hombros mientras miraba la sangre del pañuelo como si no fuera suya.

—No me había pasado nunca.

Poner las manos delante cuando nos caemos es un acto reflejo. ¿Qué es no ponerlas?

Sabor metálico en la boca y frío en la nuca.

Esta fue la primera señal. No sabía que a partir de aquel instante todo comenzaría a cambiar, que la metamorfosis sería irreversible y el camino, siempre descendente.

Traté de sujetar el miedo que me sacudía revistiendo el momento de normalidad. A veces funciona. ¿Te apetece que paremos a tomar ese café a la crema que te gusta antes de volver a casa? Pues sí. En ese caso, mejor vamos a atajar por aquí, caballero. Cada vez que llegábamos a una cuesta abajo vigilaba sus pies mientras procuraba distraerlo con tonterías. Pero el miedo es viejo y listo. No se le engaña como a un niño. Una vez dentro se me instaló alrededor del estómago, lo comprimió y no conseguí echarlo durante todo el camino.

A pesar de que me mantuve pendiente de él y alerta durante el resto del día, no percibí nada extraño en los movimientos ni en el comportamiento de mi padre. Él tampoco mencionó la caída. Decidí ocultársela a mi madre y hablar con el médico el lunes.

Al día siguiente, como todos los domingos, madrugó para dar una vuelta por el monte con sus perros y recoger algo de verdura de la huerta. Yo había salido a tomar un café con una amiga, necesitaba compartir, aligerar peso, contraponer la razón al miedo.

Ella tampoco encontró explicación. A la vuelta me esperaba la segunda señal, su coche aparcado en un lugar inusual y con el retrovisor izquierdo desencajado y el espejo agrietado. Cuando traté de colocarlo bien se quedó colgando de los cables. Algo había ocurrido. Lo comenté en tono despreocupado al sentarnos a la mesa y, aunque mi padre se mostró sorprendido por la ubicación del lugar donde yo le decía haber visto el coche, enseguida lo recordó. No había ningún hueco libre al lado de casa. ¿Y el retrovisor? Cuando bajaba de la huerta me ha salido de una curva un coche muy rápido con un chaval joven al volante, me ha pasado rozando y lo ha arrancado. ¿Y no ha frenado al verte? Qué va. ¿Y después no ha parado para saber si te había ocurrido algo a ti o a tu coche? No. ¿Lo conocías? ¿Te crees que me ha dado tiempo a fijarme?

Muy extraño. Todo. Conocemos cada metro de esa carretera, incluido un tramo de curvas cerradas complicado y sin visibilidad. Mi padre lo ha recorrido tantísimas veces camino de su huerta que es capaz de sortear cualquier encuentro imprevisto en la peor curva. La carretera conduce únicamente a su pueblo y finaliza ahí. Eraul es una población pequeña que ronda los cincuenta vecinos, todos conocen los vehículos de los demás, incluso sus matrículas, y saben qué hijos conducen los coches de sus madres y de sus padres. Resulta impensable que uno de esos hijos no se detenga con mi padre después de arrancar de cuajo el retrovisor de su coche. Eso en el caso de que sea cierto lo que nos ha relatado.

Reparo en que es la primera vez que pongo en duda a mi padre. A través del humo de la sopa mi madre y yo entrecruzamos miradas rápidas. Mi padre se ha quedado mudo y concentrado en el descenso del nivel de líquido en su plato, como si esperase encontrar al fondo pepitas de oro. O alguna pista acerca de lo que ha comenzado a suceder. Para aligerar la densidad incómoda del momento le recuerdo cuando fui yo quien casi arranqué ese mismo retrovisor, te refieres a cuando te enseñé a conducir, sí, sí, y escenifico una vez más el cruce rasante con el tractor que tanto le gusta. A mi madre le brota la cascada de la risa y nos libera. Mi padre cabecea y sonríe. Me levanto de la mesa disculpándome porque tengo que ir al baño. Por el pasillo noto ya cómo me empiezan a quemar las cuencas de los ojos. Corro el pestillo de la puerta del baño y me encierro dentro. Suelto un golpe a los azulejos con el antebrazo y el hueso de la muñeca me lanza una descarga eléctrica, un rayo de dolor que me alcanza el pecho. «Ahora sí tienes motivo para llorar», me dice mi abuela desde el espejo que hay sobre el lavabo.

Centro de Salud Virgen del Puy Osasun Etxea
Medicina Interna

Dr. Nicolás Ezcurdia

Nombre: PABLO
Apellidos: APESTEGUÍA ITURRIOZ
Edad: 71 años
Fecha de consulta: 03/03/2004

Paciente acompañado de su hija. Herida superficial sobre ceja derecha, hematoma en pómulo derecho. Contusiones en ambas rodillas. Hija refiere caída hace dos días durante paseo tras aceleración progresiva del paso en cuesta abajo e impacto contra el firme sin haber interpuesto las manos para protegerse. El paciente no es capaz de explicar lo sucedido.

Hija refiere conducta inusual del paciente al día siguiente. Posible impacto entre el vehículo que conducía y otro. Añade haber detectado conducción más agresiva del paciente o reducción del control en la conducción, así como falta de reflejos y negación de esa pérdida de capacidades.

Puntuales episodios de temblor en extremidad derecha. Sintomatología asociada a párkinson.

Solicitud de cita para valoración al Servicio de Neurología.

#2

Camino por los límites de una ciudad inabarcable. Río, Bogotá, el DF. Podrían ser los suburbios de cualquier capital hiperbólica. Torres blancas cilíndricas con plantas exuberantes que se descuelgan desde los balcones, hambrientas y carnívoras. Macizos verdes crecen salvajes entre rascacielos de acero. En otros momentos solo parece un pueblo del extrarradio fagocitado por los márgenes de Madrid. Bajo la calma aparente del paseo late una inquietud abisal que se desliza como una babosa enorme y negra. La oigo respirar. Sé que va a seguir engordando, sé que va a crecer. El deambular ha comenzado tranquilo, en una mañana o una tarde de calma luminosa que va perdiendo brillo y oscureciéndose conforme dejo de reconocer los edificios, las tiendas, los portales. Los semáforos y las esquinas. Ya no encuentro la fachada gótica de piedra gris entre torres de cristal. Ni la valla publicitaria de Coca-Cola. Han desaparecido mis referencias. Me estoy perdiendo. El pósit amarillo que había dejado pegado sobre el asfalto en el cruce entre dos calles para saber que es por ahí por donde tengo que volver ya no está, se ha debido de despegar, y ya no sé si son esas las calles u otras que se les parecen mucho. El oleaje de la ansiedad comienza a elevarse y se estrella contra las paredes del estómago. Sigo caminando, cada vez más rápido, se está haciendo de noche y apenas quedan farolas por aquí. Tampoco edificios, solo chabolas diseminadas sobre un terreno irregular, casetas de ladrillo naranja y uralita, puertas metálicas sujetas con madejas de alambre, cables de tendido eléctrico que atraviesan una atmósfera densa, tóxica y sucia y montañas de basura esparcidas entre charcos. No quedan aceras ni calzadas. Aparecen grupos de tres, cuatro hombres. Son flacos y oscuros o casi transparentes, hablan entre ellos sin sonido, mirándome desde no tan lejos. Riéndose a veces y enseñando bocas deformadas y un diente de oro. Hurgan en mí con sus ojos de aguja. Aquí debería estar la parada del autobús que me llevaría de vuelta a casa, pero no está. Ha dejado de existir. No puedo marcharme, no puedo salir de donde estoy. La ansiedad ya se ha hecho monstruo y me cuesta respirar. Doy la vuelta por una calle entre chabolas, una pared a medio encalar, el esqueleto de un coche sostenido por cuatro pilas de ladrillos en vez de ruedas. Un socavón. Hay una mujer que me mira desde un balcón, adivino la esfera irregular de su moño, veo sus ojos destellando en la oscuridad, una hoguera al fondo. No reconozco nada... ¡La parada tiene que estar por aquí! ¡Quiero salir! No puedo respirar. ¿Cómo he podido desorientarme tanto?

23

Toni se había detenido en mi mesa para hacer una revisión rápida del calendario de entrega de las siguientes guías. Como gestor militante de la visión de negocio para la que equipo y tiempo son antónimos de beneficio a corto plazo, la tendencia al recorte de ambas variables siempre estaba presente, de modo implícito o explícito, en nuestras conversaciones. Pero el *sheriff*, a través de su hombre de confianza, que en un wéstern clásico sería el contable de blusa blanca y manguitos negros y aquí el ejecutivo de cuentas fiel a Massimo Dutti, ya había conseguido apretar las tuercas lo suficiente cuando pusimos en marcha la maquinaria de la colección. Así que se mostraba razonablemente satisfecho. Ahí lo tenía, acomodado junto a mi pantalla con un calendario de mesa en la mano, cuando mi móvil vibró junto a su muslo.

—Buenos días, ¿es usted Diana Apesteguía, hija de Pablo Apesteguía Iturrioz?

—Sí, soy yo.

—Le llamo de la Policía Municipal de Estella. Hemos encontrado a su padre un poco despistado en la estación de autobuses. Nos ha avisado la chica de la taquilla porque quería comprar un billete para su pueblo y no recordaba el nombre del pueblo.

Toni me sigue con la vista mientras le hago un gesto de espera y me alejo. No hay línea de autobuses que conecte Estella con el pueblo de mi padre. Nunca la ha habido.

—¿Y dónde estáis ahora?

—Cerca de su domicilio. Aunque de vista ya lo conocemos, le hemos solicitado el DNI porque se ha puesto nervioso y no conseguía indicarnos el nombre de su calle, pero sí ha sabido llegar, conocía el camino. Acabamos de dejarlo en su portal. Como existe un antecedente, al compañero agente que está aquí conmigo ya le ocurrió el episodio del coche con su padre, en este caso hemos preferido notificárselo a usted. Primero hemos llamado al teléfono fijo del domicilio, pero no ha contestado nadie.

—Un momento, por favor.

—Toni, ¿te importa si continuamos luego? —Toni asiente y se aleja de mi mesa.

El sabor a metal y el corazón a 150 latidos por minuto.

—Mi madre estará haciendo la compra. Seguro que volverá enseguida. —Me lo digo a mí, más que al policía municipal—. ¿Me puede explicar, por favor, en qué consiste el episodio del coche que ha mencionado?

—Hará un par de meses mi compañero encontró a su padre a la salida de Estella recorriendo arriba y abajo un tramo de calle con aspecto confuso. Le contó que había aparcado el coche por ahí y no lo encontraba.

—Pero mi padre nunca deja el coche en esa zona. Le queda muy lejos de casa.

—De hecho, posteriormente localizamos el vehículo estacionado a 20 metros de su portal.

—Y esto... ¿Se lo comunicaron a mi madre?

—No, no le dimos importancia. A las personas mayores les ocurren estas cosas. Despistes de la edad.

—Si vuelve a pasar algo así, llámeme, por favor. Gracias por acompañarlo.

De repente estoy helada. La serpiente metálica del miedo vuelve a reptar por mi columna vertebral. Con su presión glacial en la nuca, llamo a casa de mis padres y por primera vez en esta historia, actúo. Incluso sobreactúo. Someto a un tercer grado a mi padre con jovialidad, con ligereza, para saber cómo me cuenta lo que ha hecho esta mañana.

—He dado una vuelta por Los Llanos y me he venido a casa.

—¿Y no has estado con tus amigos en el vermú de los jueves?

—Pues… no.

—¿Y eso?

—He pasado por el bar y no los he visto.

—Pero siempre quedáis allí a la una, ¿no?

—No sé, habré llegado tarde.

Tarde. Mi padre, que nació con un reloj de precisión suiza insertado en el hemisferio izquierdo.

—¿Y no has preguntado por ellos a la camarera, con el cariño que te tiene?

—No, la verdad. No los he visto y me he venido a casa.

—¿Has pasado por la estación?

—¿Por la estación? Si ya sabes que no queda de camino. ¿Para qué iba a dar ese rodeo?

—Tienes razón, qué tonta. Voy a tener que ir más a Estella para que no se me olvide cómo es. ¿Sabes qué? ¡Que mañana por la noche estoy ahí, papá! ¡Lo acabo de decidir!

—Me alegro.

No siempre somos capaces de señalar el momento en el que las moléculas que integran una realidad sólida comienzan a vibrar y variar su composición para convertirla en otra líquida e incontenible.

No siempre encontramos en la noche esa luz roja intermitente que señala al piloto del avión el punto más alto del edificio para evitar que se estrelle contra él.

También es cierto que hay quien una mañana de sábado se queda mirando a su pareja mientras la oye quejarse de que faltan pinzas para tender la colada y de pronto nota cómo le atraviesa el vientre la certeza de que entre los dos se acaba de desintegrar el último átomo de lo que realmente importa y los mantenía unidos.

Sí, puede ocurrir que exista el suceso clave, el que marca el punto de inflexión, pero en muchos casos se trata de una cadena de hechos. Una serie de comportamientos que activan microalarmas en nuestro cerebro y nos hacen sospechar que algo concluyente y con una capacidad incuestionable de cambiarlo todo ya está aconteciendo. Después, cuando has cruzado las inestables pasarelas colgantes que unen esa sucesión de hechos y todas las arenas movedizas, cuando sabes más y te detienes a recapitular bajo una sombra mirando hacia tu primera orilla, la visión desnuda de cada uno de esos hechos te abrasa como un lanzallamas.

Para cuando recibí la llamada de la policía municipal, ya había pasado unas cuantas noches en vela navegando entre islas digitales que nunca habían existido en mi mapa vital. Una de las que visitaba más a menudo era la web del National Institute of Neurological Disorders and Strokes. De repente los Strokes[1] dejaban de ser la banda neoyorquina con la energía de los primeros Stones que me elevaba y me ponía a bailar. Los Strokes me traicionaban, ahora se colocaban una bata blanca sobre las camisetas y los pitillos negros y sus palabras se cargaban de la contundencia y el peso de lo que sentencian los neurólogos. De pronto la vida se ponía severa.

Habían transcurrido tres meses desde que el médico de atención primaria valorase síntomas de párkinson tras la extraña caída de mi padre y nos solicitara la primera cita con el neurólogo. Después de pasar por su consulta no podía dejar de investigar en webs médicas y clínicas especializadas en enfermedades mentales. Rastreaba los comportamientos erráticos de mi padre

---

[1] The Strokes es una banda de rock que nació en Nueva York en 1998. Además, en inglés, *strokes* significa, entre otras cosas, daños o derrames cerebrales, ictus o accidentes cerebrovasculares.

cotejándolos con aquellos que se describían en los estudios y análisis de especialistas. Quería completar los puntos suspensivos, porque cuando las cosas se ponen feas esos tres puntos que abren infinidad de puertas son lo peor. La no información. El no saber. Necesitaba aquilatar, detallar y aterrizar sobre el cuerpo y el cerebro de mi padre aquel primer diagnóstico del neurólogo. Como persona curiosa y, mucho más, como hija. Sobre todo, porque no habíamos tenido suerte. Nos había tocado un profesional que no era persona. De su consulta mi padre salió desorientado y con un diagnóstico de párkinson. Yo, con la sensación de que el diagnóstico se quedaba corto y tres certezas.

- Aquel médico estaba tachando en el calendario los días que le quedaban para jubilarse.
- Para él mi padre no era nada más que el paciente número 32142 y yo, una hija demasiado insistente en sus preguntas.
- Los 6 minutos que nos había dedicado sin mirarnos a los ojos le habían parecido más que suficientes.

También salí con muchas más dudas, angustia y vértigo de los que me acompañaban al entrar.

Otra cosa fue mi madre.

Esa niña que se había quedado sin infancia mientras sostenía una casa de pueblo llena de hombres. Esa mujer que veinte años después se había quedado sin lo maravilloso de los comienzos en pareja mientras soportaba en casa 10 años de suegra con demencia. Esa mujer se quedaba ahora sin compañero en la última recta del tablero de juego. Cuando parecía que le quedaban por delante unas cuantas casillas sin trampas, la vida aún la retaba con la insolencia de querer devolverla a la casilla de cuidadora. No. No es que fuera injusto, es que era inaceptable. Inasumible. Mi madre ya había recorrido más que demasiados kilómetros por el lado árido de la vida. Así que, en cuanto vislumbró el panorama que se nos abría con el diagnóstico de mi padre, experimentó una especie de bloqueo mental que aparentemente le impedía entender lo que significaba una enfermedad que era una condena. Otra cadena perpetua. Mi madre se refugió en un comentario que a partir de ese momento aplicaría a todo lo relacionado con su marido: «Qué malo es hacerse viejo». Nunca quiso comprender todo lo que vendría después, que ojalá se hubiera reducido a simplemente hacerse viejo. O hizo como si no lo entendiera. Creo que desarrolló un mecanismo de protección a medida, se colocó un buzo ignífugo para evitar quemarse a cámara lenta también en esta hoguera. Si el ave fénix volvía a arder envuelta en llamas, en esta ocasión no le iba a dar tiempo a renacer de sus cenizas. En el último tramo de su vida la mente de mi madre eligió la supervivencia. Encontró una manera eficaz de rebelarse y escapar.

24

Fue necesario que transcurrieran unas semanas a partir de la consulta del antineurólogo para que naciera en mí una conciencia nueva de la situación. Párkinson y alzhéimer son primos hermanos en las fases iniciales, el deterioro cognitivo que ambas enfermedades provocan en sus comienzos en quien las padece es tan similar que hace que puedan confundirse entre sí. Ambas son degenerativas, mi padre irá empeorando progresivamente. No hay cura, tampoco se puede detener su avance, si acaso retrasar un poco cada fase por medio de la medicación adecuada y adaptada a la evolución de cada enfermo. Cuando creí que había entendido de qué se trataba y lo había aceptado —no fue así, para aceptarlo necesité años—, vi con claridad que con mi padre teníamos que exprimir lo mejor que nos deparase cada día. Charlar mientras paseábamos, tomarnos un bollo relleno de nata en nuestra pastelería favorita, reírnos con un vídeo de caídas o saborear el café de la sobremesa en casa dejaron de ser actividades anodinas para convertirse en momentos que irradiaban luz. Comencé a saber que necesitaría envasar al vacío esas porciones de vida y almacenarlas en el congelador, porque después recurriría a ellas, las calentaría y ellas me calentarían a mí cuando la niebla avanzara borrándolo todo.

Subimos al coche y conecté la radio. *Last Nite*. En un guiño irónico mi padre y yo nos encontramos flanqueados por el bajo, las dos guitarras y la batería de los Strokes, pero estos eran los buenos, no conocían de nada a los *neurological disorders* de las webs clínicas que rastreaba de madrugada. Así que nos fuimos de concierto con ellos. Subí el volumen, bajé las ventanillas y pisé el acelerador. Mi padre recuperó la expresión alarmada que acompañaba al «ahora aparece el tractor» y al comprobar que no ocurría nada se relajó. Una ráfaga de la felicidad más sencilla y despreocupada entró por su ventanilla y se acomodó entre nosotros. Divisé un supermercado. Intermitente, doble fila, beso en la mejilla.

—¡Vuelvo en un minuto, papá!

Puertas del coche bloqueadas por el seguro, carrera, botella de Piérola, vasos de plástico, sobre de jamón ibérico y hogaza rústica, cola de caja, solo llevo esto, ¿me deja pasar, por favor? Tres minutos. ¡Arrancando!

—¡Nos vamos de excursión!

La encina de Eraul. Un árbol grandioso en el enclave idóneo, un faro de interior. Desde allí se veía y se ve su pueblo, las huertas pequeñitas, alineadas y bien cuidadas, las series de frutales, los campos de trigo que se ondulan valle abajo y un bosque de encinar apretado hasta la caída vertical desde la que se abisman las peñas de San Fausto. Si te asomas al borde, un valle inmenso te llama para sobrevolarlo. Cómo no van a enamorar esas peñas a tantos escaladores. Mi padre adoraba la encina. Más de cinco siglos. En 1991 la declararon Monumento Natural, vinieron unos técnicos para contener con tornillos la grieta enorme que abre su tronco hueco en dos, como un libro por el lomo. Dentro de esa grieta cabes y puedes guarecerte. Hay también una rama portentosa que se aleja del tronco desafiando a la gravedad y al equilibrio natural de algunas cosas. Hace que todo el peso de la copa se desplace a un lado y tiraniza al tronco, lo obliga a un esfuerzo cada vez mayor para mantener el contrapeso necesario. Mi madre ya había sido ese tronco durante demasiado tiempo. Ahora me tocaba a mí.

Nos sentamos bajo la rama. Mi padre descorchó la botella mientras yo colocaba las lonchas de jamón ibérico, aromáticas y brillantes, sobre unas servilletas de papel junto a la hogaza de pan. Manjar.

—¿Cuánto mide la encina, papá?

—Unos diez metros.

—Qué vista hay desde aquí...

—Es bonito, ¿verdad?, se ven los caminicos dibujando curvas, el trigo verde moviéndose cuando sopla el viento...

—Parece el mar.

—Cuántas veces habré bajado en bicicleta por esa carretera... Con viento, lloviendo, nevando. Iba a clases de bachillerato nocturno en Estella. No creas que apetecía mucho después de haber estado todo el día en el campo. Pero no fallé ni un día.

—Menos mal que se te daba bien estudiar.

—Sí. Sobre todo, las matemáticas. Me gustaban mucho. Y el dibujo técnico también. Mi madre me ponía una manta sobre los hombros cuando estaba sentado a la mesa donde hacía los deberes. Mi habitación en invierno solía estar a 2 o 3 grados. Tenía los dedos tan congelados que me costaba sostener el plumín para dibujar. La de veces que me tocó raspar el papel a cuchilla porque había caído una gota de tinta que emborronaba las líneas...

—¿Te ayudaba alguien con los deberes?

—¿Quién? En casa cada cual tenía su trabajo.

—Ya. Al abuelo ni lo conocí. ¿Cómo era?

—No sé... Trabajador.

—¿Hablabais de algo alguna vez?

—¿De qué ibas a hablar?

Claro. Comunicarse, charlar, conversar, compartir ideas, sensaciones, reflexiones, estados de ánimo, deseos, no era productivo. Puede que hablar se redujera a informar de hechos a través de frases con sujeto, verbo y predicado, con adverbios de tiempo y lugar, en algún caso de modo. Juan ha empezado a cosechar esta mañana. El panadero se ha quedado sin harina. Ha muerto la madre de Antonio, el funeral será el jueves en San Pedro. Hablar sería también intercambiar recordatorios, indicaciones, órdenes y peticiones. Cuando salgas a la era a tender, acuérdate de devolverle el martillo a José Luis. A las 2 tiene que estar la comida en la mesa, luego viene a buscarme Antonio para que le ayude a herrar al caballo. El jueves, cuando bajes al mercado, cómprale a Pablo un cuaderno y un tintero, al crío se le está acabando ya la tinta. Bien, pero dile que aproveche las páginas, que no deje tanto papel en blanco en los bordes.

—Qué a gusto esta merienda…

—Qué bien se está cuando se está bien, ¿eh, papá?

Perlas de la sabiduría popular. Una vez que recogimos los restos de la pequeña fiesta, decidí hacer la prueba. Le pasé las llaves de su coche para que condujera él. En la serie de curvas cerradas que caracolean entre la huerta y la carretera comarcal mordimos la hierba del arcén varias veces, iba más rápido que nunca en ese tramo y demasiado en cualquier caso para unas curvas que no permiten pasar de 40 km/h. Sobrevaloraba una capacidad menguante. O trataba de demostrar que era el mismo de siempre. El coche no seguía el trazado de las curvas, mi padre ya no era tan bueno con el compás de dibujo técnico, ahora se le daban mejor las líneas rectas. Unía los puntos de la carretera como se hace en los ejercicios infantiles, con una línea de un trazo seco entre cada punto y el siguiente hasta que al llegar al último aparece el dibujo completo. El de nuestra nueva realidad se mostraba cada vez más definido. Me expulsó de esa imagen un giro tan brusco que podía habernos hecho aterrizar ladera abajo sobre la copa del nogal más cercano. Le grité. Me miró con cara de enfado. Y entonces me eché a reír como una loca. De pronto había recordado a Louis de Funès, vestido de gendarme francés, con su Ford Mustang balanceándose sobre un árbol. Descompresión. Bendita locura. Cuando era pequeña me divertían sus películas. A mi padre, también. En la escena que estaba visualizando en ese momento, mientras el coche se deslizaba poco a poco rama abajo, el gendarme gesticulaba y gritaba con exceso napolitano y doblado en un castellano con acento francés bastante cómico. «Pog favog, señog Pablo, condusca más tganquilo. ¡Este tgamo es infegnal!». Imité ese acento para rebajar la tensión y le pedí que condujera más lento mientras completábamos la última curva, esta ya sin sobresaltos. Mi padre sonrió. Una breve recta nos acercaba al Stop antes de incorporarnos a la carretera comarcal. En ese Stop nos hemos detenido miles de veces. Pero ni siquiera frenó. Se lo saltó. Como si no existiera. Mientras virábamos a la izquierda, el Passat que se acercaba por la derecha paró en seco. De no haberlo hecho se nos habría llevado por delante.

En el trayecto de la encina a casa el relato del retrovisor arrancado por el joven misterioso quedó en suspenso. Colgando de un hilo en el limbo que se abre entre lo real y lo generado por nuestro cerebro, lo tangible y lo que jamás permitirá comprobación. Nunca supimos si el incidente del retrovisor había ocurrido tal y como nos lo relató, o de otra manera, o si se lo había inventado al darse cuenta de que algo estaba empezando a fallar.

No me quedó otra opción. Tuve que empezar a desempeñar un papel que iba contra mi naturaleza y contra la de nuestra manera de relacionarnos. Tuve que empezar a cortarle las alas a mi padre. Comenzamos por el coche, que en realidad lo contenía todo: huerta, monte, escopeta, perros, cenas con los amigos del pueblo. Arrasamos todas las parcelas que sostenían su independencia y en las que no ejercía de trabajador, marido ni padre, las que lo completaban y le proporcionaban satisfacción, bienestar, felicidad.

Me costaba hacerlo. Mucho. Elegí un bar al que no solíamos ir para evitar contaminar nuestra casa con la castración.

—Hazle caso, Pablo. Lo dice por tu bien.

La intervención de mi madre se redujo a un par de exhortaciones en una de las conversaciones más duras que he mantenido jamás. Pedirle a mi padre que me entregara las llaves de su coche. Mutilarlo, destruir su autonomía y asfixiar su libertad para elegir espacio y tiempo.

—¿Pero por qué?

—Porque ya no puedes conducir bien, papá. Y nos da miedo que cualquier día sufras un accidente, o lo provoques.

—¿Y por qué me iba a pasar eso, si llevo toda la vida conduciendo y nunca he tenido un accidente?

—La diferencia es que ahora estás perdiendo reflejos. Los años —mentí—, a todo el mundo le ocurre.

—A mí de momento no. Yo creo que conduzco como siempre.

—Lo siento, papá, eso no es cierto. Hace tiempo que paso miedo contigo cuando vas al volante. Ella también. —Reforcé apuntando con la barbilla a mi madre, que desvió la mirada hacia la ventana.

—Que sí, Pablo, escúchala, que hay que dejar algunas cosas.

—¿Cómo voy a ir sin coche a la huerta, a dar de comer a los perros y sacarlos un rato por el monte? ¡No te voy a dar las llaves! ¡Yo estoy como siempre!

Mi padre se enfrenta a mí por primera vez. Lo he abandonado, ahora soy su enemiga. No me queda más remedio que recurrir a lo que pretendía evitar, el disparo.

—Lo que ocurre es precisamente eso, papá, que ya no estás como siempre.

—¿Cómo que no?

—Tienes una enfermedad. Es una enfermedad que afecta al funcionamiento del cerebro y del cuerpo y te va recortando la capacidad de hacer cosas que antes hacías.

—No creo.

Maldita saga de testarudos. Ojalá se tratara de creer. Ojalá todo se redujera a una mera cuestión de opiniones, de percepciones confrontadas, de valoraciones médicas recabadas entre profesionales de escuelas científicas divergentes. Ojalá fuera un choque entre estimaciones aproximadas que pudieran equivocarse, corregirse y resituarnos en un escenario anterior donde no hubiera detonado todavía el diagnóstico neurológico. La asunción de la certeza, la confirmación de todas las sospechas. Sin saberlo continuábamos avanzando. Nos encontrábamos ya muy cerca de Hiroshima.

—Se trata de una enfermedad muy tramposa, porque cuando la padeces no te das cuenta de que la padeces, ¿entiendes? La propia enfermedad no te permite enterarte de lo que te está haciendo.

—¿Y eso cómo lo sabes tú?

—Porque me he estado informando —me he estado informando a sus espaldas, frunce el ceño y me mira como a una traidora— y porque nos lo confirmó el neurólogo la semana pasada.

—No sé, a mí no me parece que sea como tú dices —lo añade bajando el tono y la vista con una tristeza que me duele físicamente, me golpea el pecho y no me deja respirar. Su hija ha cambiado de bando. Ahora es su contrincante.

—No me lo pongas tan difícil, papá… Confía en mí, por favor.

Mi padre alzó los hombros y los dejó caer, siguió negando con la cabeza, pero ya estaba vencido. Sacó las llaves del bolsillo, me las entregó y se dobló. Como una planta que se agosta. Con los codos apoyados en las rodillas, se quedó mirándose las manos vacías entre las piernas. Con la expresión de derrota que muestra la cara del niño al que le gustaría entender lo que le explican en clase, pero se da cuenta de que no es capaz. Mi madre llevaba ya un rato escondida tras un pañuelo. No pude continuar sentada ante él. Me levanté y me fui al baño a estallar de pena, de rabia y de impotencia, a dar patadas a la pared con silenciador hasta hacerme daño. Y me sentí asquerosamente desleal y la mayor hija de puta del universo por arrancarle a mi padre de cuajo todo lo que le gustaba hacer en la vida.

Durante años no volví a aquel bar.

25

Llegamos a Hiroshima solo unos meses después, ya era de noche. Mientras los demás dormían hubo unas horas definitivas que dinamitaron los muros de la realidad. Desaparecieron las coordenadas, los límites claros y comprensibles de las acciones, los objetos y las palabras, se desintegraron las proyecciones de lo que cabía esperar, de lo que era y de lo que sería, y en ese nuevo caos emergió una estructura líquida y cambiante ajena a todo. Se instaló la demencia. La locura.

Por la mañana necesité escribir lo que había experimentado aquella noche para darle consistencia, para hacerlo firme y poder sujetarme a algo cuando en adelante sintiera que se derretía el suelo bajo mis pies. Fue la explosión inicial y, como no estaba preparada, no hay modo de estarlo, caía en la trampa de aplicar las leyes de la cordura para que la onda expansiva no me arrancara de la realidad también a mí.

De madrugada me ha despertado una batería de sonidos domésticos procedentes del baño que se prolongaba más tiempo de lo habitual a esas horas. La cisterna, el grifo, un abrir y cerrar de cajones, y después en la cocina, el armario del café, el de las tazas, la puerta del frigorífico. Me he levantado para saber si había entrado en casa un ladrón limpio, hambriento y descuidado. Ahí estaba él, ya vestido, y colocando el tazón de leche sobre el plato giratorio del microondas, como cada mañana, hombre de pautas milimétricas que se cobija en la seguridad de las pequeñas rutinas diarias. Se disponía a dejar preparado su desayuno mientras salía a por el pan y el periódico, igual que todos los días. Pero eran las 2 de la mañana.

—Qué madrugador, papá. Aún no han abierto la panadería ni el kiosco de prensa.

—¿Tú crees?

—Además es de noche. Todavía faltan unas cuantas horas para que vuelvan a colocar las farolas, los bancos y los árboles.

Así he conseguido convencerlo y ha vuelto a la cama. Me ha resultado sencillo, la primera vez.

5.10 de la madrugada. Hemos revivido la misma secuencia, pero he entrado en escena unos segundos antes, el tazón aún no había llegado al microondas. Estaba virtiendo la leche. La misma camisa que tres horas y diez minutos antes, el mismo pantalón con el cinturón granate encajado en todas las trabillas salvo una, el mismo pelo blanco como una sábana al sol peinado con agua hacia atrás. La misma conversación construida con parecidas palabras, el mismo significado.

—Aún es pronto para levantarse y desayunar, todavía no han subido la persiana de la panadería. Es de noche, ¿ves la luna?

Mira a través del cristal de la puerta del balcón y asiente.

—Casi todo el mundo está durmiendo o haciendo como si durmiera. O repasando lo que hizo ayer o proyectando lo que hará mañana. O inventándose otra vida en la que le gustaría más vivir, yo qué sé. Pero no salen de casa a por el pan y el periódico a esta hora, papá.

—Es que ni había mirado la hora.

—Fíjate en el reloj de la cocina. Las 5.

—Ah, sí.

—Es mejor que te acuestes y descanses un rato más, yo también voy a volver a la cama.

—Ya que me he levantado, desayuno y cojo el pan y el periódico.

—Es que son las 5 de la mañana, papá... Está todo cerrado.

—*Bueno. Pero como ya estoy vestido, salgo y traigo el pan y el periódico.*

Sí. Existió El Momento.

Ya no se ocultaba detrás de constructos mentales bienintencionados y engañosos erigidos por el miedo. Ya no se escondía detrás de síntomas que pudieran conducir a distintas interpretaciones. Leve deterioro cognitivo. Fallos en la memoria inmediata. Confusión mental. Minucias, tonterías. Dejó que la última capa que lo cubría se deslizara y se mostró, ya desnudo. Ahí estaba, insultante en su poder, incontestable. Haciéndote sabedora de que a partir de ese instante iba a ganar todas las batallas que quedaban por delante. Hicieras lo que hicieses. El alzhéimer. Devastador.

Siempre la recuerdo como la noche en que estalló la bomba atómica. Finalmente habíamos llegado a Hiroshima.

Me aferré a las herramientas ingenuas y pequeñas de la razón, las utilicé para controlar al miedo. Pero no me sirvió de nada. Ver ante ti a la locura y mirarla a los ojos aterroriza. Párkinson, había afirmado el neurólogo que nos había sacado de su consulta en seis minutos sin mirarnos siquiera a los ojos. No, imbécil. No es párkinson. Esto es alzhéimer. Otra vez los *strokes*. *Neurological disorders*. Webs clínicas. Horas nocturnas de investigación y lectura de artículos de psiquiatría.

Rabia. Patadas a la cama aguantándome los gritos encerrada en la que fue mi habitación en casa de mis padres para que no me oigan y después abrir la puerta y salir de ahí como quien viene de guardar un jersey en un armario o de apagar la lamparita de noche. Todo lo que cuidaba de mí en ese cuarto cuando era niña. El edredón verde. La Heidi que giraba sobre sí misma después de darle cuerda. Los cómics de Mortadelo y Filemón. Y un dolor violento en el estómago.

26

No puedo evitar pensarlo mientras lo ducho. La persona que ocupa su cuerpo es cada vez menos mi padre. No han pasado más de dos años desde que el alzhéimer me miró de frente aquella noche a través de sus ojos. Mi padre se está yendo muy rápido. No hemos podido despedirnos uno del otro y eso es lo que más daño me hace. Como cuando un accidente aéreo, un descenso alpino o un atropello te arranca de cuajo a tu pareja, a tu hijo. Pero resulta extraño porque en este caso la persona a la que quieres, su forma de pensar y hablar, su humor, sus decisiones y sus cobardías abandonan progresivamente su envoltorio, pero el cuerpo continúa ahí, contigo. Sigues reconociendo su cabello, sus ojos, sus sonrisas y muecas, sus manos, su manera de caminar y de sentarse. Su cuerpo está vivo, respira, se mueve. Enjabono a conciencia el cuello, la espalda, lo limpio todo con la esponja. Cuando alcanzo los tobillos llega el Pablo adolescente y se acomoda sobre esas piernas cubiertas de espuma.

—¿Tú conoces la Escala de Dureza de Mohs?

—La verdad es que no.

—Pues igual no eres tan lista, ¿eh?

—Pues igual vas a tener razón.

—Talco, yeso, calcita, fluorita, apatito, ortosa, cuarzo, topacio, corindón y diamante.

Sorprendente. Cómo funciona la maquinaria de la memoria remota. Aclaro el pelo sin dejar la alcachofa de la ducha demasiado tiempo dibujando círculos sobre su cabeza. Le pone nervioso que el agua le corra por la cara, supongo que siente que se ahoga. Lo saco de la ducha, agárrate ahí, eso es. Hemos instalado una barra horizontal sobre los azulejos, junto al toallero. Lo seco de arriba abajo incidiendo bien en los huecos, las axilas, la entrepierna, los espacios entre los dedos de los pies. No hay que dejar resquicios húmedos, las enfermeras y las madres lo saben, yo lo he aprendido ahora. Le aplico crema hidratante por las piernas, insisto con el masaje en las pantorrillas, ahí donde la piel es más seca.

Pañal, calzoncillo y camiseta interior blancos, de algodón.

—Qué a gusto ahora, ¿eh, papá?

—En un lugar de la Mancha de cuyo nombre no quiero acordarme, no ha mucho tiempo que vivía un hidalgo…

El Pablo adolescente sigue aquí. El Quijote es el único libro que leían y releían cuando él era alumno en Escolapios, según me contó en una ocasión el Pablo padre. Se lo sabe. Capítulos completos. Es bestial la memoria que tiene. La memoria que tiene. Qué ironía. Suena a chiste malo. Su cerebro va borrando cada segundo de ayer, de anteayer y de la semana pasada mientras rescata párrafos enteros del Quijote, así que ese Pablo estudiante sigue recitando línea a línea mientras mi madre en la cocina levanta la tapa de la olla exprés y hace que en un lugar de la Mancha huela a cocido.

Sobre un fondo de azulejos blancos con vetas grises nos lavamos los dientes, los dos, porque mostrar cómo se hacen las cosas haciéndolas suele funcionar mejor que explicarlas. Con la boca rebosante de espuma el padre del espejo pregunta a la hija del espejo.

—¿Sabes cómo era la moza asturiana que servía comidas en la Venta de Juan Palomeque?

—¿Cómo era? —barboteo mientras me enjuago.

—Ancha de cara, llana de cogote, de nariz roma, del un ojo tuerta y del otro no muy sana.

La memoria del pasado que el alzhéimer no carcome es minuciosa y exacta, capaz de calcar el recuerdo. Del un ojo tuerta. He tenido que consultar el Quijote para comprobar que, efectivamente, resulta que el alzhéimer respeta el castellano antiguo. Nos ha salido purista, el cabrón. Preparo el desayuno a mi padre, su tranquilizador tazón de café con leche y trocitos de pan flotantes y el vaso de agua que le ayuda a tragar las pastillas, se las dejo en el hueco de la mano. Píldoras blancas, amarillas y rosas, la medicación que nos recetaron. Medicación para el párkinson. En fin. Subimos al coche, se sienta e introduce los brazos por el triángulo que crea el cinturón de seguridad al tirar de él para encajarlo en el lateral del asiento, como si se estuviera poniendo una sudadera. Saco a este ratón gigante de la trampa, lo ayudo a colocarse bien el cinturón, lo sujeto al anclaje y salimos hacia Pamplona.

Otra vez el despacho blanco con vistas al aparcamiento. Girado hacia la pantalla de su ordenador y sin cruzar la vista conmigo, el tipo de la bata blanca, que podría ser arqueólogo o archivero mayor del reino pero resulta que ejerce de neurólogo, teclea absorto en su pantalla mientras me pide que hable. Que me escucha, dice. Respiro hondo y me obligo a condensar en dos minutos mis dudas, lo que veo y lo que intuyo. Con tono informativo y neutro le hablo de la noche fundamental y reveladora, comparto con su brazo, su hombro y su perfil izquierdo mis incursiones nocturnas en artículos de publicaciones científicas sobre enfermedades neurodegenerativas. Entro en detalles haciendo arriesgados equilibrios con el lenguaje, intento ceñirlo a lo descriptivo, no ser valorativa, porque me resulta enormemente violento tener a mi padre sentado al lado escuchándolo todo, mirando de hito en hito a esa mujer que de repente se ha puesto tan seria mientras parece que habla de él con un desconocido y que todavía reconoce como su hija.

—Papá, acércate a la ventana y echa un vistazo al coche, anda. Es por si viene el de la OTA.

Se levanta obediente. Continúo con el impostor de la bata blanca.

—He estado leyendo sobre alzhéimer parkinsoniano. Encaja mucho con lo que veo en mi padre. Porque lo suyo creo que no es solo párkinson.

Deja de teclear.

—Claro, mujer. Es que tu padre tiene alzhéimer.

—Perdona, eso no lo habías mencionado hasta ahora. En la anterior consulta tu diagnóstico fue párkinson.

Vuelve a teclear.

—Te meto en la ficha la medicación. Además de la que ya toma para el párkinson, la del alzhéimer. Con la pauta de administración. Ya está, listo.

—Voy a pedir cambio de neurólogo. Ahora mismo.

Me levanto, cojo del brazo a mi padre, salimos de la consulta y en el mostrador de atención al paciente que hay frente a la puerta lo hago. Pido que nos atienda un neurólogo de verdad. Aunque lo que debería haber hecho es saltarme el código de la educación, el del respeto y el de la cortesía social, saltarme la mesa que utilizaba como parapeto ese impostor, agarrarle de los cuellos de su puta bata y repasarle, a diez centímetros de la cara, todos los motivos por los que lo consideraba poco profesional, deshumanizado y jodidamente paternalista y concluir enviándolo al epicentro mismo de la ciénaga de mierda de donde debía proceder su vocación profesional. Me ardía la sangre.

Pero no. Ser responsable, hacer bien las cosas, no revolucionar, respetar, obedecer. Los principios de familia conservadora de las buenas costumbres, Iosu, así es. Me limité a solicitar que nos atendiera un neurólogo de Osasunbidea del que había escuchado opiniones muy positivas. Hubo suerte, a pesar de que su cuota de pacientes ya estaba cubierta, nos aceptó. La suerte se multiplicó, el nuevo neurólogo resultó ser persona. Un buen profesional que sabía comunicar, comprendía el peso que tenían sus palabras para quien las recibía y hacía el ejercicio de colocarse en nuestro lugar, porque ya había conocido muchos lugares como este y el dolor, la rabia, la tristeza y la impotencia que genera vivir en ellos.

Así que nos quedamos con él. Introduje en nuestra vida y en la casa de mis padres la figura de la cuidadora, al principio unas horas durante la mañana y la noche, porque mi madre ya había comenzado con los antidepresivos, los ansiolíticos y los somníferos. Después ya la cuidadora se quedó de continuo. Con su contrato, su alta en la Seguridad Social, sus dos horas diarias de descanso para airearse y sus fines de semana libres.

Nombre: PABLO
Apellidos: APESTEGUÍA ITURRIOZ
Edad: 73 años
Fecha de consulta: 24/03/2006
Servicio: Servicio de Neurología

HISTORIA ACTUAL
Paciente con cuadro parkinsoniano, deterioro cognitivo insidioso y evolución progresiva. Desde hace 3 meses se percibe un deterioro en aumento tanto en la movilidad como desde el punto de vista cognitivo.

JUICIO CLÍNICO
Enfermedad de Alzheimer con rasgos parkinsonianos.

TRATAMIENTO
Parches de RIVASTIGMINA 4.6 mg. Un parche cada 24 horas. Al mes si es bien tolerado, 9.5 mg y al siguiente mes, si es bien tolerado, 13.3 mg.

Comenzará también con tratamiento con L-DOPA.

Una semana 1/4 de comprimido de MADOPAR en desayuno. La siguiente, 1/4 de comprimido en desayuno y comida. La siguiente semana, 1/4 de comprimido en desayuno, comida y cena.

Si es bien tolerado continuará subiendo a razón de 1/4 de comprimido cada semana hasta alcanzar la dosis total de 1 comprimido de MADOPAR en desayuno, comida y cena.

El subrayado no era necesario. Sí, la dosis continuará subiendo. La dosis de todo.

27

Las cosas llegan y pasan. Aquella primera guía de la colección la veía tan atrás en la línea de tiempo como la primera copa de vino que aprendí a saborear. Nos encontrábamos trabajando ya en el último título marcado por el plan editorial, Sicilia. Habíamos editado 16 guías dedicadas a regiones, ciudades e islas europeas. Ángels finalmente no había dado el salto a la empresa de organización de eventos, seguía aquí, impulsando e internacionalizando la web de contenidos, y al residir en territorios independientes —aunque limítrofes—, la convivencia resultaba más fácil. Mi pequeño equipo funcionaba bien. Aunque Quim, el diseñador y maquetador de la colección, no soportaba a Iosu, se había ido dejando ganar por sus ilustraciones y les concedía el espacio y el tratamiento estético que merecían. Jugaba con ventaja respecto a mí, a él no le tocaba gestionar los retrasos en las entregas y los cambios de humor del artista que cuando tienes un buen día manejas con diplomacia y cuando no, te desatan todas las fieras que llevas dentro. Esa labor también era patrimonio de la editora. Suavizaba las aristas el hecho de que Iosu sabía muy bien cómo hacerse querer. Pendenciero pero listo. De eso me hablaba Quim mientras nos tomábamos un café de máquina entre dos ficus bonsái. Era aquel momento en que no podías no tener un bonsái en casa. Como tampoco podías no llevar una vela, aparte del vino, cuando alguien te invitaba a cenar a su piso.

—Estoy un poco hasta los huevos ya de tanta vela. No tengo cajones donde meterlas.

—Regala el bonsái y haz sitio. Total, tampoco sabes cuidarlo.

.

—Que nos hayamos acostado una noche no le da derecho a opinar sobre mis habilidades, señora editora. Al menos no sobre mis habilidades como jardinero.

—Puede estar tranquilo, señor diseñador. Le aseguro que esa carencia la compensa. Con creces.

—¿Tienes plan mañana?

—¿Qué me propones?

—Tengo Mishima en la Apolo + contacto que revende dos entradas para Moby + John con su obra en una sala de Graçia. Elige.

—¿John El Intenso? ¿La obra en la que representa que se devora a sí mismo atragantándose con bandejas de sesos y criadillas para terminar meándose los pies?

—Mujer, para él es algo catártico. Asegura que por cada representación que hace se ahorra un trimestre de terapia.

—La Fura se ha perdido un talento. Espera… ¡Eso que suena a lo lejos es mi móvil!

Corrí a mi mesa. Tía Jose. Raro.

—Diana, bonita, ¿cómo estás?

—Bien, tía. ¡Qué sorpresa! ¿Y tú?

—Ha pasado algo.

La voz sonaba grave. La tía Jose, que siempre canta cuando habla, era otra. Salí al descansillo. Abrí la ventana desde la que se veía la floristería de enfrente. Recurría a esa imagen y al aire exterior cuando necesitaba relajarme.

—Cuéntame, tía.

El perro lanudo de la florista dormitaba junto a un tiesto. Hecho un ovillo, su cuerpo cabía en la sombra que proyectaba un limonero enano.

—Ya sabes que tus padres están pasando unos días en el pueblo, y que tu padre sale todas las mañanas a pasear por este par de calles…

—¿Se ha perdido?

—No, no es eso. Esta mañana cuando ha vuelto a casa se ha debido de encontrar a tu madre en el suelo de la cocina.

El perro se revolvió inquieto, como si tuviera una pesadilla.

—¿Qué ha pasado?

—No lo sabemos aún, cariño. Se la han llevado en ambulancia.

—¿Y mi padre?

—Me lo he encontrado en la calle muy nervioso, él me lo ha contado. Está conmigo en casa, tranquila. Tu tío ha ido al hospital a acompañar a tu madre.

En todas las respuestas a mis preguntas la tía había mantenido el tono como una actriz profesional, pero al llegar a la última palabra se quebró y se le escapó un sollozo. Ante mi ventana un hombre que cargaba con una araña de cristal tropezó y la lámpara cayó sobre el perro de la floristería. El pobre animal aulló de dolor. Su dueña salió corriendo y lo cogió en brazos como si fuera su bebé. Me eché a llorar.

Salí directa hacia la estación de Sants. En media hora partía un tren para Pamplona. Llegaría antes que si cogía el primer vuelo disponible. Compré un periódico y una revista. Agua y chicles. Como si aquel fuera un viaje normal, uno de tantos. Cuando algo me angustia, empleo estos trucos ingenuos para sujetar la ansiedad incipiente y retrasar la anticipación del estallido. A ratos consigo engañarme y aparentar que me funcionan. 4 horas y 16 minutos de tren más media hora de coche de alquiler para llegar a mi madre. ¿Qué le había ocurrido? Que yo supiera, jamás se había desmayado. Necesitaba hablar con alguien. En cuanto ocupé mi asiento en el vagón llamé a Laia y me recriminó no haberla avisado antes, te habría acompañado, ya, ¿y la tienda? ¡Qué más da la tienda! ¡Busco a alguien que me sustituya un par de días! Amigas dispuestas a salvarte o incluso a acompañarte en el hundimiento. Cuando colgué de pronto eché de menos a Quim, ese sentimiento me pilló desprevenida. Necesitaba un abrazo largo y apretado, como el que nos habíamos dado después de los fuegos artificiales del sexo. No lo tenía a mano, así que ya, por fin, llamé al hospital. Lo retrasé todo lo que pude. No quería escucharlo. No estaba preparada.

—Lo siento mucho… Tu madre ha fallecido.

—…

—Ya estaba muerta cuando llegó en la ambulancia.

—…

—No hemos podido hacer nada.

Y colgué.

El disparo me abrió un boquete en el pecho, el agujero se hizo enorme y por él se me escapó todo el aire de los pulmones. Me atravesó un dolor afilado que me desgarró las fibras musculares y se me clavó donde late el corazón. El estómago se me encogió y se convirtió en una piedra. Una lava densa, negra y ardiente inundó cada resquicio de mi cabeza. El agujero se fue haciendo más y más grande…Y después, la nada.

¿Qué es eso de morirse?

¿Dónde estás, mamá?

¡Te dejé en tu dormitorio, guardando unas sábanas en el cajón!

¿Cómo te has podido marchar así?

¿Cómo voy a ir a casa ahora?

¿Cómo nos vamos a reír sentadas en la cocina tú y yo?

La cocina. Reapareció una furia incendiaria y conocida. ¡Lo sabía! ¡Sabía que algún día iba a pasar! Esa cocina de butano con la ventana tan pequeña. Esa pared que tenían que haber tirado hace años para unirla con el comedor. Seguro que había sido un escape de gas como el de aquella vez.

—¿No huele raro, mamá?

—Serán los huevos cocidos.

—¡A gas! ¡Huele a gas!

Y entonces ya sí que quieres saberlo todo, cada detalle. Porque no hay célula en tu cuerpo que pueda entender que lo que veías, oías, tocabas y olías ya no está. No es. No existe. Eres incapaz de aceptarlo. No se ha ido degradando, no ha experimentado un proceso de desintegración. Un organismo que se mueve, habla, se queja, se ríe y genera infinidad de ondas sísmicas que modifican su entorno no puede desaparecer así, sin avisar. Mi madre ha muerto. De repente. Va contra las leyes de la realidad.

Por eso todo se hace irreal.

#3

Llanuras ocres y polvorientas se ondulan tendidas unas junto a otras, ya secas hace tiempo. De vez en cuando un arbusto quebradizo que espera arder en cuanto lo alumbre un rayo y una carretera por la que discurre una procesión de coches como hormigas metálicas. En el marco de la ventanilla aparece una venta abandonada, una de esas casitas encaladas, achatadas y panzudas con tejas naranjas. Un enorme cartel blanco sujeto por patas de hierro clavadas en el tejado grita HIELO. Las letras todavía parecen una promesa. Son barras de hielo dibujadas a mano y pintadas con brocha, su aspecto es el que ofrecerían segundos después de empezar a derretirse. La fachada está cubierta de pintadas que habrían querido crecer y hacerse grafitis pero se quedaron en pintadas. Entre unas firmas y otras asoman hierbajos. Lo que queda de la valla de brezo que rodea la venta desfila ante mis ojos y desaparece del marco de la ventanilla. Me gusta el tren. En una venta similar a esta nos detuvimos para comer durante el trayecto del primer viaje de vacaciones de nuestra vida. Benidorm, puro destino obrero. Para darnos ese lujazo mi padre había acumulado horas extra de trabajo en la ebanistería durante meses.

15 días en Benidorm = 2 aparadores de roble + una mesa de comedor con 4 sillas + 1 cabecero de cerezo. Todo fuera de horario laboral.

Emprendimos el viaje exultantes, también porque estrenábamos nuestro flamante Renault 18 GTS. Coche del Año, se leía en la pegatina de la luna delantera. Mi madre le pedía a mi padre que pisara a fondo cuando enfilábamos una recta con buena visibilidad y mi padre ponía el 18 a 150 km/h. Durante aquel trayecto del norte al Mediterráneo rejuvenecieron los dos. En el espejito del parasol de la copiloto vi a una madre risueña pintándose los labios y me embargó la sensación festiva de que éramos una familia recién nacida inaugurando la vida y de que nada malo nos podría ocurrir. Incluso cuando la aguja del velocímetro apuntó al 160 el coche nos resultaba tan seguro como un misil teledirigido. Invencibles. Veníamos de un Renault 5 naranja, nuestro 18 blanco nos parecía un Porsche. Además de la pegatina, el Coche del Año llevaba incorporado radiocasete, y como el viaje hasta Benidorm terminó durando ocho horas y media, con sus paradas preceptivas y su retención inevitable a la entrada de Alicante, mi madre dispuso de tiempo suficiente para escuchar todas sus cintas. Abba, Boney M., Demis Roussos, una de Rocío Dúrcal y otra de María Dolores Pradera. Eclecticismo. La de Demis Roussos nos la puso dos veces. Le encantaba aquel griego inmenso envuelto por una túnica, con melena y barba salvajes, con ojos enormes de cordero enamorado. Le ponía nostálgica escucharlo. Cuando estaba contenta y para pasar la mopa por las habitaciones prefería las rancheras de Rocío Dúrcal y los *Rivers of Babylon* de Boney M. La sacó de su caja y la introdujo en la pletina. Cuando ya vislumbrábamos la línea del litoral en nuestro horizonte, llegó el estribillo, me asomé entre los asientos delanteros y los tres nos pusimos a cantarla a pleno pulmón.

Baideruivers of Babylon, Ueui setdaun,

Endeuiué Ueniuruimembe saion...

Exhibiendo la tecnología de vanguardia del 18, mi padre pulsó simultáneamente los dos interruptores de los elevalunas eléctricos delanteros y las ventanillas descendieron hasta desaparecer engullidas por las ranuras negras de manera mágica. El coche se llenó de olor a mar. «¡Pero qué mal cantas!», se rio de mi incapacidad para entonar la madre previsora que me había apuntado a clases de inglés. Gracias a ella sabía que la canción de Boney M. hablaba de libertad, la que los tres sentíamos, por fin. Y en ese preciso instante de gracia, invitado por la risa burbujeante y nueva de mi madre, apareció el mar. El Mediterráneo.

Fueron dos semanas increíbles, nuestras primeras y únicas vacaciones en un destino situado a más de 15 minutos de casa. La abuela había muerto dos años antes.

28

Los cuatro días siguientes se me tragaron como un pozo. Me senté ante mesas donde personas desconocidas me hablaron de esquelas, tanatorios, misas, recordatorios y coronas, de modificación de contratos de cuidadora a tiempo parcial a cuidadora interna y ajuste salarial correspondiente, de posibles consecuencias de una pérdida personal de primer grado en la degeneración cognitiva de un enfermo de alzhéimer. En el pozo cabía todo. Mi prima Marta vino de Londres y me ayudó, mucho. Mi tío Alejandro también hizo sus llamadas. Se le veía afectado, aunque no tanto como a mi tía Jose. Mi madre no era solo de mi padre y mía, antes había sido suya, su hermana. Mi tía Gloria lloraba cada vez que nos veíamos. Mi padre parecía bloqueado en su deriva. El alzhéimer devora también los sentimientos y las emociones. Es indigno, injusto, amoral. Me dolía verlo tan ajeno a la muerte de su mujer, de mi madre. Lo encontraba aún más desorientado sin su ancla a la realidad, sin la persona con la que había compartido casa y vida durante más de treinta años. Me senté ante la última mesa que me esperaba en el fondo del pozo. Una mujer con bata blanca me habló. Tu madre falleció por intoxicación de monóxido de carbono, es algo que ocurre de vez en cuando con personas mayores. Puede pasar que si el calentador de agua o la caldera no se encuentra en buen estado la combustión del gas no se haga correctamente. ¿Dónde tenéis el calentador? En la cocina. ¿Es amplia? No. ¿Hay ventana? Una pequeña, pero con este frío la tendría cerrada. Claro. Y estaría sola en casa. Qué mala suerte, ella seguramente ni se dio cuenta, quédate al menos con ese consuelo. Ya. No sufrió sensación de ahogo ni de asfixia. Fue una muerte dulce.

Una muerte dulce. Menudo consuelo de mierda. No me he despedido de mi madre. No la he visto ni la he abrazado. Por lo menos no ha sufrido, eso es lo que todo el mundo te va a repetir. Eso podrá consolarte cuando hayas terminado de llorarlo todo en todos los momentos en que piensas en ella. Ahora no me consuela nada. Ahora cogería un mazo para tirar abajo la pared de su cocina hasta que los brazos me reventaran de dolor. Eso es lo que haría. Para agotarme, para que un dolor sustituyera al otro durante unos segundos. En cambio, me encuentro sentada civilizadamente en el tren de vuelta a Barcelona con los ojos hinchados tras las gafas de sol y la cabeza girada hacia el paisaje, como si me entretuviera mirar por la ventanilla. Con una bolsa amarilla de patatas fritas y una chocolatina de cacao al 70 % y una botella de agua de litro y medio en el asiento de al lado, como si me fuera a dar el pequeño festín de los viajes. Con *El libro de las ilusiones* de Auster y el *Babelia* doblado, como si fuera a leer. Ahora mismo soy una impostora. Estoy sentada en el tren como si fuera una treintañera urbanita, resuelta e independiente, y no la niña que se ha perdido y sabe que nunca volverá a encontrar a su madre.

Ya habíamos recorrido la mitad del trayecto cuando la puerta del vagón se abrió trabajosamente, empujada por los empellones de una viajera cargada. ¡Era ella! Ahí estaba, con su sonrisa blanca, sus labios pintados de rojo y su bolso al brazo. Con el traje azul marino que le regalé cuando me subieron el sueldo, el que ella eligió señalándolo en un escaparate un día que pasamos juntas en Donostia como dos amigas.

—¡Mamá!

—Ay, chica… No encontraba el vagón. ¡Ni sé los que he cruzado hasta llegar a este!

—¿Qué haces aquí?

—Tú siempre tan autónoma, hija. ¡No me iba a marchar sin despedirme! Casi no llego, se me ha ido la hora haciendo el equipaje. No sabía qué meter para la otra vida, con eso de que nadie ha vuelto para contarnos cómo es… Así que llevo un poco de todo, para frío y para calor. Un par de chaquetas de punto, un jersey fino, el del estampado gráfico, como dices tú, y un par de blusas.

—Tú siempre tan previsora, mamá. Y alguna falda mona también habrás cogido.

—Ya no. Desde que he empezado a usar pantalones no me los quito.

—Tú has llevado los pantalones siempre.

—Que no te oiga tu padre.

—¡Anda! ¡Ven aquí!

Mi madre soltó el bolso y entonces brotó la cascada de la risa limpia que lo cura todo. La risa de esa mujer que cuando la abrazas deja los brazos caídos y pegaditos al cuerpo porque la han abrazado tan poco que no sabe responder. Se los levanté y con ellos me envolví la cintura.

—¡Qué van a pensar!

—¡Que a ti te gustan las jovencitas y a mí las maduras con experiencia! ¿Qué va a ser si no? ¿Una madre y una hija que se echan de menos?

—Cómo eres.

—Y tú más.

Se sentó enfrente, abrió el bolso y sacó una tableta de chocolate puro Valor. El de onzas como ladrillos. De pequeña creía que la marca era Puro valor y me parecía ingenioso y una idea fantástica llamar así a un chocolate. ¡Puro valor! Puritito coraje. Me imaginaba a un bigotudo sudoroso bajo un sombrero mexicano arrancando de un mordisco tres onzas. Cogimos una cada una. Clac. Sonaba compacto.

—Cómo nos lo pasábamos en las chocolatadas cuando venían los primos a casa y nos pintábamos toda la cara de marrón, ¿eh?

—¡Y el pelo! ¡Y los azulejos!

—Qué años tan buenos…

—Sí.

—66. Se me ha hecho corto, fíjate.

—Es que te ha faltado tiempo, mamá.

—Quita, quita. Al final, las cosas ocurren por algo. Viendo cómo va tu padre, me iba a tocar otra vez lo mismo que con mi suegra. Aquello sí que fue… Todo el día quejándose, que me has quitado a mi único hijo, que el cocido no se hace así, que tienes que ir a buscarte un trabajo, que por qué no limpias portales como hacen otras. Imagínate, como si no tuviera trabajo contigo recién nacida, la casa y encargarme de ella, que ya había perdido del todo la cabeza. ¡Que me buscara un trabajo yo, que llevaba al pie del cañón desde los nueve años, cuando murió mi madre! Aguanta eso todos los días. Y sin contestar, porque era mi suegra.

—Es terrible… Pero eso ya pasó mamá.

—Y ahora tu padre. Ha sido siempre un buen marido, no me puedo quejar. Y muy buena persona, ya ves cómo le quiere todo el mundo, ahora que está así todos se siguen parando con él por la calle. Qué pena, tu padre… Con lo que ha sido y cómo va cayendo…

—Nunca habíamos hablado de esto. De la abuela mucho. Del papá no.

—Es que es muy duro vivir así todos los días, no vas a estar además hablándolo todo el rato y dándole vueltas... Solo siento que te quedas tú sola con él. Menos mal que ya te has hecho tu vida en Barcelona. Estás contenta, ¿verdad?

—Sí. Tengo buenos amigos, me gusta mi trabajo, la casa... Estoy bien.

—¿Y en el barrio, a gusto? ¿Sabes qué me dijo tu padre cuando fuimos a verte? No te pongas joyas, Inés, que donde vive tu hija te las van a quitar en cuanto salgas del portal.

—¡Qué traidor! ¿Eso te dijo?

—Ya sabes cómo le gustaba bromear. ¡A mí me iba a meter miedo con eso!

—Me gusta el Raval. Hay una mezcla interesante. Allí he conocido a un escritor inglés, un fotógrafo sueco que ha vivido en un montón de países, tengo una amiga periodista, un amigo DJ, otro editor, otro que antes era camello y ahora está estudiando Filosofía en la Pompeu Fabra...

—¿Que era camello, dices? ¿Que vendía droga?

—Vendía. Ya no vende.

—Tú sobre todo no te drogues. ¿Me has oído? Que eres muy curiosa tú y te gusta probarlo todo. Mira el hijo de la Reme, lo inteligente que era y se ha quedado medio tonto. ¿Ya comes bien?

—¡Mamá!

—Me alegro de que tengas muchos amigos y, sobre todo, buenos. Eso es lo que importa. ¿Y algún novio catalán?

—De momento nada serio.

—¡Pues ya has cumplido 34! Algún día tendrás que parar y poner el culo en un asiento.

—Ahora dime lo del arroz. ¿Para esto has venido?

—Tienes razón. Tú trabaja y ahorra para ser independiente. Ya sé que te lo he repetido mil veces. Y disfruta todo lo que puedas, porque día que pasa no vuelve atrás. Voy al baño. Me estoy haciendo pis desde que he subido al tren.

Me levanté y la abracé con toda mi alma. En esta ocasión sus brazos me rodearon.

—¿Sabes cuánto te quiero, mamá?

—Y yo a ti, cariño. Yo también te quiero mucho.

Era la primera vez que me lo decía.

La dejé marchar. Odio las despedidas largas. En eso también he salido a ella.

29

Barcelona tampoco era igual sin mi madre. Cuando alguien se va nos falta hasta donde nunca estuvo. De pronto la echaba de menos en todas partes. Cuando me sentaba en la plaça dels Ángels con la espalda apoyada en el muro de Chillida porque Chillida me resultaba un poco casa y porque quería estar sola y al mismo tiempo acompañada de desconocidos que levantaban espirales de voces de todos los continentes en una Babel preñada de posibilidades. Cuando recorría en moto la ciudad nocturna y me dejaba rodar calle abajo junto a la hilera de árboles de Enric Granados alargando el camino a casa por calles amplias. Cuando mi amigo Héctor, que tenía alma de artista, me llevaba al Mercat dels Encants a husmear entre cacharrería, discos, libros, fajas y guitarras viejas deteniéndonos en todo para acabar llevándonos una jaula y dos despertadores oxidados porque él quería atrapar el tiempo. Y lo atrapaba. Cuando Laia me veía caer y me sacaba a tomar un vino, que eran tres y después una cena, y nos intercambiábamos planes de verano que estaban por llegar y noches de buenos amantes y algunas derrotas que a veces se parecían mucho entre sí, y después me regalaba una funda roja con lunares blancos para el casco de la moto. Cuando Albert me proponía acompañarlo al Liceo porque iban a homenajear a Joan Sutherland y el póker de ases sobre el escenario prometía ser irrepetible. Cuando Oriol se apartaba del *dancing floor,* que era su religión, y ejercía de mi acompañante en un concierto de algún grupo de rock alternativo, una videoinstalación de Björk o una conversación chispeante y maravillosamente banal y mundana en un baño a las cinco de la mañana. Cuando me reunía con Iosu en su taller, rodeados de pintura, cerveza, disolvente y tabaco, y nos perdíamos en disertaciones sobre filósofos y márgenes habitables del lumpen y sobre cuánto tenía la Berlín noventera de *underground* y Rothko y Lita Cabellut, de verdad, y Agnès Varda, de maestra, y él hablaba de casi todo sabiendo y yo, como si supiera, sin que se me notara apenas que lo acababa de descubrir en un museo o una filmoteca o una web porque quería crecer y no paraba de alimentarme. Cuando Quim ponía un vinilo de Muddy Waters mientras preparaba el café en su ático minúsculo de la Barceloneta a la una de la tarde del domingo y yo me quedaba tumbada en el colchón sobre una alfombra azul viendo bailar las cortinas con el balcón abierto y oliendo un poco a mar y más a pescado frito del bar de vermús de abajo, y sentía que todo eso era acogedor y Quim, un poco blando, sin saber en realidad si buscaba a alguien más duro. Incluso tiempo después, cuando Quim pasó y otros vinieron a mi casa o a mi cama y yo a las suyas, y después se fueron o me fui porque así estaba bien, o cuando no lo estaba y lloramos por no saber sacarlo adelante, o cuando pensaba que para reposar en la estabilidad ya habría tiempo, incluso entonces seguía echando de menos a mi madre.

Pedí un vodka con limón. Iosu se apuntó. Un poco por acompañar, otro por nostalgia gustativa. Habíamos elegido el London Bar exclusivamente por una razón, se trataba de una de las escasas barras de Barcelona donde el limón era Kas. No Schweppes, ni Trina, ni Fanta. Kas. Ácido. El sabor de nuestras infancias norteñas. Así que ahí estábamos, en un bar modernista de taburete, baldosa y mármol, con pasillo largo y actuación teatral al fondo. Atraía mucho a los turistas, se sentían especiales al creerse los descubridores de un local así. A mí también me había ocurrido cuando llegué. Aunque con Iosu no hablaba apenas de mi madre, él también se adjudicó la misión de distraerme una o dos veces al mes. A su estilo, más tendente al reverso oscuro que al día de playa.

—Dime que has leído algo de los beats —disparó.

—*En la carretera*. Cuando lo abrí quería meterme dentro. Quería viajar en aquel coche que cruzaba América y vivir esa clase de libertad salvaje, pero siendo una más del grupo, no la novia de.

—Te faltaban referentes femeninos.

—Supongo. No he encontrado en la familia a esa tía o esa abuela aventurera, viajera y coleccionista de experiencias, o a esa madrina mentora que te recomienda lecturas que ayudan a construirse. Así que la búsqueda ha sido siempre más bien heterodoxa. También me encontré con *El almuerzo desnudo* de Burroughs. Me enganchó. Me resultaba un libro enfermo, un libro que querías leer y que al mismo tiempo te intoxicaba leer.

—Es que Burroughs estaba enfermo. Era un yonqui con las visiones enloquecidas de un yonqui. Pero también alcanzaba momentos muy lúcidos, el cabrón terminó arremetiendo contra todo. ¿Sabes cómo empezó a escribir?

—No.

—Matando a su mujer. Siempre ha asegurado que ese fue el detonante. —Pausa dramática y trago. El placer íntimo de saber que has captado la atención de la audiencia. El ego del narrador sumado al del protagonista. Iosu continuó—. Le apasionaban las armas. Era un mono con pistola. Un día que debía de ir muy colocado estaba jugando a hacer puntería con Joan Wollmer, que entre otras cosas ejercía de su mujer y de madre de su hijo. Disparó y la mató.

—¡Qué crudo! Todo.

—Él contó que aquella fue la primera vez que le poseyó una especie de espíritu oscuro. El consabido conflicto interno.

—Ha de ser terrible matar por accidente a la persona a la que amas. La culpa te perseguirá siempre, allá donde vayas. Siempre que en el fondo no quisieras matarla...

—O liberador. Depende de lo que esa persona represente para ti en ese momento.

La cháchara intelectual, divulgativa o seudofilosófica me resultaba útil como vía de escape, como resguardo temporal ante el dolor de las ausencias. Para Iosu constituía también un modo de mantenerme entretenida, y yo lo valoraba, aunque no dejase de estar anclado en su tono. Iosu nunca ha sido precisamente un ser de luz, más bien el tipo de compañero de piso que te propone ver un drama iraní después de un día aciago para terminar de hundirte en el pantano. Yo misma había elegido en el videoclub un par de días antes *Mi vida sin mí*. Una mujer con pareja y dos niñas pequeñas descubre que le quedan meses de vida. A los 23 años. Sí, en ocasiones Iosu y yo buceábamos en las mismas aguas. Pero a diferencia de él yo no necesitaba colonizar el fondo y construir allí mi palacio. Me bastaba con tocarlo para volver a subir.

A Laia y a Albert *Mi vida sin mí* no les terminó de convencer, pero a mí la película de Isabel Coixet me había resultado luminosa, me había conciliado con la vida. Ann, la protagonista, recoge en una lista las cosas que quiere hacer antes de morir. Acostarse con otros hombres para saber cómo es hacerlo con alguien diferente. Ponerse uñas postizas. Decir te quiero más veces cada día a sus hijas. Fumar y bebérselo todo. Conseguir que un hombre que no sea su marido se enamore de ella. En esa celebración absoluta de La Vida antes de irse, Ann llevaba a término todo lo recogido en su lista. Decidí redactar la mía.

Cosas que Hacer Tras la Muerte de Mi Madre

1. No perder un minuto con lo que no merece la pena. Aplicarlo a personas y a situaciones.

• Dejar de aguantar en bares, conciertos y clubes a tipos que no me interesan y no conozco solo para evitar herir su ego.

• Hacerme la sorda ante las quejas diarias del informático sobre su trabajo. Si estás tan harto, ten el valor de marcharte, pesado.

• Apartarme de las personas amargadas de toxicidad testada y de las vampiras emocionales. Iosu se libra. Es vampiro y es tóxico, pero solo para sí mismo.

2. Dedicar tiempo y energía exclusivamente a lo que está en mi mano mejorar y dejar de obsesionarme con lo que no. «Señor, concédeme serenidad para aceptar todo aquello que no puedo cambiar, valor para cambiar lo que soy capaz de cambiar y sabiduría para entender la diferencia». Amén.

3. Viajarlo todo, abrir el mundo que está a 10 000 kilómetros del nuestro, a 1000 y a 10, eligiendo muy bien compañía y momento vital.

4. Salir del pelo corto, dejar que crezca más allá de la nuca y superar ya la terrible fase de paje.

5. Averiguar la identidad del personaje navarro con el que me conecta siempre Iosu. Tomármelo como un encargo profesional. Me va a venir bien, mamá. Tengo que conseguir dejar de pensar en ti todo el tiempo y hacerlo solo tres o cuatro veces al día.

Decidí comenzar por el final. Aprovecharía los contactos de Iosu.

—Voy a averiguar quién es aquel tipo de los bajos fondos al que según tú te recuerdo, el que era de Estella o de Corella. Entre lo de mi madre y lo de mi padre necesito tener la cabeza ocupada cuando no trabajo.

—Los bajos fondos. Veo que esto se pone serio. Tú mandas, voy a llamar a alguien que nos puede contar algo.

Sacó el móvil y mantuvo una conversación breve de viejos amigos que hace tiempo que no se ven, una conversación de hombres, con sus palmadas telefónicas y sus insultos afectuosos. Acordamos encontrarnos al día siguiente con un tal Carlos en una cafetería de Sarrià.

Para cuando llegamos a la cita, gracias a la información que me había proporcionado Iosu había podido construir su perfil. Reportero de prensa, en los 80 Carlos se había dedicado al periodismo de investigación en *Diario 16*. Cuando se encontraba en pleno estallido vocacional le había tocado una época fructífera para la crónica política, Terra Lliure en su punto álgido, los años de plomo de ETA y el terrorismo de Estado del GAL. No era ser Kapuściński en África, pero no estaba mal. Por lo que había podido leer entre líneas, la entrega adictiva a este tipo de periodismo durante aquellos años y las rutinas semiclandestinas inherentes, en muchos casos nocturnas y etílicas, habían terminado por pasarle factura. Para mediados de los 90, por presiones conyugales y quizá también por pura supervivencia, Carlos Zamora ya se había reciclado y reconvertido en editor de una cabecera de viajes en Barcelona. Algo mucho más inocuo. Lo que no había hecho es dejar de beber.

Cuando entramos a la cafetería lo encontramos terminando de refrescarse con una caña recién servida y pidiendo la siguiente.

Era la pareja perfecta de Iosu, compartían generación, ritmo en barra y entrega a las adicciones, cada cual a las suyas. Trasladaron los rituales del reencuentro telefónico previo al presencial. Se palmearon la espalda con profusión mientras se abrazaban y se intercambiaban algún cabrón y algún *fil de puta*. Iosu me presentó y, al acercarse para saludarme, a Carlos se le asomó la mirada que pondría un zorro ante un corral de gallinas tras unos días sin probar bocado. Me noqueó un aroma asociado a la virilidad: cuero, madera e incienso; olía también a Camel y a un alcohol que no era el de la cerveza. Whisky. Cuando nuestras caras se aproximaron para intercambiar los dos besos de cortesía vi ampliada la red de venitas rojas que pugnaban por llegar al iris igual que los espermatozoides al óvulo. Otras más cubrían como una telaraña una nariz protuberante. De manual. Me fui al baño para darles tiempo a ponerse al día de posibles intimidades y a la vuelta Iosu ya le había situado acerca de nuestro vínculo profesional y del motivo del encuentro.

—Así que eres estellica.

—Veo que manejas el dialecto local.

—Durante unos años mantuve relación con algunos navarros, sí. El tipo del que te ha hablado Iosu también era de respuesta rápida y de Estella. O de algún pueblito de por allí, no recuerdo bien.

—¿Qué sabes de él?

—Podría definirlo como la clase de persona con quien es preferible no cruzarse salvo que seas muy amigo o familia. Hace tiempo que le perdí la pista. Cuando trabajaba en *Diario 16* seguí muy de cerca el tema de los GAL.

—Pocos años, pero muy oscuros.

—Y más oscuro cuanto más sabes, mucho más, te lo aseguro. Buscar información sobre los GAL es como hacer submarinismo en una fosa séptica. En aquellos años contacté con presuntos confidentes, delincuentes de poca monta, camellos. En encuentros sucesivos te vas ganando su confianza para que te cuenten cosas, o les pagas, a veces no existe otro modo de obtener información. Y entre toda esa gente había un tipo cuyo nombre aparecía de vez en cuando en las conversaciones. Lo llamaban Lejo.

—¿Y qué hacía él? ¿A qué se dedicaba?

—No era un mercenario, él no mató a nadie. Más bien se trataba de una especie de empresario de perfil un poco turbio que mantenía diversos pequeños negocios, ninguno demasiado legal, y que sabía moverse como una anguila entre dos aguas. Se relacionaba con ejecutivos de Sarrià con la misma naturalidad con la que lo hacía con chanchulleros del Chino. Se decía de él que también estaba metido en el narcotráfico, no a un nivel alto, pero sí que pasaba heroína a la Guardia Civil del cuartel de Intxaurrondo.

—¿Cómo dices?

—Hubo un tiempo a mediados de los 80, cuando había empezado a actuar el GAL, en que a la Guardia Civil de Intxaurrondo, con Galindo al mando, se le acusó de utilizar la heroína en el País Vasco para desactivar la insurgencia juvenil del momento.

—La canción de Negu Gorriak, *Ustelkeria*.

—Sí, la conozco. Galindo los demandó, pero al final ganaron ellos. Hubo algún jefe de Policía Municipal guipuzcoano que sostenía esa tesis, porque sus agentes habían visto por la calle coches que surtían de heroína a los camellos de la localidad, los habían seguido y habían descubierto que aquellos coches entraban al cuartel de Intxaurrondo. Existió también un fiscal, Navajas, que recogió en un informe todo esto e intentó que se llevara adelante una investigación, pero no prosperó. En todo aquel mundillo de empresarios guipuzcoanos conectados con la droga, algunos se situaban muy cerca de los GAL. Pero demostrar las conexiones resultaba complicado, la madeja estaba muy liada. Y este tal Lejo aparecía y desaparecía al tirar del hilo. Se comentaba que vendía heroína a los guardias civiles que ellos después empleaban para pagar a sus confidentes.

Iosu no pestañeaba. El relato lo había atrapado tanto como a mí.

—De todo lo que estás contando, Carlos, yo no tenía ni idea. En la época que compartimos aquí, Lejo era un tipo divertido, se le veía listo, buscavidas, pero sin ir más allá.

—Nunca se demostró su vinculación con nada, nunca lo pillaron. Más tarde incluso coincidimos en una coctelería muy fina de Santaló, aquí en la parte alta. Él estaba sentado al fondo de la barra con una mujer espectacular, prostituta de lujo, diría, y le soltó una bofetada tremenda. El dueño le pidió amablemente que no pusiera los pies en su local nunca más. Y no lo volví a ver. De esto hará más de veinte años.

—¡Qué historión! ¡Si es de Estella tengo que conocerlo!

—Era de allí, seguro. Me estoy acordando ahora de todo aquello. Llegamos a conocer incluso los puntos que empleaban para la entrega de la heroína. Uno de los que utilizaban aquí, en Barcelona, era un bar del Born. Una de esas ratoneras en las que, una vez has entrado, sabes que si se declara un incendio no saldrás vivo. Semisótano, barra de madera y cuatro mesas. Recuerdo que estaba en el carrer del Brosolí, junto a un restaurante donde preparan muy bien las *fondues*.

Tenía que ir. La conversación con Carlos constituía un punto de inflexión. Hasta ese momento el relato en torno al personaje se había construido sobre recuerdos de testigos que poblaban el ecosistema nocturno de Lejo, Iosu, el propietario del Pastís, Carmen de Mairena. Al perfil mundano de estas narraciones se sumaba ahora un testimonio documentado, el de un periodista de investigación curtido que había dedicado innumerables horas de oficio a indagar y que también había ocupado el rol de testigo directo. Quizá se tratara solo de deformación profesional, porque la periodista seguía viviendo dentro de la editora, pero empezaba a sentir que el escenario de mi investigación cobraba forma. Lejo daba un paso adelante. Casi escuché cómo salía caminando de mi plano mental y entraba en la realidad que puedes tocar y oler. ¿Quién eres? Estoy segura de que te conozco. A ti, a tu pareja, a tus hijos si los hay. ¿Sigues viviendo hoy en Estella? Con esa trayectoria lo más probable es que no. Encajarías mejor en Barcelona, o en Madrid. O en Alcalá Meco, quién sabe.

Por las referencias que me había trasladado Iosu, ahora Lejo debía de rondar los sesenta años. Repasé mentalmente personas de mi lugar de origen en las que podrían coincidir esa edad y ese perfil económico. O quizá la cosa no iba por ahí. Quizá no estaba cobijado bajo el paraguas de los grandes apellidos y el tal Lejo se ajustaba al patrón del hombre hecho a sí mismo. Quizá era un listo inteligente.

30

Como estrategia de autodistracción había resultado un éxito. Al día siguiente no tenía otra cosa en la cabeza. Sentí como algo liberador despertarme sin que mi primer pensamiento fuera para mi madre. Cuando se te abre un agujero, rellenarlo con lo que encuentras más a mano no hace que desaparezca, pero sí que dejes de verlo a todas horas. La ausencia de mi madre me seguía acompañando y cada día me sorprendía conectando con ella en cualquier circunstancia con la que antes nunca la hubiera asociado. Sí, me iba a sentar bien mantener la atención enfocada en algo al margen del trabajo ahora que la relación con Quim se había desdibujado. Como se veía venir, en nuestro caso el código de la amistad se había impuesto al vínculo del deseo, a la intimidad que a veces nos atrapa en las relaciones de pareja. Aquellos días no me acompañaba el tipo de impulso que nos hace recurrir a la agenda de amigos-amantes, así que disponía de todo el tiempo no laboral para concentrarlo y dirigirlo a mi nuevo objetivo, Lejo.

Al salir de Hedonai cogí el metro hasta Jaume I, crucé Vía Laietana y enfilé el carrer de l'Argenteria. Lo recorrí sin entretenerme en las joyerías de plata que mantenían el legado histórico de la calle, las tienditas de ropa y complementos, los *halls* de hoteles con encanto y una de las primeras tabernas de sello vasco que habían puesto la pica y la barra de *pintxos* en esta Flandes para foráneos y turistas. Evité todas las trampas. Cuando me impongo una misión, mi atención discrimina estímulos, reúne a su equipo neuronal, lo enfoca y lo enfila en una dirección única. Me pongo paramilitar.

Me detuve. Ante mí, a la izquierda, se abría el carrer de Brosolí. Un callejón estrecho coronado a su entrada por un techo bajo sostenido por vigas de madera y un arco de piedra. Un umbral. Lo era, la puerta hacia un descubrimiento de dimensiones difícilmente anticipables. Entré. Unos metros más adelante encontré un restaurante. La Carassa. Me asomé por los cuarterones de la ventana de madera. El interior resultaba acogedor al modo en que se espera que lo sea la casa de tu abuela. Un destacamento de vasos, copas, jarras y vasijas de cristal se alineaba displicente en alacenas recubiertas de paños bordados, y unas mesas redondas y hogareñas ofrecían mantel planchado y jarrón con flores secas por encima y quizá brasero y gato dormido por debajo. Eché un vistazo a las fotografías que los propietarios habían adherido con celo a los cristales. *Fondues* humeantes. Revisé las tarjetas de visita que habían dejado sobre un barril junto a la puerta. Sin duda me hallaba ante el restaurante al que se había referido Carlos. Así que al lado debía de encontrarse el bar que ejercía de punto de entrega de la heroína.

Si, conforme a su descripción, se trataba de un semisótano, entendí que debía de contar con algún respiradero, una ventana enrejada a ras de suelo quizá, aunque no tenía por qué. Conocemos bien unos cuantos tugurios sin un solo orificio por el que penetre el aire exterior. Rastreé ambos lados de la calle. En los primeros metros no había ninguna ventana baja, únicamente el esqueleto de una bici encadenada a una tubería, a la que habían extraído con precisión quirúrgica el sillín y las ruedas, y una pila de bolsas de basura con formas y volúmenes tan eclécticos que hacían preferible no aventurar su contenido. No iba a resultar tan fácil. Seguí caminando. Puertas cerradas de diverso tamaño, antigüedad y contrachapado se sucedían a lo largo del callejón. Posibles almacenes, trasteros, las múltiples formas que adoptan las guaridas de Diógenes. Descubrí a la derecha una pequeña puerta entreabierta que permitía adivinar cierta vida interior. Me asomé. A un lado, una barra capaz de ofrecer cobijo a lo sumo a tres personas y la luz macilenta de un fluorescente tatuado por multitud de excrementos de mosca, y al otro, en semipenumbra, dos mesitas bajas rodeadas de taburetes, uno de ellos cojo. Tras la barra, en los estantes de aluminio devorado por el óxido y anclados a una pared desconchada, sobrevivían un par de botellas que contenían un líquido ambarino, quizá coñac. Olía a pis de gato y a moho. Una mujer encorvada emergió de la barra. Aparentaba más ochenta que sesenta años.

—Perdone, estoy buscando un bar…

—Este no es.

—Se parece bastante al que busco.

—No, este lleva años cerrado. No hay manera de traspasarlo ni venderlo a un precio decente.

Normal. Era una topera. Costosa de colocar en el mercado incluso para los parámetros de Barcelona, donde cualquier hueco de 3 m^2 con paredes y techo en un barrio lujuriosamente turístico como el Born era susceptible de ser convertido en crepería, bocatería premium o paraíso orgánico del zumo. En 24 horas.

—¿Le suena si todavía se conserva en esta calle una taberna pequeñita que funcionaba en los años 80?

—A mí ya no me suena nada.

La vieja volvió a agacharse y desapareció tras la barra.

Alentadora entrada en materia. Cabía la posibilidad de que la taberna en cuestión ya ni siquiera existiera, habían transcurrido más de quince años desde que el tal Lejo la empleara para sus negocios.

Unos pasos más adelante se me terminó el callejón y con él, la esperanza. ¿A quién pretendía engañar? Este no era mi terreno, ni yo la detective nórdica con olfato de dóberman y mirada de hielo. Hasta aquí llegaba el hilo del que tirar. ¿Y ahora qué? ¿Volver a citarme con Carlos para tratar de que me proporcionara algún dato extra? Pensaría que me había cegado el fulgor de sus investigaciones pretéritas y malinterpretaría la intención del encuentro. O creería que me había obsesionado con el personaje. En esto último acertaría. Volví sobre mis pasos. Cuando me separaban unos metros del esqueleto de la bicicleta reparé en algo que antes no había llamado mi atención. Una puerta de madera pintada del mismo gris sucio que la pared. Camaleónica. Sobre ella un tejadillo mínimo improvisado con una tabla de tres palmos de anchura y un par de escuadras metálicas. Unas gotas gruesas golpearon contra el suelo. Comenzaba a llover. Me refugié bajo el saledizo y al alzar la mirada para averiguar si se avecinaba una auténtica tormenta lo descubrí. En la cara interior de la tabla que me guarecía aparecían escritas dos palabras pintadas a brocha en un naranja diluido pero aún legible, Casa Pinto. Me pareció un mensaje para iniciados. Si no se te ocurría levantar la cabeza en la posición exacta en que me encontraba, el nombre del local pasaba desapercibido. Solo sabrías que habías visitado Casa Pinto al abandonarla, cuando al subir los escalones que conectaban el semisótano con el nivel de la calle el propio ascenso te hiciera mirar hacia arriba. Tenía que ser aquí.

Presuponiendo que la puerta llevaría años cerrada, tiré con fuerza de la manilla. Tras una pequeña resistencia y un chirrido desengrasado quedaron a la vista unos escalones descendentes. Bingo. Bajé los nueve peldaños tratando de mantener un equilibrio inverosímil entre ligereza despreocupada y precaución. Tres miradas y un silencio me esperaban abajo. Dos abuelos con aspecto de viejos marinos mercantes, viejos pescadores o simplemente viejos que han atracado para siempre en la misma mesa desviaron los ojos de sus fichas de dominó en dirección a la intrusa, y un camarero aún corpulento que debería haberse jubilado en el siglo anterior alzó las cejas y el mentón en dirección a mí.

—¿Qué busca?

Parecía acostumbrado a lidiar con el turista eternamente perdido en el laberinto de callejuelas del Born. El suyo no era el tipo de bar que se elige para reunirse con amigos, con parejas, con amantes, ni siquiera con enemigos. Me sorprendió encontrar en esa clase de madriguera una máquina de café.

—Un cortado por favor.

Ante la evidencia de que lo improbable había sucedido, el camarero me mantuvo la mirada un par de segundos y se encogió de hombros al girarse, dando a entender que existían muy pocas cosas que pudieran sorprenderle. Recogí el café y desplegué *El Periódico* en una de las tres mesas que quedaban vacías. Con una ingenuidad considerable pretendía parapetarme en su lectura. La detective nórdica no emplearía un recurso tan elemental. Funcionó. Enseguida dejé de concitar el interés de los presentes. Los viejos retomaron su partida y el camarero de coleta y barba canosas se perdió en un cuartucho que debía de ser la cocina, el almacén o una fosa séptica, quién sabe. Me dediqué a radiografiar el bar. Fotografías de boxeadores en blanco y negro cubrían tres de las cuatro paredes. Algunas aparecían fechadas, 1957, 1961, 1962. Descubrí que todos los boxeadores eran el mismo. Lanzando un *hook* letal a una mandíbula aún cuadrada, defendiendo el flanco, a punto de pulverizar unos abdominales metálicos, negros y húmedos con un *uppercut*, en pose triunfal y sudorosa con la ceja partida y un puño en alto sostenido por el árbitro, con una sonrisa abierta, sangrante y deformada ante los *flashes*. Entre las fotos colgaban de clavos herrumbrosos un puñado de medallas. Parecía que el tipo había alcanzado cierta gloria. Aunque completar el trayecto entre el antes y el después requería imaginación, resultaba factible que el hombre corpulento de coleta blanca que hoy servía carajillos a aficionados al dominó hubiera vivido de tumbar a armarios roperos con sus puños. Recibir, esconder y entregar paquetes comprometidos cuyo contenido quizá desconociera habría supuesto un extra a los ingresos generados por el ring en sus años dorados. Si lo que me había contado Carlos era cierto, este local semienterrado había ejercido de centro de operaciones en Barcelona para Lejo. La cuarta pared, la que sostenía tres hileras de botellas, vasos y copas, comulgaba con el resto del santuario pugilístico, pero diversificaba el culto. La recorrí con la mirada deteniéndome en cada pieza. Dos pares de guantes de cuero desgastado flanqueaban un estante en el que se apretujaban una virgen fluorescente encajada entre una botella de Ballantine's y otra de ratafía Bosch, un collar hawaiano polvoriento enroscado a una botella con las formas portentosas de un cuerpo femenino que podría contener agua de fuego y, junto a ella, dos maracas, un fez rojo, un mono en cuclillas que sujetaba con las manos dos platillos de hojalata y seis cajas de Rössli y Farias apiladas en equilibrio sobrenatural. El desfile de *souvenirs* concluía con una barretina que coronaba una hucha y una bola de cristal. Este último objeto se me hizo extrañamente familiar. Traté de difuminar todo lo que la rodeaba y concentrarme en ella. Era una de esas esferas de cristal que cuando se agitan convierten su interior en un paisaje nevado. Afilé la mirada como mi padre me indicaba cuando me enseñó a disparar. Reconocí el paisaje. ¡Era la sierra de Lokiz! ¡La sierra de Ganuza, el pueblo de mi madre! El pueblo en el que pasábamos todos los veranos desde que nací. Mi pueblo.

Se estaba produciendo una colisión entre los planos de dos realidades paralelas y yo me encontraba en el núcleo. ¿Qué hacía mi pueblo dentro de este tugurio de Barcelona? Me acerqué a la barra. La calidad de la reproducción era magnífica. La talla dentro de la esfera calcaba a escala muy reducida el perfil imponente de las peñas, el circo natural de paredes escarpadas que corona una ladera verde en descenso hasta el valle. Con ese tamaño el macizo rocoso se asemejaba todavía más a una dentadura ligeramente mellada hacia la mitad, a la altura del puerto viejo, el paso natural a la sierra desde el camino que parte de Ganuza. La representación estaba tan conseguida que en uno de los molares de piedra se reconocía la caries a la que me recuerda siempre el agujero de San Prudencio. En esta gruta oscura que a tramos solo permite avanzar de rodillas habíamos encontrado durante una excursión adolescente esqueletos de buitres y el cráneo de una cabra. Para nosotros, huellas incontestables de *akelarres* celebrados siglos antes de que nos asomásemos a esa ventana natural y nos quedáramos anonadados ante la belleza del valle. ¿Qué hacía ahí ese pedazo de mi vida? Me interrumpió el tintineo de las monedas en el cajón de la registradora al abrirse.

—Os cobro. Tengo que cerrar.

No podía dejar pasar la oportunidad.

—Es preciosa esa bola de cristal.

La miró por encima del hombro mientras devolvía el cambio a los dos abuelos.

—¿Sabe de dónde es?

—Debe de ser una sierra del norte. Me la regaló un antiguo cliente que solía venir con una amiga de aquí, del barrio.

—¿Recuerda cómo se llamaba?

El brillo de la desconfianza en sus pupilas.

—No, fue hace mucho. ¿Por qué?

—Me ha hecho ilusión reconocer el lugar, conozco bien esa zona y tengo amigos allí. Se me ha ocurrido que podría ser uno de ellos, sin más.

Amplia sonrisa de desencanto infantil. Alarma desactivada.

Se giró para colocar la caja con fichas de dominó en el estante que se encontraba sobre la bola.

—La amiga del tipo que me la regaló solía trabajar en la Rambla del Raval. Hace mucho que no la veo. Suzanne creo que se hacía llamar.

En cuanto respiré el aire de la calle tuve claro el siguiente paso. Laia. Unos años antes había realizado un documental sobre personajes históricos del Raval. Había entrevistado a un buen puñado de vecinos y habituales del barrio.

—Podría buscarte los teléfonos, pero lo más directo es que contactes con Aina Taulet. Trabaja en una asociación que lleva treinta años atendiendo a las prostitutas del Raval. Encontrarás su oficina en Nou de la Rambla con avinguda de Drassanes. Lo sabe todo, es oro esa mujer.

31

Barceloneta-Les Corts. Mi padre rumia su mantra mientras se agacha con dificultad para arrancar las hierbas que han ido creciendo en el jardín aportándole la frondosidad, la consistencia y la textura de una pequeña selva que solo alcanza a acariciarte los muslos. Malas hierbas. Las buenas las sembró mi madre. El cuidado del jardín era una de las escasas tareas compartidas entre los dos. Ella podaba los arbustos de tomillo, el acebo y los rosales, les sacaba esquejes para regalar o replantar y distribuía entre el ciruelo japonés y el árbol del amor figurillas de piedra hiperrealistas: un perro salchicha, un cervatillo, dos querubines que comparten un secreto boca-oído. De la construcción y el mantenimiento se había encargado mi padre. Él había levantado con bloques de hormigón el murete exterior y sobre él había anclado con cemento la valla metálica. Había instalado una puerta verde y rellenado el terreno rectangular interior con una profunda capa de tierra para después sembrar el césped, plantar dos árboles y un seto que protegía el perímetro y nuestra intimidad. Él se encargaba de podarlo todo una vez al año con una motosierra pavorosa y un riesgo creciente de desnucarse encaramado a la escalera y él abría la llave de paso cada noche de verano para mantener la frescura de este edén mínimo y maravilloso con el silbido de los aspersores. Si mi padre no hubiera sido siempre un hombre bueno, habría pensado que los había colocado discreta y estratégicamente para que mi madre y yo nos astilláramos las falanges de los dedos con los puñeteros aspersores al caminar descalzas sobre la hierba recién regada. Los hombres buenos también traman sus pequeñas venganzas.

El jardín se ha quedado tan huérfano como yo y me escuece lo referencial que es todo, lo lineal que es el camino que te conduce a quien ya no está.

—¿Ves eso blanco en medio del monte?

—Lo veo.

—Es la Peña Rajada, se decía que la partió en dos el arcángel San Gabriel con una espada.

—Eso se decía, ¿eh? Era Thor, el arcángel.

—Yo creo que se desprendería de las peñas en alguna tormenta fuerte.

—Estoy contigo. Deja las hierbas que arranques en esa carretilla, papá.

La sierra de Lokiz se mostraba rotunda y segura de sí misma. Imponente con su falda verde y su franja de cielo azul intenso sobre los hombros. Me asaltó la imagen de la esfera de cristal. La bola que había encontrado en Casa Pinto tres días antes representaba esta misma perspectiva frontal, la que se abre a todo el valle. ¿Cómo había ido a parar un pedazo de mi pueblo a un bar de Barcelona?

—Papá, hace años teníamos en casa un pisapapeles, sobre tu mesa de trabajo. Era una bola de cristal con una torre Eiffel dentro. Cuando la agitábamos nevaba en París.

Mi padre sonríe y asiente. A veces rescatamos algo, la pepita dorada en el lecho del río.

—¿Has visto alguna vez un pisapapeles como aquel pero que en vez de la torre Eiffel tuviera dentro estas peñas?

Se encoge de hombros y enarca las cejas estupefacto.

—Imposible, no cabrían. Se te ocurren unas cosas…

Y vuelve a lo suyo. El mecanismo cerebral de mi padre recupera la inercia de su movimiento mecánico. La ruedecilla retoma el giro en el punto exacto en que lo había detenido mi pregunta y la pulveriza como a un hierbajo reseco quemado por el sol. Por esta vía no voy a conseguir nada.

—¿Y tú te has fijado en eso blanco que sobresale en medio del monte?

—Sí, lo veo.

—Es la Peña Rajada, se decía que la partió en dos el arcángel San Gabriel con una espada.

—¡Vaya!

—Aunque yo creo que se caería de las peñas. ¿Qué crees tú?

—Lo mismo. En alguna de esas tormentas poderosas que nos sacuden en verano, seguramente.

—Sí, eso me parece a mí.

Lanzo un puñado de tallos verdes con raíz terrosa a la carretilla y rescato un caracol que se ha detenido ante el pie izquierdo de mi padre antes de que lo triture sin pretenderlo.

—Mira, esto igual no lo sabes tú.

—A ver.

—¿Ves esa mancha blanca que destaca en medio del monte?

—La veo.

—¿Sabes qué es?

—Creo que la Peña Rajada, ¿no?

—Muy bien. Se decía que la partió en dos el arcángel San Gabriel con una espada.

—Qué poderío, el arcángel, menuda fuerza. Tendríamos que haberlo llamado hoy para arrancar las hierbas.

—Qué cosas se decían. Se desprendería de las peñas por algún rayo.

—Claro. ¡Abajo la religión! ¡Arriba la geología y la meteorología!

—Tu madre te diría que para haber ido a colegio de monjas no crees en nada.

—¡Cómo te has acordado de lo que me decía!

—Oye, estoy pensando… ¿Tú sabes qué es esa cosa blanca que se ve allí?

La ventana de la casa mental donde viven los recuerdos que se había abierto dos segundos antes se cierra. Escucho el clac. Se trata de una casa cada vez más desdibujada en la que los perfiles de las cosas se van difuminando hasta borrarse conforme avanzan los días. Una mañana desaparece una cama; la siguiente, un salón; la tercera, una persona. Los comentarios de mi padre se han transformado en series que tienden a n, son infinitas. Las secuencias pueden llegar a repetirse a sí mismas *sine die* si no introduces un elemento disruptivo, algo que haga que su maquinaria cerebral bloquee el mecanismo de la repetición para activar otro. Aunque hacerlo tampoco garantiza el éxito. Cuando comenzó a ocurrir, cuando su memoria empezó a ponerse a cero cada pocos minutos para replicar incontables veces un mismo fragmento de conversación, una pregunta, una hipótesis o una afirmación, en un alarde de ingenuidad y desconocimiento de todo lo que entraña el proceso de deterioro cognitivo del alzhéimer, yo le ofrecía siempre la misma respuesta. Si él reincidía con su pregunta, yo calcaba mi contestación. Creía que así lo envolvería en la seguridad confortable de las certezas y que, a fuerza de escuchar siempre el mismo mensaje, mi padre lo interiorizaría y asimilaría su contenido. Creía que así se daría por satisfecho y podríamos saltar a otra cosa. Todavía confiaba en que existía la posibilidad de construir algo sólido sobre las arenas movedizas, solo era cuestión de encontrarla. Ya con el tiempo fui comprobando que la partida no se jugaba así, hasta que una lucidez definitiva me abrió los ojos a la crudeza de las evidencias. No había partida que jugar, la suerte estaba echada desde el principio. A partir de ese instante abandoné toda estrategia y me limité a introducir sutiles variaciones en las respuestas para no aburrirme. Lo siguiente fue cruzar la línea de la razón y quedarme a vivir en el Reino del Absurdo. Infantil, evasivo y simple.

Liberador.

—¿Tú ves eso blanco y pequeño en medio del monte?

—¿Será un huevo cocido?

—¿Cómo va a ser un huevo?

—¿Será pequeño porque es pequeño? ¿O será que nos parece pequeño porque está lejos?

—Qué cosas dices. Un huevo. Es la Peña Rajada. Antes se contaba que está separada en dos desde que la partió el arcángel San Gabriel con una espada.

—Espada láser sería.

—No sé yo… No creo.

—Tienes razón, no puede ser. Si llevara túnica y espada láser el arcángel no estaría aquí, estaría en *Star Wars*.

—¿Estarguos? ¿Dónde queda eso?

—Bastante lejos.

—No sé… Yo creo que en alguna tormenta se caería de las peñas.

—O la arrancaría alguien utilizando una palanca.

—¿Quién?

—Antonio, el de Ollobarren. Ese hombre tiene pinta de poder levantar un camión con una mano.

Entonces mi padre frunce el entrecejo, me mira como si me acabara de volver loca y deja el tema. Toma. 1-0, alzhéimer.

Subo la cuesta de la iglesia empujando la carretilla que ahora es una colina temblorosa de hierbas silvestres cuajada de diminutas flores amarillas y mi padre me acompaña. A su ritmo, cada vez más lento. Por suerte se trata solo de un montón de hierba, aunque por lo que nos cuesta llegar arriba podría ser de ladrillos.

A la vuelta tendré que bajar atenta a sus pies, sujetando la carretilla con una mano y a él del brazo con la otra. Me conozco muy bien estas pendientes. Sí, son de esas. Son de las que pueden activar al amigo párkinson, la aceleración incontrolable del paso y la imposibilidad de frenar. Nos lo sabemos, son muchas las consultas al médico y a Google. Bueno, voy a dejar de sobrevalorar mis capacidades. Va a ser mejor que bajemos él y yo solos. Volveré más tarde a por la carretilla.

Conforme salvamos el último tramo de pendiente y conquistamos terreno llano, mi acompañante reflexiona en voz alta acerca de lo bien que le vendría al jardín pasar la guadaña que nunca hemos tenido y lo tranquilizo prometiéndole que por supuesto, la pasaremos después de comer, mientras me pregunto si seré capaz de poner en marcha el motor de la segadora y devolver la selva virgen a su condición domesticada de césped sin rebanarme un pie. No lo he hecho nunca. Las segadoras parecen mansas, pero sé que a veces se rebelan.

Estoy viviendo otra etapa más de Primeras Veces. La siguiente estación. En poco tiempo me he encontrado sustituyendo a mi padre, después a mi madre, y ahora ya para siempre, a los dos. Me he descubierto estrenándome en multitud de tareas en las que me sumerjo con resolución y con la alegre inconsciencia de quien no se plantea si está capacitada al 100 %, al 70 o al 40, ni si posee las diez aptitudes que LinkedIn enumera como necesarias para el puesto, o solo tres, o ninguna. Simplemente hago lo que hay que hacer. Hoy, un cocido. Tu padre no sabe estar sin sopa un domingo. Ya, mamá, y yo no sabía ni qué tenía que pedir en la carnicería para prepararlo. Ay, chica, tan lista para unas cosas y tan tonta para otras. La madre que me parió.

Desde que esta madre mía se fue, la cuidadora que venía unas horas cada mañana para solventar las necesidades de la logística paternal se trajo el cepillo de dientes y se instaló en casa. Como los amantes que aspiran a más. Ahora contamos con una empleada interna con su contrato, su seguro, sus días libres y su salario extra si trabaja festivos y fines de semana. Me he convertido en empleadora y consulto mis dudas con agentes sociales de sindicatos para conocer derechos y obligaciones laborales de las empleadas domésticas. Dos fines de semana al mes trabaja y los otros dos voy yo, cada quince días. En avión o en coche, el romanticismo del tren exige otro tempo. Gabriela es una mujer paciente, tranquila y colombiana. Acostumbrada a todo. Se crio en Cali y era una veinteañera risueña, según muestran las fotografías que ha pegado al espejo de su dormitorio, a la que le encantaba bailar cumbia cuando los hombres del cartel empezaron a controlar primero los barrios y la ciudad y más adelante las rutas internacionales de la coca repartidas con el cartel de Medellín y el del norte del valle. Como hasta el momento nunca he viajado a su país ni cuento con otros relatos de primera mano, si pienso en Colombia solo veo café y cocaína, y si trato de visualizar la Cali de los 80 la figura del narco popularizada por Escobar es lo primero que me viene a la cabeza. Del mismo modo que a mi compañera de piso de Barcelona pensar en los vascos en aquellos mismos años 80 la conducía a metralletas, coches saltando por los aires y disparos en la nuca. La Cali de la que habla Gabriela, únicamente cuando le pregunto, es la Cali frondosa y alegre, la de la falda corta, el bochorno veraniego y el invierno inexistente comparado con el de aquí, la Cali de la casa de su madre y de la que espera construir para retirarse cuando vuelva con todo lo que va ahorrando. No gasta apenas. Solo en *leggings* y sudaderas, maquillaje y peluquería. Es muy coqueta y me cuenta que en su país practicarse una reducción de estómago y una liposucción cuesta cinco veces menos que aquí, así que estoy esperando a que vaya de vacaciones para ver cómo vuelve. Lleva ya unos cuantos años a este lado del Atlántico. Y sí, es cierto. Gabriela es una mujer acostumbrada a todo.

Yo no.

He tenido que ir aprendiendo.

A convencer a mi padre de que tiene que utilizar pañal y a verle bajar la mirada humillado y vencido cuando le hice separar las piernas para colocarle el primero. Esto no me hace falta. Ya, pero es mejor que nos lo pongamos. No quiero llevarlo puesto. Lo sé, papá, venga, es solo por si acaso.

A pedir la Black & Decker y un poco de ayuda al vecino para instalar agarraderas en el baño porque no encuentro su maletín con el taladro y las brocas y traer de Barcelona como equipaje de fin de semana el que me regaló me resulta excesivo.

A ducharlo llegando a todos los lugares que pertenecen únicamente a uno mismo y hacerlo sin inundar el baño cada vez.

A vestirlo y desvestirlo tras haber buscado en mercerías calcetines sin elástico para que no le empeoren la circulación y pantalones y camisas cada vez más amplios, porque cuando el hipotálamo ya no controla el apetito y deja de activar la sensación de saciedad es imposible no engordar, o no imposible, pero sí un esfuerzo titánico y agotador para quien te cuida e intenta evitar que te metas a la boca todo lo que encuentras. Media barra de pan, un paquete de galletas, un plátano, una pila, la tapa de plástico de una calculadora, unas cerezas de cristal de Murano que mi madre trajo de un viaje a Italia. No le importó que Venecia estuviera sucia y masificada. Le pareció una ciudad prodigiosa. Si estuvieras aquí, mamá, te llevaría a Venecia ahora mismo.

Enchufo en el baño el radiocasete. Es un Philips plateado y esférico como un ovni. Hoy ya podríamos decir que es retro, o *vintage*. Aunque solo es viejo. Lo compró también mi madre, por supuesto, y lo inauguró con un CD de rancheras, como quien estrena un Porsche Carrera una mañana de sábado en una carretera desierta. Exultante. Mientras pasaba la mopa y quitaba el polvo canturreando contenta por la casa. Ahora la entiendo muy bien. La música conjura muchos demonios y te devuelve al lado menos árido de la vida. Cumple con la misión que le encargas y te sorprende añadiendo extras que no esperas, es generosa. De pronto recuerdo la caja de zapatos donde guardamos las casetes que llevaba mi padre en el coche antes de verme obligada a requisarle las llaves y venderlo. Enya, *Watermark*. Ahí está, reconozco mi letra de hace quince años, el Pilot negro. Cara A, cuarto tema. Es una de las cintas que hemos fulminado en el coche. Me basta con ver el volumen circular de cinta magnética enrollado a cada lado del casete para saber qué canción va a sonar. Play. *Storms in Africa*. Ahí está. La base de percusión arranca y va tomando cuerpo. Miro al padre en camiseta blanca de tirantes que se asoma curioso al espejo del baño. Y entonces ocurre. El milagro.

Se le abren los ojos como dos ventanas enormes y azules. Veo en ellos la explosión, ese brillo familiar. Brillo del reconocimiento, brillo del recuerdo, no sabes cuánto te espero. El hombre en camiseta de tirantes despliega una sonrisa que se refleja en todos los azulejos mientras asiente con la cabeza y la alegría maravillada del niño al ver saltar su piedra sobre la superficie del agua; y yo me río y lloro al mismo tiempo. El instante.

Mi padre levita como una esfera ligera y luminiscente. Es nuestra canción, papá, claro que sí. La banda sonora del encierro a cámara lenta. La que hemos escuchado en tantos viajes en coche a la huerta, al monte, a la sierra de Urbasa, a Pamplona, a

Donostia. Melodías, solos vocales, bajos, guitarras, contrabajos, baterías, saxos, trompetas latinas, pianos… La música es La Resistencia, la última pared que conseguirá derribar y pulverizar la imparable apisonadora del alzhéimer. Es la última tierra que arrasa, la Galia. Ahora mismo me desintegraría y disolvería mis partículas en ella. Gracias, vida.

—Apoya las manos en el lavabo, papá. Qué pinta de interesante ese hombre que está en el espejo. ¿Cuántos años tendrá?

—21.

—¡Vaya! ¿Y esa mujer que lo mira?

—28.

—Gano yo. Vamos allá, en marcha Operación Limpieza.

Me sitúo detrás de él y me voy agachando conforme le bajo pantalón, calzoncillos y pañal en un movimiento que a fuerza de repetirlo nos resulta tan orgánico como si lo hubiera marcado la propia Pina Bausch. Coreografías domésticas. Cuando estoy de rodillas maniobrando con la cara tras su culo mi padre me dispara un pedo que me aclara el pelo dos tonos.

—¡¡Joder, papá!!

—Todo preso quiere libertad.

—¡Podrías avisar!

Mi padre se encoge de hombros. Sin saberlo ha encajado en el hueco idóneo una de sus frases de cuando cultivaba la ironía. No puede avisar, claro. Ni yo callarme. El derecho al desahogo es inalienable. El derecho a la liberación del cuerpo, también. Pensamientos retóricos. Antes creía que las personas que limpiaban y atendían como enfermeras profesionales a sus padres, madres, abuelas, tíos solteros y suegras, estaban hechas de otra pasta. Pensaba que quienes velaban para que sus mayores mantuvieran la máxima dignidad gracias a una higiene primorosa y un aspecto cuidado pertenecían a otra especie. Eran personas que habían nacido con una vocación de servicio al prójimo y una conexión espiritual, vital o quizá genética con hermandades misioneras, monjas y voluntarias laicas en la atención al enfermo, siempre mujeres. Creía que quienes habíamos nacido marcados por una tendencia más hedonista simplemente avanzábamos por la vida por otro camino, que solo se cruzaba con el de estas personas sacrificadas y serviciales en reuniones familiares a finales de diciembre. Descubrí que el carácter celebrador y entusiasta es compatible con la entrega y el compromiso, pero difícilmente se alinea con el espíritu de sacrificio. Salvo que sea forzado por las circunstancias. Por el amor. Y cuando el cambio de pañal XXL ya se ha instalado en la rutina diaria junto a la ducha, el afeitado y las respuestas a mails del trabajo, y cuando la esquina de un dormitorio se ha transformado en un almacén sanitario por el que matarían regiones enteras de Benín, de Mali o del sur de India, desciendes al siguiente peldaño. Una vez que vejiga y uretra se despiden ya para siempre del control que las había regido desde la infancia y se lanzan alegres y livianas en brazos de la anarquía, que el intestino grueso y el esfínter anal las acompañen en esa deriva es cuestión de meses. Hasta que el momento llegó no lo sabía, claro. Hablando con propiedad, no lo quería saber.

Aprendí también que en esto del alzhéimer al principio entregas tu tiempo y tu energía a la documentación exhaustiva en todas las lenguas que seas capaz de manejar, comprender y traducir, porque necesitas conocimiento. No puedes dejar de rastrearlo todo por si encuentras una mínima posibilidad farmacológica, terapéutica, quirúrgica o chamánica de detenerlo. Escuchas a personas que te hablan de las propiedades del azafrán y del gingko biloba para prevenir las demencias. Tarde. Lees sobre un extracto químico de la «hierba santa» que ya empleaban las tribus de

California para calmar la fiebre y los dolores de cabeza y que podría ejercer de neuroprotector, pero que todavía no se ha probado en animales con alzhéimer. Descubres que existe una planta medicinal con un nombre que suena bastante a timo, licopodio chino, pero que resulta que debe de ser increíble porque de ella se obtiene un alcaloide, la Huperzina A, que puede llegar a resultar tan efectivo para retrasar y reducir los efectos de la enfermedad como, por ejemplo, los parches de Rivastigmina. Viejos conocidos. Pero lo que ocurre es que si por algo se caracteriza esta enfermedad inabarcable, es por su complejidad. El alzhéimer es una conjunción explosiva de procesos inflamatorios, oxidativos y neurodegenerativos. Un monstruo voraz con mil perfiles. Y no se puede curar, ni siquiera detener. Esto pone techo a tus aspiraciones. Las limita a lograr frenar ligeramente el avance de la enfermedad, que no es más que posponer lo que de todos modos llegará. Saberlo es desolador. Aceptarlo, cuando no eres muy conformista, una derrota frustrante.

Cuando asumes que el Santo Grial no existe, como tampoco la posibilidad de hacer descarrilar el tren que avanza hacia el abismo, cruzas un umbral, saltas a la siguiente pantalla. Tras este punto de inflexión prefieres dejar de anticiparte a las estaciones futuras y limitarte a vivir lo que acontece durante el viaje. Cada día que pasa eres más consciente de que lo que tienes, sin ser bueno, es lo mejor que vas a tener. De que esa persona a la que quieres con toda tu alma está abandonando su cuerpo y alejándose de todo y de todos. Así que en pleno descenso al infierno blanco que todo lo borra solo tratas de rescatar y amplificar los instantes de brillo, consciente de que se van espaciando cada vez más camino de la extinción.

—Mira qué guapo. Como Alain Delon, ese actor que le gustaba tanto a la mamá, pero en viejo.

—No tenía siete palmos de los pies a la cabeza, y las espaldas, que algún tanto le cargaban, la hacían mirar al suelo más de lo que ella quisiera.

—Eso hacía Aldonza Lorenzo. Tú al suelo solo miras cuando pasamos bajo los nogales. Por si ha caído algo, don Quijote. ¡Ahora mismo vamos a ir a verlos! Esta Sancha te acompaña.

Mi padre sonríe como un niño de tres años. Con toda la cara. Presiono las tiras de velcro de las deportivas que le acabo de calzar y conforme me incorporo noto una humedad conocida en los vaqueros a la altura de las rodillas. Sí. Se ha meado mientras lo cambiaba. De arriba a abajo. No he debido de colocarle bien los elásticos del pañal en la parte interior de los muslos. Sobre las baldosas se entrecruzan lugares comunes y frases hechas en las que la palabra «todo» cobra una dimensión absoluta. A todo se aprende. A todos nos toca algo. Todo es ponerse. Me pongo. Bayeta y Tenn Bioalcohol. Calzoncillo y pantalón a lavar. Pañal mojado doblado al cubo de pañales. Esponja y gel. Toalla. Pañal nuevo. Cajón de la ropa interior, calzoncillo blanco. Perchero, pantalón, cinturón. Deportivas, velcro pegado. Listo. Móvil que suena, el mío. Toni, el jefe. Sorprendente, nunca me llama. Aún menos cuando sabe que estoy fuera. Mi vida de Barcelona entra en mi vida de Estella.

—Quería proponerte algo para que lo vayas pensando y me des la respuesta cuando vuelvas. Ángels nos ha comunicado que se traslada a otra empresa y antes de abrir candidaturas para su puesto he pensado en ti.

—Te lo agradezco mucho, Toni. ¿Cuál es tu idea?

—Sería un puesto de doble perfil. Por un lado, dar continuidad al trabajo realizado por Ángels en la web, coordinar contenidos, continuar multiplicando la repercusión de nuestros valores diferenciales, diseñar alianzas estratégicas que nos permitan generar sinergias, reposicionarnos y potenciar la venta *online*. Y, por otra parte, dada la buena respuesta que ha obtenido la colección de guías en papel, te encargarías de lanzar otro producto similar. Tendría que encajar en el plan editorial 2006-2007.

—¡Eso es ya mismo! Así que sería encargarme de todo.

—Eso es. Te daría la oportunidad de viajar y conocer a los equipos de Hedonai en Francia, Italia, Grecia...

Y la oportunidad de trabajar 14 horas diarias. Cierro la bolsa de basura. Este hombre vale su peso en oro. Me está vendiendo un puesto que son dos, el de Ángels y el mío. 2x1. Optimización de recursos nivel alfa. Bien empleado el cebo de los viajes, mañanas soleadas conduciendo por la Riviera, caída de la tarde entre cipreses de la Toscana, una terraza blanca sobre el azul mediterráneo entre dos islas griegas. Pero yo sabía que esas imágenes de *spot* de Martini se reducirían a la reunión anual de editores de Hedonai en Milán, visita rapidita al Duomo y a casa. Así me lo había resumido en una ocasión la directora editorial. Expeditiva, sintética, resolutiva, esa es Carmen. Toni y ella representan el yin y el yang, dos fuerzas que generan campos magnéticos opuestos y complementarios. Sobre ese precario y trabajoso equilibrio se sostiene la empresa. Parece que no, pero a veces las cosas están bien pensadas.

32

Son las seis de la tarde. Fiel a sí mismo y a su puntualidad, comienza a barrer las calles el viento fresco que baja de las peñas. En el desfiladero se crea un corredor natural que enfila esa fuerza de la naturaleza hacia Ganuza y, desde aquí, al resto del valle. En estas primeras calles libera su energía y se desahoga y, para cuando llega al siguiente pueblo, ya no es más que una brisa mansa que acaricia las adelfas de los jardines y los geranios de las ventanas. En las Baleares aseguran que la tramontana vuelve loca a la gente. Yo creo que aquí ocurre algo parecido. Y que hay locos muy cuerdos. Tras una esquina aparece el Kiko encajado sobre una bici de cuando Perico Delgado era Dios. El Kiko, tan querible, puro esqueleto fibroso con sus pinzas de tender en los bajos de los pantalones, sus tres o cuatro camisas superpuestas y abiertas aleteando al viento, su caja torácica cubierta por una fina piel curtida y sus chispas encendidas al fondo de los ojos negros cuanto te habla.

—Ven, que te invito a un Kas.

El bar solo abre los domingos a la hora del vermú y dos o tres noches en que un grupo de animados resistentes celebra merienda-cenas que sirven para encontrarse, socializar y hacer pueblo. Suelen ser alegres y despreocupados festivales del colesterol que ayudan a tejer la red. Aunque no cuenta con llave propia para abrir el bar, el Kiko es socio. Pero no queremos encerrarnos entre cuatro paredes precisamente ahora que salimos a airearnos. Aunque el Kiko está ya muy sordo, si elevas el volumen te entiendes con él. Vive en un territorio intermedio entre la llanura de la razón y las pautas socialmente aceptadas y la cordillera de picos puntiagudos que conforman otras maneras de existir, regidas por su propia lógica pero marginales. Como Leopoldo María Panero, que podía escribir líneas y líneas de una oscuridad bellísima y de una verdad que te reventaba mientras guardaba los calcetines en el frigorífico. El Kiko no escribe, pero si le apetece también es capaz de almacenar ropa en el frigorífico y queso bajo la cama. Y no ha dejado de ser el gato silencioso que se entera de todo.

—Se os han secado los geranios.

—Sí. Tengo que sustituirlos por otros.

—Los cuidaba muy bien, la Inés. Pero ya no está.

—No, Kiko. Mi madre ya no está. Tú también la echas de menos, ¿verdad?

—Y tu tío también. Aunque discutió mucho con ella el día que se murió.

—¿Mi tío Alejandro?

—En la cocina.

—¿Los viste?

—Las ramas de ese cerezo quedan a la altura de vuestra ventana, ¿ves? Me había subido a coger unas cerezas. Estaban muy buenas. Las guardé aquí, en la cesta de la bici.

Recordé cuando muy de vez en cuando el Kiko liberaba alguno de sus secretos con mi prima Marta y conmigo intuyendo que en ese reducto infantil continuarían a salvo. No ha cambiado. Mantiene intacto el superpoder de saber lo que nadie más alcanza, pero el de contarlo donde no va a hacer daño se le empieza a debilitar. Los años también pasan para él.

—¿Y qué viste desde las ramas?

—El marido de la Marijose agarró del brazo a tu madre y ella se enfadó, se quería soltar. Parecía que gritaban, pero yo no les oía. Al final tu madre se soltó y se encerró en la cocina. Y el marido de la Marijose empujaba la puerta para entrar.

—¿Y después qué pasó?

—Que me caí de la rama al suelo. Me rompí el pantalón y me hice una herida aquí, ¿ves?

—Ya no está.

—Se me ha curado.

—Me alegro mucho, Kiko. Así que no viste nada más.

—No iba a subirme otra vez al cerezo con lo que me dolía la pierna.

—Tienes razón. Bueno, nos vamos a dar un paseo. Otro día nos tomamos el Kas.

Miro a mi padre.

—Papá, ¿has escuchado lo que ha dicho el Kiko?

—Barceloneta-Les Corts.

¿Mi madre y el tío Alejandro discutiendo con tanta virulencia como para que él la agarrase de un brazo? ¿Mi madre encerrándose en la cocina mientras él aporrea la puerta? En la cocina en la que murió aquella misma mañana por el escape de gas. ¿Qué sentido tiene todo esto? Nunca los he visto enfadados hasta ese punto. El Kiko no se inventa las cosas. Poseerá una particular visión del mundo, pero no miente. Sujetar del brazo a alguien mientras le estás gritando es violento. Es la antesala de algo más.

Doblamos la esquina de casa y de pronto mi padre se activa.

—¿Tú sabes el quehacer que da una chica en su forcejeo?

—Yo no. ¿Lo sabes tú, papá?

—Atarla.

Como si me hubiera apoyado en una valla electrificada me sacude una descarga. Mi padre me envuelve con una mirada beatífica. Siento que acabamos de entrar en una secuencia de terror psicológico. La investigadora pasea con un paciente psiquiátrico por un jardín minuciosamente diseñado para inducir a la calma. De pronto descubre que el asesino pudo ser él. ¿Por qué dice eso mi padre? ¿Qué es? ¿Una adivinanza poco afortunada? ¿Por qué no deja de mirarme asintiendo con esa sonrisa? ¿De dónde ha sacado ese pensamiento? ¿Lo ha escuchado en alguna serie de sobremesa? Parece que le ha salido de dentro. No me imagino a mi padre forcejeando con una chica, mucho menos atándola. Tengo que volver a recordarme que antes de ser mi padre y antes de ser el marido y antes de ser el novio de mi madre era un hombre con una vida que no hemos conocido. ¿Cómo puedo pensar esto? Conozco a mi padre, es un trozo de pan. ¿O él también tiene sus puntos ciegos, como los tenemos todos?

Qué oscura se ha puesto la tarde. Sin darme cuenta hemos llegado a las afueras y nos encontramos ante el chalé del tío. Llamo al timbre. Quiero hablar con él, preguntarle qué ocurrió con mi madre en su último día. Transcurren unos segundos hasta que mi tía Jose se asoma al balcón.

—¡Hola, cariño! Me pillas al piano. He retomado las clases, ¿sabes? No te lo vas a creer… ¡Con Ofelia!

Las clases de hace más de treinta años. El Hada del 205. La consulta de médico que se montaba mi primo. El fonendo y la pizarra mágica. Quién y cómo me tocaba mientras mi tía tocaba el piano.

—¿Has podido hacer algo con la segadora? Ya te dije que te enviaba a nuestro jardinero.

—Me he apañado, gracias. ¿Está el tío en casa?

—No, tenía un viaje. Ahora no sé si era a Barcelona o a Madrid.

—Tranquila. Sigue con la clase, tía.

Volvemos por el camino de los nogales. Mi padre quiere agacharse a recoger las nueces que asoman entre la hierba. Trato de convencerlo con tono amable de que no lo haga. Insiste. Pierde el equilibrio, tiro con fuerza de él y consigo sujetarlo antes de que llegue a tocar el suelo. Una descarga de dolor me sacude el trapecio, un tirón muscular. Se me acelera la cabeza. Las imágenes se centrifugan en una espiral cada vez más enloquecida mientras escucho las notas del piano, mi tío zarandeando del brazo a mi madre, la expresión irreconocible de mi padre cuando ha respondido «atarla», mi primo jugando a los médicos conmigo, mi tío en la cocina golpeando la puerta, mi madre en el suelo. Mi madre muerta. Meto a mi padre en el coche y bajo la ventanilla. Necesito aire. Necesito aferrarme a algo. ¿A qué? Solo se me ocurre releer el último informe del neurólogo que conservo en casa.

Nombre: PABLO
Apellidos: APESTEGUÍA ITURRIOZ
Edad: 74 años
Fecha de consulta: 14/02/2007
Servicio: Servicio de Neurología

HISTORIA ACTUAL
Paciente con enfermedad de Alzheimer y parkinsonismo asociado. Progresión de deterioro cognitivo. Episodios de agitación nocturna al despertar muy disruptivos.

TRATAMIENTO
En caso estrictamente necesario, si fallara el resto de los fármacos, administrar QUETIAPINA 25 mg. en la cena. Principal efecto secundario: alucinaciones.

Una vez más me detengo en lo que el médico ha subrayado. En lo que se otea desde ese umbral.

33

El jueves volví a Barcelona y me sumergí en el trabajo con el reflejo de las imágenes ocupando aún mi cabeza. A ratos conseguía que no me invadieran pensamientos oscuros, parapetándome tras los textos y las llamadas como quien cierra la ventana para amortiguar los gritos infantiles ajenos. Tras hablar de mi situación familiar con Toni, me permitió aplazar unos días la toma de decisión. Duplicarme o no. Aceptar el puesto de Ángels manteniendo el mío o elegir la vida y quedarme con la colección de guías.

Al salir de la editorial bajé en moto hasta Nou de la Rambla. El efecto balsámico del aire en la cara. Necesitaba volver a ocupar la mente en mi investigación, mucho más ahora que mi personaje huidizo estaba tomando cuerpo. Localicé la oficina de servicios sociales. Aina Taulet no se encuentra aquí en este momento, pero puedo facilitarle su teléfono. Perfecto, gracias.

—Hola, me ha pasado tu contacto una amiga periodista que te entrevistó para un documental sobre el Raval.

—Laia, ¿verdad? Al principio no nos fiábamos mucho del tratamiento que podría dar a la historia. Ya sabes, pensamos en otro reportaje más de prostitución al estilo televisivo. Pero no, tengo que reconocer que nos gustó el resultado, bien contado.

Amigas en las que confías ciegamente. Amigas que abren puertas.

—Estoy buscando a una mujer que debía de trabajar de prostituta en la Rambla del Raval a mediados de los 80. Supongo que hoy tendrá cincuenta y tantos años. Suzanne.

—Solo he conocido a una Suzanne por aquí. Si es la que yo creo, siento decirte que llegas tarde. Falleció de cáncer hace cuatro años.

—Lo siento.

Cáncer. Eso sí que era real. Como el alzhéimer y el párkinson de mi padre. Como la muerte de mi madre. De pronto, confrontar el peso de esa evidencia con mi búsqueda evasiva de un personaje misterioso de mi localidad natal la reubicó en un lugar cercano a lo ridículo. ¿Qué hacía dedicando mi tiempo a rastrear la huella de alguien que quizá ya tampoco estuviera vivo? ¿Para qué quería encontrarlo? Me había obsesionado con él porque era muy probable que lo conociera, sí, pero a fin de cuentas el motor de la búsqueda no era otro que el espíritu cotilla de pueblo, sin sublimaciones. No te engañes, lo has convertido en tu objetivo porque necesitas huir. No es más que una vía de escape.

Para reafirmar su poder, al día siguiente mi realidad se impuso. Viernes. Llamada de Gabriela, la cuidadora. Tengo que decirle que nunca había pasado nada parecido, su padre se ha puesto muy violento. Mi padre, Mahatma Gandhi, violento. Cogió un cuchillo. Un cuchillo. El suelo se resquebraja. Esto es un terremoto. Me alcanza la onda expansiva, nivel 6 en la escala Richter. Tranquilizarla, hablarlo, tratar de explicarlo y de contextualizarlo. La enfermedad atraviesa distintas fases. No te preocupes, Gabriela, esto no va a volver a ocurrir, lo voy a solucionar. Lo siento mucho.

Sábado. Coger el tren con Laia a Sitges. Abrir una ventana hacia la luz, el mar, los horizontes infinitos. También hacia el ruido. El silencio blanco de los nórdicos existe solo cuando no beben. Y Sitges es uno de sus paraísos sónicos. Pero el verano aún no se había presentado y resultaba posible pasear por la playa sin tener que elegir a quién pisar. Caminar me ayuda a deshacer las nubes tormentosas y hacerlo con los pies mojados presionando la arena desde el talón hasta el extremo redondeado e infantil de los dedos me inyecta un bienestar y una calma limpios, muy puros. A Laia se la veía contenta con su tienda del carrer Avinyó, a temporadas demasiado ocupada, pero con la sensación gratificante que genera ser una misma quien ha elegido y creado lo que quiere hacer. Había salvado con holgura la barrera de los dos años de resistencia en la puesta en marcha del negocio y la nave ya avanzaba. Contaba con una dependienta a media jornada para dedicar las mañanas a la asesoría de imagen y a las pequeñas empresas a las que gestionaba la comunicación. También alquilaba el espacio del minibar y el patio interior para pequeños eventos. Sí, le iba bien.

Un paseo por esta misma playa nos había servido para desenmarañar sus dudas profesionales en un pasado cercano.

—¡Qué rápido sc me han pasado estos años!

—Acertaste de lleno.

—A veces echo de menos el ritmo, al equipo, el placer de contar historias, la información útil…

—La tiranía del plazo y el presupuesto, siempre cortos, el estrés, las batallas de egos…

—Eso, menos.

—La autoexigencia.

—Es una mala bestia, ya lo sabes, pero intento mantenerla a raya. Aunque alimentar la empresa cuesta, al final soy mi jefa. Si me porto mal, me envío un rato al rincón de pensar y ya está. ¿Y tú? ¿Qué vas a hacer con la oferta de Toni?

—Conozco bien los dos puestos, podría asumirlos durante un tiempo.

—Eso es un suicidio, Diana. Vivir para trabajar. No puedes abarcarlo todo. Lo que tienes que hacer es exigir equipo. Si te interesa el puesto doble y quieren que tú te encargues, han de ponerte a alguien más. Toni no es tonto, sabe lo que está pidiendo y sabe a quién se lo está pidiendo. Cuenta con que te vas a volcar. Acepta solo lo que puedas manejar.

—Eres el oráculo de la razón pura. ¿Podrías hacerme una transfusión de pragmatismo?

—Voy. ¿Tu padre, cómo está?

—En descenso. Pedí unos días de mis vacaciones por adelantado para pasarlos con él. Y recién llegada ayer de vuelta aquí, a Barcelona, me llama Gabriela, la cuidadora, asustada porque mi padre había cogido un cuchillo en la cocina y la había amenazado.

—¿Cómo? Pero tu padre nunca ha sido agresivo, ¿no?

—Al contrario. Pero el amigo Alz hace de él lo que quiere. Es como una abducción, como si otro ocupara su cuerpo. Gabriela me contó que acababa de pelar una manzana para dársela en trocitos, había dejado el cuchillo sobre la mesa y mi padre debió de mirarla como si no la reconociera, cogió el cuchillo y le apuntó con él preguntándole qué hacía en su casa. ¡Imagínate! A un metro de distancia. Él mide el doble que ella.

—¿Y qué hizo?

—Hablarle con suavidad, tratar de calmarlo y cambiar de tema, le preguntó sobre la huerta, los manzanos y los perros que ya no tiene para dirigir su atención a otra cosa, sosegarlo y poder quitarle el cuchillo con delicadeza. Lo que nos recomendó en su día una psicóloga de la Asociación de Familiares de Alzheimer.

—¿Funcionó?

—Sí. Ahora Gabriela ha escondido todos los cuchillos en un armario bajo el fregadero. Envueltos en un paño. Ahí tendremos que ir a buscarlos cuando los necesitemos. Llamé al médico y me explicó que podría tratarse de alucinaciones. La medicación y sus fantásticos efectos secundarios.

—¿Y no se la pueden cambiar?

—Podrían, pero ha costado mucho ajustársela para que surta su supuesto efecto sin sentarle mal. Este viernes en cuanto salga del trabajo iré para allá.

Laia dejó caer las deportivas que llevaba en la mano y me abrazó fuerte. Y entonces ya me eché a llorar. Por fin se desbordó la presa. Las últimas tormentas la habían llenado hasta el borde, era cuestión de horas que terminara por reventar. No existe estructura mental ni ingeniería emocional capaz de contener tanta agua. Lloré todo. Al padre siempre ocupado que de niña no tuve, al que después encontré y al que hace ya meses empecé a perder de nuevo. A mi madre, que se había marchado tan antes de tiempo, del tiempo que egoístamente habría querido tenerla conmigo para traérmela de vez en cuando a Barcelona y hacer planes de chicas y callejear también con ella por Sitges y descubrirle los pueblos del Alt Empordà tan diferentes al suyo pero tan parecidos, y el barrio judío de Girona y su puente y sus fachadas de colores duplicándose en el espejo del agua. Sin ser Venecia, la habría enamorado. Lloré hasta por lo que aún no sabía que iba a hacer.

Cuando el embalse se vació y entre los últimos hilos de agua asomaba ya la tierra húmeda pero firme del fondo, la camiseta de Laia a la altura del hombro era una esponja empapada y mis ojos, los de una boxeadora en una mala tarde. Todo me sabía a sal.

—Anda, vamos a tomar un vermú.

Fueron dos y al tercero ya conseguimos reírnos con los chistes de Ferrán, un productor con el que nos encontramos al entrar al bar que siempre que podía iba a camisa abierta y pecho bronceado. Costero, mediterráneo. Cuando Laia trabajaba en televisión había tenido una historia breve con él. La cosa no había dado para más, pero el modo en que mi amiga le reía los chistes abría claramente la puerta a una excepción de sábado por la tarde. Los reencuentros puntuales a veces funcionan muy bien. Pensé en llamar a Leo. De vez en cuando nos vemos, nos contamos cosas banales y avanzamos entre risas y copas como si no supiéramos que esa dialéctica ligera no es más que el calentamiento para un buen polvo. En otras ocasiones la conversación nos resulta tan estimulante que deja de ser introducción y ocupa el lugar de acto central. Esas veces también terminamos follando, incluso mejor. En su casa, un ático luminoso en passeig de Gràcia a diez minutos de mi trabajo. Leo es italiano, cuatro años más joven que yo, y la decoración de su piso, obra de su padre, un interiorista bastante reconocido. Chimenea de mármol blanco, fotografía de Man Ray, una silla Barcelona de Mies van der Rohe, cómo no, y la butaca LC4 de Le Corbusier. Por lo demás, sobriedad y tonos neutros. Apartamento urbano y masculino con pedigrí. El primer día reconocí la butaca, pero tuve que buscarla en Google para saber por qué nombre dirigirme a ella. ¿Llegaría a resultar abrumador vivir entre iconos? Qué responsabilidad no mancharlos de vino o de pesto, como me ocurrió con mi sofá blanco, mi gran inversión, a la semana de estrenarlo. Su cama resultaba más relajante. Sí, llamaría a Leo.

Subimos al tren. Laia, Ferrán y yo. Por la ventanilla fueron desfilando lenguas de mar y de arena, agrupaciones de antenas como nubes de mosquitos que hubieran caído dormidos con sus patas de alambre estiradas hacia el cielo y fachadas blancas o terrosas que, como nosotros, miraban al horizonte desde las vías de cada pueblo que bordeábamos. Viajé hasta los artículos mediterráneos de Manuel Vicent que leía en *El País* cuando yo era universitaria y *El País*, una de las dos biblias posibles para quienes aspirábamos a ejercer nuestro sagrado oficio vocacional. Pensé en su playa de la Malvarrosa y sus primeros descubrimientos del sexo juvenil entre naranjos y en lo diferente que es crecer en la costa de hacerlo en el interior.

Mi casa me recibió como un perro a su dueña. Contenta y llena de luz de sábado por la tarde. Salí de la ducha y, mientras tecleaba un mensaje a Leo en el móvil, escuché los gritos. Procedían del piso de arriba, de casa de Mariona.

—¡Te he dicho que no!

—¿Tú a mí? ¡Tú a mí no me dices que no!

Oí un golpe contra el suelo, como cuando se tumba un sofá de un puñetazo. Y nada más. Silencio. Marqué el 112, confirmé la dirección a los Mossos y les pedí que vinieran cuanto antes. Debía de haber un coche patrullando cerca, dos minutos después la sirena ya aullaba por nuestra calle. Escuché abrirse la puerta de Mariona, un manotazo en el interruptor de la luz y saltos apresurados escalera abajo. Desplacé con cuidado la tapa de la mirilla y lo vi. Lo reconocí. Me lo había cruzado una noche en la escalera, tan estrecha, oliendo tanto a ginebra y a Winston, tan turbio. El cliente residual de Mariona, el único. En el salto de los tres escalones previos a mi descansillo calculó mal, resbaló y cayó de cabeza contra mi puerta. Dejé de respirar, se incorporó y siguió a trompicones escaleras abajo. Me asomé al balcón, el coche de los Mossos frenaba ante el portal mientras él doblaba ya la esquina de la iglesia. ¡Se ha ido por ahí! Grité al *mosso* que salió del coche y echó a correr tras él. Su compañero de patrulla alzó la vista hacia mi balcón y le señalé el piso de arriba. Miré al ingenio de espejos del edificio de enfrente, pero desde mi posición no veía reflejada la casa de Mariona. Esta vez no le había funcionado el sistema para detectar a desconocidos indeseables. No podía funcionar, este era indeseable pero conocido. Escuché un sonido sobre mi cabeza, el que producirían las patas de un sofá al empujarlo sobre un suelo cerámico. El oleaje del miedo descendió bajo mis costillas, Mariona no estaba muerta. Me horrorizó mi propio pensamiento. Es cierto, podía haber estado muerta.

Oí una voz masculina dirigirse a ella, el otro *mosso*. Me vestí mientras esperaba a que se marchara. Sabía que tenía que subir, pero me costaba hacerlo. ¿De verdad quería entrar en la sordidez del maltrato de un cliente a una prostituta retirada? ¿Para qué?

Ese no era mi mundo. Podía asomarme a él de vez en cuando, pero yo vivía en otro. Trabajaba en una editorial en Barcelona, mi oficina se encontraba en una preciosa finca modernista del Eixample, mis compañeros vestían y olían bien, conducían coches de gama media o alta que sustituían por otros a los cinco años; eran editoras, diseñadores gráficos, expertas en marketing, universitarios hijos de abogados, médicas, profesoras, arquitectos, gerentes de empresas, eran profesionales liberales independientes que vivían solos en apartamentos bien amueblados o con sus familias en pisos amplios y de techos altos y disponían de canguros contratadas a media jornada porque trabajaban fuera de casa. Siempre eran ambos y podían seguir juntos o haberse separado, pero nunca se trataba de familias monoparentales por decisión ni madres solas por abandono, y quizá alguno de ellos había pagado alguna vez a una prostituta, pero ni siquiera sus amigas más íntimas lo habrían sabido y, en cualquier caso, esa prostituta nunca habría sido una Mariona, salvo que lo que les excitara precisamente fuera el tufillo del lumpen, lo prohibido simplemente por fuera de lugar e inapropiado y lo exótico por alejado de su realidad cotidiana. La aventura, la expedición al otro lado. Ese era el único punto en el que cabía un roce eventual entre estos dos mundos. La única intersección posible de los diagramas de Venn.

Como el tío Alejandro y la tía Marijose.

Como Mariona y yo.

Habíamos coincidido en un mismo edificio, compartíamos escaleras y vecindario. De no haber sido por esa circunstancia y salvo un contacto ocasional en un vagón de metro o en la cola de la frutería, nuestras vidas no tenían por qué haberse tocado. Pero ya lo habían hecho. Mariona me había abierto la puerta de su casa cuando me lancé a rescatar a la chica rumana que horas después había sido reabsorbida por la misma dinámica. ¿De verdad quería

Mariona aquella noche entrar en una situación incómoda y potencialmente peligrosa con una vecina desconocida? ¿Para qué? Mariona no solo entró, abrió la puerta para que la situación se metiera en su casa.

Subí.

Lo que ya me esperaba me revolvió el estómago. Lo que no, me voló la cabeza. La mano derecha de Mariona presionaba sobre su sien una bolsa de hielos envuelta en un paño de felpa a cuadros verdes y blancos. Había caído al suelo sobre ese lado. El pómulo había comenzado a hincharse y la piel se estiraba, mate como la de un albaricoque surcado de manchitas oscuras. Sacó una cuchara del congelador y se la aplicó bajo el ojo por el lado convexo. Como quien deja el cepillo de dientes en el vaso al terminar de lavárselos. Gestos automáticos. Aprendidos y repetidos. Unas palomas se paseaban sobre el tejado de la iglesia del Carme y la luz plácida y mansa de sábado de mayo a media tarde iluminaba la palidez amarilla de las paredes y hacía refulgir los pliegues de satén de su bata. Había algo irreal en la escena. Las vistas desde el balcón eran prácticamente las de mi casa y la luz, idéntica, pero aquí y ahora las encontraba fuera de lugar. Heidi en el apartamento de Bukowski.

—Nunca me había tirado al suelo.

—¿Preparo un café?

Se lo ofrecí como si la casa fuera mía y ella, la invitada. Asintió. Una paloma emprendió un vuelo corto desde el tejado de la iglesia hasta el árbol de enfrente. Mariona la seguía con los ojos cuando volví con la bandeja. Era de plástico y estaba decorada con esas ilustraciones de tazas de diversos modelos y estilos que pretenden resultar adorables. La bandeja tampoco encajaba.

—Le gusta jugar duro. Nos conocemos hace mucho.

—¿Estás con él?

—No. Es un cliente especial. El último. Hace años que trabajo en una cafetería.

—¿Por qué lo mantienes?

—Me recuerda a un casi novio que tuve, a una época feliz.

Mariona está huyendo a otro lugar. La acompaño.

—Te costará creerlo, pero hace mucho fui una mujer guapa.

No me cuesta creerlo. En absoluto.

—¡Qué coño guapa! ¡Era espectacular! Entonces elegía muy bien, solo buenos clientes, auténticos señores. Siempre había alguno que tenía sus rarezas, sus pequeñas perversiones, pero no me daban problemas. En aquellos tiempos compartía piso con una amiga. Decir piso es mucho, era un cuchitril.

Mariona ya no está sentada en el sofá de su casa mirando a las palomas. Ha volado lejos, a la Barcelona preolímpica, la de mediados de los 80. La expresión de la cara le ha cambiado tanto que parece otra. Viendo cómo le brillan los ojos casi se te olvida su pómulo a punto de estallar.

—¡Cómo nos lo teníamos que montar en aquel apartamento para no molestarnos la una a la otra! El tendedero daba a la calle y cuando una de las dos estaba con un cliente en casa, colgaba una bayeta amarilla. Entonces te llevabas al tuyo al bar de enfrente, tomabas una copita con él para hacer tiempo y de vez en cuando echabas un ojo al tendedero. Hasta que ya no había bayeta. Entonces subías con el tuyo.

—Qué ingeniosas. ¿Os funcionaba?

—Casi siempre. Dentro de la mierda que es esto, fueron años bonitos los de aquel piso. Estaba en Les Corts.

Barceloneta-Les Corts. El mantra de mi padre.

—Mi amiga y yo teníamos un par de clientes del norte que merecían la pena. Eran amigos y solían venir a Barcelona juntos. Nos invitaban a cenar, nos traían regalos, incluso algún ramo de flores. Como si fuésemos sus novias. Nos colgamos un poco de ellos, cómo no, éramos unas crías. El mío se llamaba Andoni, era moreno, de Donostia y tenía mucha clase. Siempre olía bien. Cómo me gustaba... La piltrafa de hombre que me ha hecho esto, porque no merece llamarse hombre, a veces me recuerda un poco a Andoni. Pero en versión barata. Mi amiga sí que se enamoró del suyo hasta las trancas. Era muy atractivo. Se hicieron una foto preciosa en la Barceloneta, me acuerdo. Ella iba con un vestido corto de flores y un bolso rojo y él con un traje de lino blanco, camiseta verde y cadena de oro. Nos reíamos mucho con él. Era muy ocurrente.

—¿Terminaron juntos?

—No. *Pretty Woman* es solo una película. Lo esperaban su mujer y sus hijos en su pueblo de Navarra.

En su pueblo de Navarra.

—¿Y esto cuándo ocurrió?

—Hará unos treinta años.

Treinta años. Mariona debe de tener cincuenta y muchos. Si entonces ellas eran unas veinteañeras, el amante de su amiga del piso de Les Corts podría rondar la edad de mi padre. ¿En qué etapa había pasado una temporada en Barcelona? Cuando vinieron a verme comentó que había sido antes de casarse. ¿No? La danza de fechas reaparece y vuelve a acelerarse. Sé que es una locura pensar en mi padre en estos términos. Sé que no tiene sentido. Pero resulta que he abierto la ventana de la posibilidad. No. Él nunca ha tenido ese tipo de carácter. ¿Mi padre llevando una doble vida? No habría servido para eso.

Pero parece que necesito confirmarlo.

—¿Habéis vuelto a saber algo de ellos?

—Qué va. Andoni y Lejo... ¿Qué vida llevarán ahora?

¿Lejo? ¿El Lejo al que había perdido la pista días antes? El tipo que hacía sus negocios con los delincuentes del puerto, el que siempre iba en compañía de mujeres espectaculares, el cliente del Pastís. Y, sumergiéndonos en la fosa séptica, el Lejo que según Carlos había traficado con heroína y se había relacionado con la Guardia Civil de Intxaurrondo en su época más tenebrosa. Este es el hombre del que me está hablando Mariona. Me traspasa la certeza de haber descubierto un secreto superior a mí, algo que no voy a saber manejar. Pero ya es tarde para saltar del tren. No puedo parar, quiero saber quién es y qué cara tiene.

—¿Y Lejo, el de tu amiga, de dónde era?

Mariona deja la cuchara y el paño mojado que envuelve los cubitos de hielo sobre la mesa. El cabello oscuro se le ha quedado pegado. Húmedo y lacio, perfila la forma del cráneo en su lateral derecho. El impacto contra el suelo podía haberla matado. Su mirada ya no es risueña. La piel del pómulo parece a punto de desgarrarse de pura tirantez. En la cima redondeada de este montículo donde late más de un dolor concluye el viaje de Mariona a su Arcadia. Y pienso que también mis descubrimientos. Una vez más, me equivoco.

—Conservo una caja de zapatos con algunas cosas de mi amiga Susi, regalos que le hizo Lejo en aquella época. Me la entregó una tarde que vino a casa. Tomamos un café, repasamos los buenos tiempos... No se me ocurrió imaginar que era su despedida. Murió de cáncer al mes siguiente.

Mariona se levantó y desapareció tras una puerta. Del interior de ese espacio privado escapó el chirrido de unas bisagras sin engrasar. Esos sótanos de Arkansas, de Nebraska o de una ciudad belga ocultos bajo una trampilla que no levantas porque no quieres saber qué te espera ahí abajo. Esos dobles fondos terribles en los armarios, todo lo previo a excavar un jardín y que los vecinos se sorprendan horrorizados porque realmente parecía un buen tipo. Esa clase de certezas que solo conocen nuestras vísceras. Emergía ya algo que siempre había fluido por debajo de los actos, las palabras y las miradas, como las corrientes subterráneas que ascienden por los muros de las casas hasta empaparlos de una manera tan silenciosa que no somos capaces de detectarlas. Hasta que ya es tarde, hasta que el aire se ha impregnado de humedad y olor a moho, está viciado y la casa, putrefacta.

Mariona abrió la caja sobre la mesa. Objetos personales. Regalos. Un pañuelo amarillo de seda, una gargantilla con un colgante en forma de S, unos aros dorados y un par de fotos de dos amigas riéndose. Reconocí a Mariona. Sí, en su versión joven y alegre era impresionante. Al devolver la foto a su lugar el pañuelo se deslizó sinuoso como una pitón dejando ver lo que envolvía, una bola de cristal, una esfera idéntica a la que me había encontrado en el estante de Casa Pinto. El mismo paisaje, la misma majestuosidad rocosa de la sierra de Lokiz cubierta de nieve, atrapada en un invierno perpetuo. El puerto viejo, el agujero de San Prudencio en la pared de piedra. Las peñas del pueblo de mi madre. Mi pueblo. Ambas bolas de cristal procedían de la misma persona. El elefante en la habitación. ¿Cómo no lo había visto antes? Susi. Suzanne. Alejandro. Alejo. Lejo.

Suzanne takes you down
to her place near the river.
You can hear the boats go by,
you can spend the night beside her…
And you know that she's half-crazy
but that's why you wanna to be there.

Mientras en mi cabeza sonaba Leonard Cohen, Mariona agitó la esfera de cristal y vimos nevar sobre la sierra.

#4

Camino descalza junto al agua con una piedra blanca en la mano. Todo está en calma. Es un río que conozco, el río en el que me bañaba de niña cuando cubrieron con arena el recodo junto al meandro que forma el río y lo hicieron playa. La playa del parque de Los Llanos. Después volvió a ser un campo de guijarros.

Escucho los versos del *Instante* que escribió Wislawa Szymborska traducidos y leídos con el acento eslavo que me fascinó cuando estuve en Moscú. No los escucho con su acento polaco, aún no he estado en Polonia.

Camino por la ladera de una verdeante colina.
Hierba, florecillas en la hierba,
como si fuera un cuadro para niños.
Un neblinoso cielo ya azulea.
Una vista sobre otras colinas se extiende en silencio.

Mi padre coge del mueble del recibidor sus gafas de lectura, un bolígrafo y un pedazo de papel y me los entrega. Habrá que llevar esto a casa después, cuando vayamos ya para quedarnos. Estamos en casa. No, esta no es. De acuerdo, papá, lo llevaremos.

Como si aquí nada hubiera de cámbricos, silúricos,
ni rocas gruñéndose las unas a las otras,
ni abismos elevados,
ninguna noche en llamas,
ni días en nubes de oscuridad.

Me alejo y dejo sus tres tesoros sobre un aparador. Para él preparo un café de mentira, relleno una taza con leche en la que disuelvo unos gránulos de algo sin cafeína que pueda tomar. Para mí preparo un café de verdad. Los miro y parecen gemelos. Nadie notaría la diferencia. Entro a hurtadillas en mi dormitorio en busca de la tableta de chocolate negro que mi madre dejó escondida hace mucho en un cajón. Sigue ahí, entre las sábanas, cerca de la pastilla de Heno de Pravia. Es un pequeño placer grandioso.

Como si no pasaran por aquí llanuras
en febriles delirios,
en helados temblores.

Mi padre me busca, me encuentra en mi habitación y me pide que cuando tengas tiempo me tienes que llevar a mi pueblo. Están ahí los pobres animales encerrados, sin agua y sin comida. ¿Qué animales? Los bueyes. Iremos mañana.

Como si solo en otros lugares se agitaran los mares y desga-
rraran las orillas de los horizontes.

Lo veo recorrer su casa, las fotos, el reloj, su cama, la cocina, pero no es su casa, es otro lugar. No tiene bueyes a los que dar de comer y de beber, nunca los ha tenido, pero sus padres sí, cuando él era un niño, asistía a la escuela del pueblo y montaba en bici.

Son las nueve y media hora local.
Todo está en su sitio en ordenada armonía.
En el valle un pequeño arroyo cual pequeño arroyo.
Un sendero en forma de sendero desde siempre hasta siempre.

Sigo paseando junto al río con unas cangrejeras pequeñas colgando de los dedos de una mano. Son blancas, como el canto pulido que guardo en la otra mano, y realmente bonitas. Las cosas en miniatura despiertan ternura, incluso una guillotina. Coloco dentro de ellas, con cuidado, los pies del niño que está junto a mí, descalzo, y que es mi hijo. Lanzamos piedras al agua y volvemos a por otras. Se van reproduciendo, nunca se agotan.

El agua nos ofrece su verde más profundo, está quieta y se mueve al mismo tiempo, como si peces ciegos y barbudos la agitaran desde los líquenes del fondo sin desear la luz que nunca han conocido. Brilla un sol limpio y duro que dispara estrellas fugaces a la superficie del río y arranca destellos a las hojas de los chopos, y las hojas bailan libres y despreocupadas, sin plantearse si esa es su danza o es la de las hojas de los nogales, o de los tilos.

Un bosque que aparenta un bosque por los siglos de los siglos,
amén,
y en lo alto unos pájaros que vuelan en su papel de pájaros
que vuelan.

Mi padre sestea tras sus gafas de sol sentado sobre un banco de piedra mientras mi hijo abre en el espejo del agua orificios minúsculos que generan ondas concéntricas y silenciosas. Los peces ciegos las reciben como un masaje y sus escalofríos de placer remueven el barro del fondo y enturbian de felicidad la superficie del río. Por la otra orilla pasea Polly Jean Harvey, duende oscuro y diminuto. Susurra su «*Big fish, big fish, sleeping in the water, come with me and bring me my daughter*». Miro a mi lado asustada y el niño que es mi hijo sigue ahí. No se lo ha tragado el río. Sonríe con una piedra redonda y gris en su manita. Mi padre duerme.

Hasta donde alcanza la vista, aquí reina el instante.
Uno de esos terrenales instantes
a los que se pide que duren.

34

El que aparecía en el frontón a la una de la madrugada como un rey Melchor en verano. Chicos, ¿quién quiere unos petardos? El divertido, el generoso, el mago de los contactos. Te traigo un vino de Laguardia, Pablo, y le he dejado una caja a Ferrer, pásate a hablar con él. Tu tío tiene amigos hasta en el infierno. El hombre del traje gris brillante y los zapatos sucios, el del Mercedes aparcado a la entrada del chalé con la bolsa del tricornio dentro. ¿Tío, ese señor llevaba una pistola escondida? ¡No, tonta, es para una fiesta de disfraces! El de los viajes a Donostia y a Barcelona. El del BMW, el negocio de los coches de lujo y otros muchos que la tía Jose no conocía. La tía Jose, en su chalé con su piano y su jardín. Mi prima Marta, en Londres, tan lista alejándose, gustándole siempre tan poco lo que hacía el tío y las personas con las que se relacionaba. Mi primo. Siempre le han dejado hacer lo que ha querido. Es igual que su padre. Eso decías, mamá. ¿Qué sabías tú de todo esto?

Los indicios hablaban, quizá había elegido no escucharlos. Había mantenido a mi tío a salvo, preservado en la burbuja que construimos para las personas a las que amamos. Es muy difícil que las flechas, las injurias e incluso las sombras afiladas de las sospechas atraviesen el cristal de esa campana diáfana y protectora. Solo puede hacerlo añicos la verdad, y para alcanzarla es preciso derribar dos murallas, la de la idealización y la de las apariencias. También es cierto que una vez que el cristal estalla no hay quien recomponga la burbuja.

Por fin amanece.

Es domingo y Gabriela me llama temprano y angustiada. Perdone por la hora, es que no he dormido en toda la noche. Usted sabe que tengo dos hijos al cuidado de mi madre en Cali, que les envío plata todos los meses. Soy la que sostiene a mi familia, no me puedo poner enferma, a mí no me puede ocurrir nada. Y ha vuelto a pasar lo de los cuchillos con su padre. Ya sabe que los escondo, pero me dejé uno en la encimera. Me gustaría hablar con usted.

Todo ocurre al mismo tiempo.

Cojo un vuelo. Toni espera que mañana le responda y que le responda que sí. Y lo cierto es que había resuelto aceptar el doble puesto solicitando equipo. Pero ahora me tiembla el suelo bajo las decisiones. No sé qué hacer.

Por primera vez en mi vida.

No

Sé

Qué

Hacer.

La llamada de Gabriela es una despedida. Estará buscando ya otra casa en la que trabajar, una casa sin alucinaciones en la que los cuchillos se limiten a cortar manzanas. Me apena, mucho, pero la entiendo. Tiene sus razones y yo, un problema, encontrar lo antes posible a otra persona buena, paciente y cariñosa. O parar. Parar y pensar. Hablarle a Toni de esta parcela fundamental de mi vida y pedirle un poco de tiempo. Revisarlo todo, lo que he construido en Barcelona, lo que me une a Estella, tomar distancia, elevarme y sobrevolar el mapa con perspectiva, como si los acontecimientos que ocurren ahí abajo no formaran parte de mí.

Podría traer a mi padre a Barcelona, dejarle mi habitación y dormir en el sofá mientras busco un piso con un cuarto más. Aquí también necesitaría contratar a una persona, pero quizá solo durante el día, y algunas noches.

Podría trasladarme temporalmente a Estella, al piso de mis padres, volver a mi habitación, teletrabajar y venir a Barcelona un día a la semana.

Podría incluso dejar la editorial y buscar algo en Pamplona, en Gasteiz. Algo cerca de Estella. Quizá había llegado el momento de replegar alas y volver.

¿Ahora?

¿Qué dices?

¿Abandonar tu vida?

¿Esto era todo? ¿Salir, volar, abrir, ampliar, perder a tu madre antes de tiempo y volver a la casilla de salida mientras sigues perdiendo a tu padre cada día?

No es la casilla de salida. Es un plan B.

Vale, pero ahora no. Voy a cumplir 40. ¿La vida era esto?

Cogí un coche de alquiler en el aeropuerto.

Pamplona-Estella.

Cuántas veces he recorrido esta carretera. En autobús, a dedo, en el Seat 127 azul de segunda mano comprado a plazos a los 21 años con mis primeros sueldos como periodista sin contrato. Sueldos flexibles hasta lo paranormal que cubrían también alquiler de habitación en piso compartido, salidas y viajes por Europa. La vocación puesta en práctica. La distancia entre lo escuchado y aprendido en la facultad y la vida real. Las cervezas y las cenas un martes o un jueves tras el cierre del periódico. El maravillarse de cerca ante profesionales inteligentes, ante grandes narradores de historias, ante periodistas de economía listas y decididas. El aprender a diferenciar a los buenos de los mediocres y de los que saben posicionarse muy bien para sobrevivir y solo son buenos en eso. Las conversaciones de aprendiz que trata de estar al nivel.

Otra tanda de primeras veces. Otra camada de amigas y amigos para siempre. Ese calor que te acompaña allá donde vayas, aunque no los tengas cerca.

En Radio 3 también se han puesto nostálgicos. Suena *Wicked game*. La Fender Stratocaster se despereza, se licúa y se pone narcótica. Rodeados de oscuridad, Lula y Sailor huyen en un coche descapotable rumbo a California por una autopista que solo puede conducirles a otro infierno. Ella lo contempla con admiración.

—Has estado cargando con un secreto enorme.

—Todos tenemos algún secreto, *babe*.

—Bueno, ahora estamos los dos metidos hasta el cuello.

Corazón salvaje. Wicked game. Hay tantos juegos perversos. ¿No es verdad, tío? Sí, he dejado de admirarte. Ahora yo también cargo con tu secreto y estoy metida hasta el cuello.

35

Lunes por la mañana. El tiempo se ha comprimido, la materia de la que está hecho se está densificando, se están solapando demasiados sucesos definitivos.

Me despierta la entrada de un mensaje al móvil. No sé dónde estoy. La luz se filtra por las ranuras de una persiana. En mis balcones no hay persianas. Me encuentro en Estella y el mensaje es de Toni. Tranquila, ya hablaremos. Se lo agradezco. Enormemente.

Ayer me despedí de Gabriela. Le regalé la mejor blusa de mi madre. Te queda un poco larga, pero por lo demás te sienta bien, es tu talla. Ya me la arreglaré. Nos abrazamos y unas cuantas lágrimas se deslizaron sobre la seda en caída libre. Mi padre se quedó sin ella y yo, con él.

La noche ha ido bien. Solo me he levantado una vez cuando he escuchado abrirse la puerta de su armario. La he cerrado con suavidad, me he sentado con él sobre la cama y en tono terapéutico hemos bisbiseado sobre animales que no le esperan, bueyes, vacas. Se le notaba preocupado.

—Porque claro, llevo ya unos días sin subir a darles de comer. Tendrán hambre y sed, seguro que se les ha acabado el agua.

—Es cierto. Nos acercaremos un poco más tarde, una vez que desayunemos, ¿de acuerdo?

—Mejor vamos ahora.

—Es de noche todavía. Mira tu despertador. Las 4 y 20.

He vuelto a caer en la trampa de la lógica. Reoriento la argumentación. Aunque todavía puede leer la hora en el reloj, ya no sabe a qué asociarla. Ha desconectado las cifras que aparecen en esa esfera de las rutinas con las que construimos el día. Y levantarnos a las 4.20 de la madrugada tiene tanto o tan poco sentido como hacerlo a las 8 o a las 5 de la tarde.

—No sé tú, pero yo estoy cansada, papá. Vengo de unos días complicados y necesito dormir.

—¿Ya trabajas? No lo sabía.

—Era una sorpresa. Venga, vamos a cerrar los ojos y soñar con algo que nos guste.

¿Quién creerá que es la que trabaja? ¿Su hija? ¿Su mujer? ¿Su madre? Lo ayudo a acostarse, aliso el edredón y le acerco el embozo a la barbilla. Le dejo un beso en el pelo blanquísimo. Bebé gigante.

—Después desayunaremos y organizaremos el día.

—Dile a mi madre que no me ponga el tazón. Se le ha hecho una muesca en el borde y ayer ya me corté el labio.

—Bien. Le diré que mejor una taza. Descansa, cariño.

Le atuso el mechón rebelde con la súbita comprensión de que este gesto cierra un círculo, de que posiblemente estoy repitiendo lo que hacía la abuela al acostarlo cuando el cabello de mi padre era moreno, él, un niño, y ella, quién sabe, a lo mejor una madre amorosa y alegre a la que las pérdidas de la vida aún no habían conseguido amargar el carácter ni ahogar la ilusión. Después de recibir un último beso en la mejilla, mi padre cierra sus ojos azules y sonrientes como el mar de Mármara en verano.

Caigo a plomo sobre mi cama. Sueño que cruzo el estrecho del Bósforo en un barco. A través del agua veo el destello que emite la hoja de un cuchillo mientras se hunde. Sobre la cubierta hay unas gaviotas que planean entre corrientes de aire, cúpulas de mezquitas en la otra orilla, palabras construidas con sonidos guturales que me envuelven y me acunan. Hay también un hombre que me coge de la cintura. No lo conozco todavía, pero siento que me gusta.

Las nueve de la mañana. Me asomo a su habitación para saber si me da tiempo a desayunar antes de activar el mecanismo con el que se pone en marcha el día en esta casa, levantarlo, ducharlo, lavarle los dientes, afeitarlo, vestirlo… Sigue dormido. Con mi padre nunca se sabe. El buldócer del alzhéimer ya ha arrasado también el ciclo del sueño. Es tierra quemada, territorio Dalí donde el cielo aparece iluminado por soles y lunas, donde los relojes se ablandan y el tiempo se derrite mientras mi padre vaga entre bueyes sostenidos por largas patas de insecto sin saber si es de día o de noche, si tiene que levantarse para ir a trabajar al taller o porque su madre lo ha despertado para llevarlo a la escuela.

Me sorprende encontrar el frutero vacío. Cuando despierto se suceden unos segundos iniciales en los que el cerebro conecta con las rutinas de mi cotidianidad barcelonesa y olvido que esta, siendo también mía, es otra cotidianidad y se rige por pautas diferentes. El frutero vacío. Con el fin de evitar que mi padre coma hasta explotar, hace ya meses que no dejamos ningún alimento a la vista. Todos están escondidos, en lugares a veces inauditos. El pan y las galletas, entre las torres de platos hondos y llanos. La fruta, en un rincón de la despensa, oculta tras el carro de la compra. Cojo un melocotón, abro el cajón de los cubiertos y los encuentro ordenados, brillantes y listos para la acción. Salvo los cuchillos. Claro. Me asomo al armario bajo el fregadero. Ahí los dejó Gabriela antes de irse. Me esperan agazapados entre el detergente y el suavizante, envueltos en un paño de cocina azul cielo amable y protector, con el filo a punto.

En el instante en que comienzo a pelar el melocotón aparece mi padre por la puerta de la cocina. Pijama blanco arrugado, cabello inmaculado revuelto, es un fantasma luminoso y limpio que nos mira con auténtico terror en los ojos. Al cuchillo y a mí. Mientras le sonrío lo escondo tras mi espalda y lo deposito sobre la encimera sin hacer ruido. Con la otra mano lo cubro con el paño y dejo el melocotón sobre la mesa, a su alcance, esperando que este movimiento atrape su atención y la desvíe del arma asesina. Me acerco a mi niño enorme y asustado con movimientos suaves. Encabezo todas las frases con la palabra «papá» para tratar de anclarle a esta realidad. A su casa, a su hija, a su refugio seguro. El corazón me taladra el pecho y en el paladar vuelvo a distinguir el sabor metálico y familiar del miedo. Quien sea que ocupa el cuerpo de mi padre cuenta con su altura y su fortaleza física.

—Papá, cariño. ¿Has dormido bien?

—¡Coge ese cuchillo! ¡Rápido!

Le bloqueo el paso y trato de llevármelo fuera de la cocina cogido del brazo.

—Papá, ven, vamos a lavarnos la cara y peinar un poco estos pelos.

—¡Han entrado en casa! ¡Vienen a por nosotros! ¡El cuchillo!

Respira ansioso, rompe a sudar, ha empalidecido. Cree que hay alguien en casa que nos va a matar. Le acaricio la nuca, helada. ¡Lo está viviendo! Para él es tan real como mi mano sujetándole ahora del brazo. Le sigo la corriente hasta el punto de que también me pongo nerviosa, como si me hubiera convencido. Lo empujo poco a poco por el pasillo hasta el dormitorio del fondo y le hablo en voz baja. Para que los asesinos no nos oigan.

—Quédate en esta habitación y espérame, tranquilo. Voy a registrar toda la casa.

—Escóndete tú también, Inés. ¡Que no te encuentren!

Inés. Ahora cree que soy su mujer, mi madre. Lo ayudo a sentarse sobre mi cama de niña. Esta cama que ya no cubren el edredón verde ni los perros de peluche, pero que no deja de ser mi guarida infantil. Mi padre se tumba y se acurruca como un cachorro enorme con ojos angustiados. Le queda pequeña. Trato de calmarlo pasándole la mano por la espalda, arriba y abajo, mientras le hablo al oído y le miento sin parar. Con convicción.

—He hecho cursos de kárate, ¿sabes? Casi soy cinturón negro. Pero no voy a necesitar usar mis llaves, porque ya no se oye nada. Seguro que se han marchado. Voy a echar un vistazo y vuelvo ahora mismo.

Recorro la casa abriendo y cerrando puertas ruidosamente, como si buscara a alguien y estuviera dispuesta a pelearme a muerte con él si lo encuentro, porque lo estoy, estoy dispuesta a todo, alzhéimer, y si te encuentro te juro que acabaré contigo aquí y ahora. De pronto me pongo a llorar, con hipo. Ya no busco a nadie. Ahora solo quiero arrancar de cuajo las puertas de los armarios. Lanzo las almohadas contra la pared. De un manotazo derribo todas las fotos que mi madre enmarcó con cuidado y distribuyó sobre la cómoda. Los cristales estallan contra el suelo. Doy una patada a la silla donde ella me solía dejar preparada la ropa del día siguiente para ir al cole y me hago daño.

¿¿Dónde está mi padre??

¿Dónde está ese padre que trabajó miles de horas en el taller de ebanistería y después en la fábrica de muebles, que cultivó la huerta, que cuidó de sus abejas y escribió sus viajes? ¿A dónde te lo has llevado, puto alzhéimer?

Se estará asustando con todo este ruido. Paro. Dejo de tirar cosas y me arranco de un tirón la furia como mi padre hacía con la piel de los conejos. Respiro. Me repongo. Me seco los ojos. Recojo la silla, las almohadas y los marcos de las fotos con el cristal protector resquebrajado, sin cristal, y devuelvo cada cosa a su lugar anterior. Ojalá fuera capaz de hacerlo también con mi padre. Esto siempre es lo peor. Es patético tener que rehacer el paisaje tras la batalla. Retorno a la habitación donde mi padre permanece a resguardo de toda violencia, la mía. Vuelvo a ser la doctora

Jekyll. Sonriente y tranquilizadora, me arrodillo sobre la alfombra, me asomo bajo la cama ante su mirada atenta, el entrecejo, fruncido. El monstruo no está ahí.

—Nada, papá. Ya puedes salir de aquí. He revisado toda la casa y no hay nadie. ¡No se han atrevido a entrar porque saben que nos van a encontrar aquí y les vamos a plantar cara! ¡Claro que sí, papá! ¡Tú y yo somos un par de valientes! ¡Vamos, arriba!

Y le hablo como si fuera la comandante en jefe del ejército y estuviera levantando la moral de mi tropa, cuando la tropa soy yo y estoy hundida. Pero ha funcionado, parece más tranquilo y, ahora que hemos salido casi indemnes del túnel del terror, se da cuenta de que sobreactúo y se ríe entre dientes. Un poco como Risitas, el perro.

—Para que lo veas con tus propios ojos, vamos a revisarlo todo de camino a la cocina.

Mi padre asiente con la mirada del soldado que mantiene en su comandante una confianza ciega, sin fisuras, con ojos plenos de confianza. Y juntos, de la mano, cumplimos con el ritual. Comprobamos que no hay nadie escondido en ningún rincón. Nos asomamos a armarios en los que encontramos toallas dobladas, pantalones y jerséis. Tazas.

—Toma, papá. Esta es la tuya y esta, la mía. Nuevas, sin muescas que puedan cortarnos los labios. Vamos a desayunar.

—Muy bien.

—¿Qué te parecería venir a vivir conmigo a Barcelona?

—Barceloneta-Les Corts.

—La Pedrera.

—La Rambla.

—Y sus puestos de flores. Y sus pájaros en las jaulas. Iremos y los liberaremos, ¿eh, papá?

—Todo preso quiere libertad. —Y se tiró un pedo.

36

El tramo de curvas encajado entre la ribera del río y la ladera de monte bajo da paso a la recta que atraviesa en silencio la amplitud del valle. Los siete cipreses alineados junto al cementerio de Zufía. La sucesión de postes de wéstern al borde del asfalto, troncos de madera oscura por cuyos nudos trepan los caracoles, un grueso cable negro tendido entre cada uno y el siguiente. A través de ese tubo estrecho y ciego viajaban apretadas las palabras dichas por teléfono. En ocasiones también las no dichas. Un aguilucho afila su mirada y desde la altura se lanza en picado sobre su presa, quizá un ratón que corre a esconderse entre los relieves de la tierra rojiza y seca. La caza. Nubes grises se arremolinan sobre las peñas de Lokiz.

Lejo. Alejandro. No sabía qué hacer con mi tío. No sabía dónde colocar ahora todo lo que había descubierto sobre él. Sintonicé Radio 3. Ahí estaba Nick Cave, el enterrador deslumbrante, desenfundando su poesía íntima y dolorosa, dando alas a Warren Ellis, a sus músicos exquisitos, liberando su voz cavernosa.

—¿Qué te parece este tema, papá?

—¿Cuál?

—La canción.

—Una mierda.

Otra aportación más del alzhéimer. Sinceridad brutal. Sin filtros. Se me queda mirando concentradísimo.

—¿Qué pasa?

Me sonríe un poco, arquea las cejas y después retira la mirada y la fija en el suelo. Avergonzado.

—¿Quieres decirme algo?

—Estaba pensando que… ¿Te quieres casar conmigo?

—¡Qué sorpresa! Pues... no lo sé. ¿No te resulta un poco raro que se casen un padre y su hija?

Me mira con extrañeza y se encoge de hombros confundido. ¿La mujer a la que acabo de proponer matrimonio dice que es mi hija? ¿Estará bien de la cabeza?

Redirijo.

—¿Sabes qué? Que lo he pensado mejor... ¡Y te digo que sí! Ahora vamos a Ganuza y por la tarde nos casamos, ¿de acuerdo?

Despliega su sonrisa más abierta con ojos desbordantes de ilusión, con ojos de qué gran idea has tenido.

Mamá, acabo de descubrir cómo te lo pidió. Tímido pero decidido, ¿eh? ¡No me lo habías contado nunca! Desde hace unos meses a veces me confunde con la abuela y otras, contigo, ya ves. Ay, chica, cómo estamos. Pues sí, mamá.

Se remueve inquieto en el asiento. Alarma. Llevarlo en el coche cada vez se parece más a transportar una escultura móvil, pesada y frágil dentro de un contenedor demasiado pequeño. Incluso habiendo evitado el previsible golpe en la cabeza al inclinarse para entrar y tras haberle sujetado el pecho con el cinturón, cuando inicias el trayecto aún queda margen para otro riesgo, que la escultura vomite y se ponga perdida. Pero también puede ocurrir que todo vaya bien, porque una vez arranca el motor a esta escultura maravillosa le encanta otear el paisaje y, cuando eso ocurre, un simple desplazamiento sin sustos y con banda sonora cómplice puede llegar a convertirse en un viaje fantástico y un paraíso itinerante.

Mientras sonríe entre sus brumas lo imagino feliz recreando escenas en las que él aparece en su versión infantil acarreando un balde de ropa junto a su madre camino del lavadero, compactando con la suela de las alpargatas la tierra bajo la que acaba de sembrar patatas en la huerta, con las palmas de las manos ardientes tras haber marcado el último tanto con la pelota de cuero en el frontón o entregando al profesor de Salesianos el cuaderno de dibujo técnico. Con la satisfacción de las tareas terminadas y bien hechas. Con el pantalón corto remendado y el pelo rapado al uno de los niños de posguerra rural. Me provoca envidia, nada me gustaría más que encontrar una vía de escape a los pensamientos que me acechan. No la hay. Conforme nos acercamos a Ganuza me van cercando los nubarrones. Son cada vez más densos y más sombríos.

Alejandro Goñi, alias Lejo. Empresario turbio, generador y beneficiario de cadenas de favores, traficante a pequeña escala, el cliente atractivo, limpio y con dinero que señala toda prostituta que pueda permitirse elegir cliente, el triunfador investido de su halo de poder blindado. Mi tío.

Dos días después de La Revelación su onda expansiva me seguía sacudiendo a intervalos cortos. Me asaltaban los recuerdos de infinidad de momentos y diálogos compartidos con él que ahora cobraban otro significado. Bajo esta nueva luz fría y quirúrgica y despojadas del envoltorio protector del cariño, miradas, palabras y acciones rescatadas del pasado se me aparecían con un aspecto crudo y descarnado. Aquí está mi almuerzo desnudo, míster Burroughs. Tenías razón, a cada cual nos espera el nuestro.

A la misma velocidad con la que avanzábamos por la carretera esas imágenes iban encajando en los espacios libres del plano que se extendía en mi cabeza y que, como los primeros mapamundis, reinterpretaba el mundo, el mío, y le asignaba una identidad nueva. El escenario era el mismo, pero yo lo veía con otros ojos. Incluso los elementos más simples y desprovistos de referencias, los que siempre habían estado ahí como testigos de una cotidianidad confortable y predecible me generaban una repentina desconfianza. La huerta con el bidón de plástico azul lleno de agua estancada sobre el que descansa una azada con el filo oxidado en posición de espera, el cable que se curva de un poste de madera a otro como una enorme serpiente negra que recorre el valle, el árbol hermoso y único que emerge del mar de trigo con la fuerza de un animal prehistórico, retador como una diana.

En el fondo no me ha extrañado tanto que mi tío acumulara amantes ni que frecuentara a prostitutas. Que reptara por las fosas donde anidan los negocios ilegales, que aplicara la ética particular y sagrada del mafioso, de quien excava una zanja cortafuegos para salvaguardar la pureza de su familia al separarla de lo que intoxica el resto de su vida. El impacto que me ha supuesto descubrir su conducta no me conduce a establecer juicios morales sobre ella. En realidad, ha sido como constatar algo que en el fondo ya supiera. A veces albergamos intuiciones que fluyen como ríos ciegos de los que solo escuchamos un rumor eventual. Se trata de torrentes silenciosos que se esconden bajo tierra y se alimentan de una lava espesa y turbia que preferimos no conocer. Pero no somos ajenos a su existencia. Y por eso, cuando sus aguas afloran a la superficie, vernos reflejados en ellas nos inquieta, nos asusta, pero no llega a sorprendernos. Solo coloca ante el espejo lo que ya conocíamos, lo que de un modo u otro siempre advertimos que estaba ahí.

Mi padre interrumpe el flujo acuático de mis pensamientos conectando con ellos sin saberlo.

—Igual nos encontramos con Alejandro.

—Puede ser. Con la tía Jose seguro que no, los lunes a esta hora va a yoga. ¿Te apetece que hagamos una visita al tío?

Se me queda mirando fijamente con el ceño fruncido. Desconcertado y molesto. Mudo.

—¿Qué ocurre? ¿No quieres ir a verlo?

—¿Y tú sí?

—¿Por qué no iba a querer?

Me pregunto si me lee el pensamiento. Inclina la cabeza como el niño al que acaban de humillar y no es capaz de defenderse. Evita mirarme, se esconde desviando sus ojos a las manos entrecruzadas.

—Por aquello, por lo que te hizo.

—¿Qué me hizo?

Recorre con los ojos el relieve de la alfombrilla de goma negra bajo sus pies, confuso, fijándose en un trocito de papel que se le ha quedado pegado en la suela de un zapato, concentrado como si buscara algo, y suaviza la voz.

—Lo que me contaste. Que te había violado la noche de Santiago.

Piso el freno. El coche se queda clavado en mitad de la carretera.

¿Violó a mi madre? ¿¿Mi tío violó a mi madre??

—¿Cuándo te contó la ma…? ¿Cuándo te conté yo eso?

—Hace poco. Una mañana que íbamos a subir a Ganuza, pero yo no tenía coche. Me dijiste que fue en su jardín, debajo del árbol de las flores lilas.

Bajo el kiri. La violó bajo ese árbol pretencioso traído de China al que terminé adoptando porque sus flores me asombraron y me sedujeron como un estallido de belleza de otro mundo.

—Si me llega a pillar con la escopeta en casa…

Cabecea con una mirada que solo le he visto una vez, hace más de treinta años, cuando mi madre compartió con él lo que acababa de ocurrirle a su hija de nueve años aquella noche de domingo que subí corriendo a casa sujetándome los pantalones con la mano. Si yo le hubiera contado lo que me hacía mi primo cuando tenía seis años, no sé cómo habría sido esa mirada ni qué habría hecho este hombre bueno, caso de llevar la escopeta encima.

Hay historias que se repiten. Hay conductas y rasgos de carácter que se heredan. ¿Puede ser cierto lo que acabo de escuchar? Desde que el alzhéimer se instaló en su cerebro y comenzó a alterarlo mi padre nunca ha inventado un recuerdo. Algo así no se crea de la nada.

Mi Tío Violó A Mi Madre.

¡Era eso! ¿Cómo no lo había visto antes? Grandísimo hijo de puta… ¿Cómo has podido? ¡Te adoraba! De niña quería ser como tú. El tío Alejandro. Simpático, mundano, ingenioso, el de los mil amigos, el que siempre sabe qué hacer en cada situación. El gran hombre que se había agenciado una mujer guapa para lucirla, agradable y agradecida para que no le discutiera nada, madre y ama de casa entregada para construir un hogar nido. Una mujer en deuda permanente, que siempre ha hecho lo que él ha querido. Una mujer que lo venera porque nunca se ha considerado merecedora de semejante hombre. El macho al que excitaba el carácter de mi madre. El único que conseguía que ella, sólida, inteligente y fuerte, se pusiera en guardia y tensara la espalda cuando se acercaba demasiado, replegara sus alas y se recogiera hacia dentro, casi imperceptiblemente. El tío Alejandro, el salvador, el que había ayudado a mi padre a encontrar su último trabajo antes de la jubilación. Ahora lo veía todo. Veía a mi madre sentándose siempre separada de él en las reuniones familiares, a dos sillas de distancia, nunca enfrente ni al lado; la veía cortándole en seco los chistes con una réplica irónica, fulminándolo con una mirada hiriente cuando creía que no había nadie cerca.

Mi madre, contándome que el tío había querido salir con ella, protegiendo la convivencia familiar al revelarme solo la cara luminosa del secreto mientras seguía lidiando con la más enferma, tan madre. Tan dura. Tan sola en ese camino. Hasta que un día, con mi padre instalado ya en su realidad última y definitiva, cuando ya era casi un desconocido quien habitaba el cuerpo de mi padre, esta madre bajó la guardia y se permitió liberarse del secreto. Como los irlandeses que acercan la boca a un hueco en el tronco de un árbol para susurrar los suyos y volcarlos en un espacio seguro donde no puedan dañar a nadie.

Yo, tan ingenua, comprendiendo a mi tío con un orgullo vicario cuando mi madre me contó que él también fue uno de sus pretendientes. Cómo no iba a intentar estar con ella. Es un ganador nato. Nunca se ha conformado con nada que no sea lo mejor. El trofeo.

Y el kiri. Era nuestro árbol. ¿Cómo has podido ser tan perverso? No entendí que mi madre hubiese tirado a la basura las flores que me entregaste para ella. ¿Cómo se te ocurrió prepararle un ramo precisamente con esas flores? ¿Cómo pudiste utilizarme de mensajera? Tampoco supe leer la furia y el odio que escondía la reacción de mi madre al vernos a los dos junto al árbol la tarde que os hice a la tía y a ti la foto de pareja presidencial. Te seguías creyendo poderoso, ¿verdad? El Hombre. ¿Y qué ocurrió el día que murió mi madre? ¿Por qué discutías con ella en la cocina? ¿Acaso lo volviste a intentar y esta vez no lo conseguiste? ¿Seguías creyendo que violarla era marcarla y hacerla tuya? ¿Cómo has podido?

La luz cegadora del desierto a mediodía inunda la carretera. La lengua de asfalto se hunde en el centro, sus bordes se ablandan y se elevan, se curvan sobre nosotros y nos envuelven encerrándonos en un túnel negro y caliente como un cañón de escopeta. Al fondo, mi tío, sonriente. Es una hiena. Así que fue la noche de Santiago. Una noche festiva, de celebraciones, la del 24 de julio, una de las grandes noches del verano. Del verano. Esta última palabra y todo lo que contiene dinamita la imagen de mi tío. La explosión al fondo del túnel nos lanza una carga de metralla, proyectiles minúsculos; al acercarse distingo que son fechas que se desintegran cuando impactan contra mis ojos, hasta que solo queda una. Flotando ante mí en el centro del túnel. Es la fecha de mi nacimiento. Su tamaño aumenta y la convierte en una alucinación terrible, por lo que significa, porque explicaría muchas cosas.

No. No puede ser. La rechazo, la agarro del cuello y trato de asfixiarla, pero esa criatura monstruosa ya ha nacido, existe, y de pronto lo ocupa todo.

Cuando de niña me reía a carcajadas mi padre, con un orgullo pudoroso, me decía algo que me encantaba escuchar. Se nota que eres hija del verano.

Hija del verano. Mamá, ya no voy a poder saberlo nunca.

Aparcamos delante de casa.

—Vuelvo ahora mismo, papá. No te quites el cinturón.

Subo al desván. Ahí está, en su funda de ante, apoyada sobre el armario de los juguetes. Lleva seis años esperando que alguien la toque. Aquí estoy, preciosa. La cojo, saco la caja de cartuchos escondida tras el armario y vuelvo al coche.

Mi padre fija la vista en su escopeta, desconcertado.

—Tranquilo, papá. Voy a matar una víbora que han visto merodear junto a los perros. A esas alimañas no hay que dejarles que hagan daño a nadie.

Me mira satisfecho. Me aprueba. Le entrego la caja de los cartuchos por la ventanilla.

—Dame dos. Vamos a asegurarnos, ¿no te parece?

—Mejor.

Quito el seguro de la escopeta y la cargo.

—Así está bien, ¿verdad?

—¡Muy bien!

Me la cuelgo al hombro, como le he visto hacer tantas veces. Sonríe. Orgulloso.

—Si te ve ahora tu madre...

—Nunca le contamos que aquel verano me enseñaste a disparar. Sal de lo que eres y entonces te descubrirás. Iosu tenía razón.

Camino hasta el chalé a la salida del pueblo. No hay un alma en la calle, ni siquiera el Kiko. Él, que conserva intacto el instinto animal, el olfato de un perro, él sí se apartaba de ti. Cuántas cosas sabe que los demás ignoramos. Llamo al timbre. Se asoma mi primo, debe de tocar visita anual. Pero él no me interesa, no es más que un aprendiz. Yo quiero al máster del universo.

—¡Prima! De vuelta al hogar, ¿eh?

—Di a tu padre que salga un momento.

Dos nubes blancas se deshacen en el cielo. Una brisa templada mece las flores del kiri junto al muro de piedra. Me retiro un mechón de pelo que baila ante mis ojos y me recojo el cabello en una coleta. Un gato gris cruza la calle, se detiene y me mira. Una línea negra vertical cruza sus enormes ojos verdes.

Todo está en su sitio.

Nunca en mi vida me he sentido tan centrada.

—¡Mi sobrina preferida! ¿Sabes que cada vez te pareces más a tu madre?

Con la mano izquierda levanto la escopeta del hombro por la correa y la apoyo de pie entre las piernas.

—Es generosa, la vida, ¿eh, tío? Tanto que a veces se desdobla y te ofrece dos carriles paralelos. La familia, la comodidad, la tranquilidad del pueblo. Barcelona, el Raval, el apartamento de Les Corts, Donostia, Intxaurrondo, los favores, los negocios. Y, aun así, no te pareció suficiente, ¿eh? Creías que además merecías tener a mi madre. Te entiendo, era la mejor. Pero ella no quiso. Cuesta aceptar el no, ¿verdad? Cuesta aceptar que ni siquiera tú puedes tenerlo todo.

El semblante se le altera de tal modo que parece otra persona. Alguien que no conozco.

—Si mi padre hubiera sabido antes lo que le hiciste a mi madre, esta escopeta la habría empuñado él. Y eso no habría estado bien, porque él es un hombre bueno.

La levanto y me apoyo la culata en el hombro. Palidece como si la sangre hubiera abandonado ya su cuerpo.

Le quito el seguro. Todo se detiene. Le apunto al corazón.

—Nací en abril, soy hija del verano. ¿Sabes quién me lo solía repetir? Mi padre.

Se pone lívido y se aprieta el pecho con las dos manos. Un reguero de orina le empapa los pantalones. Coloco el dedo sobre el gatillo. Lo acaricio, está duro. Tiene que estarlo, hija, para que cuando lo aprietes seas consciente de que vas a disparar.

Respiro hondo. Inhalo, exhalo.

Desvío la vista a la derecha.

Ahí está. Bello, fuerte y extraño. Nuestro árbol.

Disparo al tronco los dos cartuchos. Uno por mi madre, otro por mí.

Él se desploma.

Y entonces algo se me parte dentro y se me clava como una astilla.

Gracias...

A Juan Pedro, Nuria, David y Sofía, por vuestras primeras lecturas, reacciones y comentarios. Vuestras apreciaciones y las coincidencias en algunos puntos me resultaron valiosas y útiles.

A Juan Bas, por leer, comentar y sugerir con tu criterio como profesional de la escritura y por estar pendiente como amigo de la evolución de esta novela a lo largo de todo el camino.

A Karmele Jaio y Txani Rodríguez, por darme vuestra opinión a mis consultas sobre lo recomendable o no de contar con agente editorial.

A los comentarios que me hicisteis, editoras a quienes no os encajó publicar esta novela, porque la concreción de los puntos fuertes y del más débil que contenía el «no» me animaron y me sirvieron.

A María Oset, mi editora, porque conectaste con esta historia desde el primer momento y a ti sí te encajó publicarla.

A mis amigas y amigos de Estella, de Pamplona, de Bilbao, de Barcelona, porque vuestra confianza en que esto saliera adelante no ha flaqueado nunca. Sois luz, antorcha y oro olímpico.

A un buen puñado de compañeras y compañeros de trabajo, por lo mismo, por el apoyo y la expectativa. ¿Estáis pensando ahora mismo que quizá era demasiada?

A Luca y a David, por respetarme la burbuja a las seis de la mañana de un martes o a la una de la tarde de un sábado. Porque vivís en el núcleo de mi corazón.

A mi persistencia, porque si no existieras esto no sería un libro, sino otro largo documento guardado en la carpeta Escribir de mi Drive.

A la vida, siempre, porque todo termina sumando.